五十嵐貴久

あの子が結婚するなんて

実業之日本社

実業之日本社文庫

目次

あの子が結婚するなんて

chapter01

あの子だけのハッピーエンディング

1

夕食を作るべきか、適当に何か買ってくるか、それが問題だ。

大きく欠伸《あくび》をしながら、新聞の折り込み広告を敷いて、その上で足の爪の手入れを始めた。三月十九日、夕方四時。

駅から七分、1LDKのマンションの窓から、柔らかい日差しが射《さ》し込んでいる。うっすら春めいた、気持ちのいい日曜日。

ボリュームを絞った37インチの液晶テレビでは、旅番組をやっている。北海道のカニの特集らしいけど、食べたことがないから美味《おい》しいのかどうかよくわからない。でも、有名なグルメタレントが死ぬ死ぬと喚《わめ》いているから、死ぬほど美味しいのだろう。

給料日は五日後だ。肉とか野菜は冷蔵庫にある。作った方がいいのだろうけど、何となく面倒だ。かといって、ほぼスッピンのまま三軒茶屋《さんげんぢゃや》の商店街まで行く勇気もない。

いつものコンビニに行って、サンドイッチでも買ってこようか。どうなんだ、それ。三十二歳の独身女が日曜日にコンビニディナー。あたしが良くても、世間は許してくれるのか。

メンドいなあ、と足の親指をネイルファイルでこすりながらつぶやいた。だるだるな日曜、今から夕食の準備なんてしたくない。外にも出たくない。

なぜ人間は食べなければ生きていけないのか。でもお腹《なか》は空《す》いている。考えてみると、昼だって冷凍パスタを食べただけだった。

出前という手もあるけど、一人暮らしの女にはSサイズのピザだって手に余る。残すのは人の道を外れているような気もするし、全部食べたら、もう二年続けている〝なるべく糖質制限ダイエット〟が水の泡だ。

どうしたものかと悩みながら、手だけを動かし続けた。キューティクルオイルやリムーバーで甘皮を柔らかくし、バトネで角質を取り除き、ネイルファイルで形を整える。その一連の作業があたしは好きだ。

終わると達成感がある。幸せを感じるのがこんな時だけだというのはちょっと哀《かな》しいけど、でも満足。

ピコン、と独特の音が鳴った。ラインだ。体を伸ばして、充電中のスマホを取り上げた。

〈神泉《しんせん》の〝くに松〟で、お昼食べてましたあ〉

中学の同級生、小松美宇《こまつみう》だった。ずいぶん遅いランチだこと、と思っていると、写真がアップされた。両親に挟まれて、ダブルピースしているちょっと丸い顔。三人とも満面の笑みだ。

自分のことを棚に上げるようで申し訳ないけど、情けなくないかと思った。三十二歳の独身女が、超高級割烹《かっぽう》料理店〝くに松〟で親と一緒にランチして、何が楽しいのか。

とはいえ、美宇はあたしと違って、大学を卒業してからも実家暮らしのパラサイトだ。両親もそれを望んでいる節がある。仲良きことは美しきかな、そういう日もあるのだろう。

何か返した方がいいのだろうか。美宇とは中学も高校も一緒だった。その時のグループと年末に忘年会をしていたけど、それから会っていない。親と食事していると言われても、どうコメントすればいいのやら。

迷っていると、今度は手の写真が送られてきた。ネイルを新しくしたらしい。発色のいいイエローとピンクのコントラストは、ちょっと趣味が悪かった。

そんなに自慢だろうか。女子なら普通のたしなみだろうと思いながら、写真を拡大してみた。

なぜだろう。頭の中で、写真と美宇のイメージが合わない。まさか。いや、そんなはずない。

〈結納が終わりましたあ〉

何で語尾をいちいち伸ばすのか、と苛《いら》つきながら写真を見直した。左手の薬指にカットの細かいダイヤモンドのリングが光っている。誰もいない部屋で、ちょっと、と思わず叫んでしまった。

待ちなさい、美宇。何、どういうこと？　まさか、これって――。

〈本日、婚約しました。滞りなく、結納が済みました。はあ、キンチョーしたあ〉

自撮りなのか、ちょっとピントの甘い写真が送られてきた。いつものように、どこか勘違いしたメイク。チーク、濃すぎない？

いや、そんなことはどうでもいい。婚約？　結納？　どういうことよ。

慌てて画面に触れようとしたら、続けて何枚もの写真がアップされた。料亭〝くに松〟の全景。広々とした個室。横一列に並んで正座している六人の男女。

美宇とその両親はわかるけど、あとの三人は誰なのか。真ん中で美宇と並んでいるスーツ姿の男。その横にいる初老の男女は？

スーツ男は三十代半ばだろう。写真でもわかるが、六人の中で頭ひとつ大きい。おそらくは身長百八十センチオーバー。

痩《や》せ過ぎてもなく、太ってもなく、バランスとしてちょうどいい。タイプ的にやや古いかもしれないが、整った顔立ち。時代劇でカツラをつけさせたら似合いそうなルックスだ。ぶっちゃけ、かなりのイケメンといっていい。

六人とも笑顔だ。どう考えても、中央で並んでいる美宇とその男が婚約したということなのだろう。

知らない顔の二人は男の両親に決まってる。ホワイ、なぜ、まさか、どうして。美宇、何が起きてるの？

自慢ではないけど、あたしは結納というものをしたことがない。それを知ってる美宇の親切心なのか、それとも単に見せびらかしたいのか、次々に結納品の写真が画面に浮かんだ。

目録に友白髪と記されている白い麻糸の束、昆布、スルメ、かつおぶし。長熨斗《ながのし》、一対の扇、祝い酒の柳樽《やなぎだる》。指輪と高級そうな腕時計の写真もあった。古式ゆかしいというか、ずいぶん本格的だ。

最後に、例のスーツ男と美宇のツーショット写真が送られてきた。頬と頬をくっつけんばかりの勢いで、だらしなく笑っている。改めて見ると、やはり男はかなり高水準なルックスの持ち主だった。

いったいどういうことなのか。あたしはスマホを手にしたまま、噎《む》せて咳《せ》き込んでいた。混乱。ほとんどパニックだ。

忘年会の時、美宇は男の話などしていなかった。

何かあれば言わないではいられない子だから、十二月の時点でこの男の顔を見ていなかったのだろう。その後出会ったとしても、今は三月十九日だ。ずいぶん急展開ではなかろうか。

四年制の大学に行ったあたしと違い、美宇は短大に進み、卒業後は父親のコネを使って大手の不動産会社に就職していた。入社三年目で、恵比須《えびす》にある不動産情報の管理を担当する子会社に移り、それからはそのままだ。

そこにいるのは五十代のオジサンばかりだ、という話は何度も聞かされていた。ほとんどが既婚者だし、そうでなければ数字しか頭にない変わり者の社員しかいない、と美宇本人が繰り返し愚痴っていたからだ。

だから、この男と職場で知り合ったわけではない。会社には外部の人間が出入りしないから、男と出会うきっかけがないと嘆いていたのは美宇だ。それなのに、いったいどこでこんないい男をゲットしたのか。

出会いがあったというのなら、どうして報告がないのか。誰なんだ、コイツ。

一昨年、一緒に入った婚活サイトが紹介してくれたのか。そんな馬鹿な。美宇の前にあたしに紹介するべきだろう。

思いは千々に乱れ、どうしていいかわからなかったが、着信音が鳴って我に返った。グループラインに恵子《けいこ》が入ってきていた。

〈見た？〉

三文字だけ、そう書いてあった。美宇は恵子にもラインを送っていたのだろう。見た？　というのは結納の写真のことだ。

〈どうなってんの？〉

〈あんた、知ってた？〉

友加《ゆか》と沙織《さおり》からもほぼ同時にラインが入った。いつ、どうして、誰。5W1Hか。

いや、それはあたしが一番知りたい。

あたしと大谷《おおたに》恵子、今井《いまい》友加、安藤《あんどう》沙織、そして小松美宇の五人は、高校で同じグループだった。クラスのスクールカーストのちょうど真ん中に位置していたあたしたち五人組は、それなりに順風満帆なハイスクールライフを送り、もちろん波風が立った時もあったけれど、卒業してから十四年、変わらぬ友情を守り続けてきた。

三十二年生きてきて、さまざまな局面で友達ができた。小学校の同級生、大学のサークル仲間、社会人になってからの付き合いの人もいる。

ただ、女子あるあるじゃないけれど、中学や高校の時に培《つちか》った友情は最も重要度が高い。変な話、お互いの恥部を知っている関係だ。あたしたち五人はそういう仲だった。

みんながあたしに質問してきたのは、あたしと美宇が中学からの付き合いで、一番仲がよかったとわかっていたからだったけど、そう言われても今回ばかりは見当がつかない。

〈あたし、幸せになります〉

美宇からラインが入った。とにかく落ち着け、とあたしは震える指で文章を作った。

〈びっくり！　でもよかったね！　おめでとう！〉

そう送ると、ありがとお、という返事があった。美宇は個別にラインを送っているようだ。

なぜグループラインで報告しないのかと思ったが、わからなくもない。一人一人に祝ってほしかったのだろう。

スマホが犬のように吠《ほ》えた。比喩ではなく、あたしの電話の着信音は犬の鳴き声なのだ。友加からだった。

「ちょっと、どうなってんのよ」耳が痛くなるほどの大声だった。ラインでは、まだるこっしいということなのだろう。「何なの、七々未《ななみ》。あんた聞いてた？」

すぐに割り込んできたのは恵子だった。グループ通話に切り替えると、待っていたかのように沙織も加わり、四人で話すことになった。便利な機能だ。

「宗教じゃないの？」恵子が穏やかじゃない口調で言った。「知らないけど、ナントカ教会みたいな？　教祖が相手を決めてくれるっていうアレじゃないのかね」

聞いたことない、とあたしは首を振った。

「中学の時はしょっちゅう遊びに行ってたから、あの子の家のことはよく知ってる。フツーに無宗教だと思ったけど」

「そんなの他人に言うわけないでしょうに」恵子はどうしても宗教としか考えられな

いようだった。「もっとヤバいあれかもしんない。カルトなやつ」

そういうんじゃないと思うよ、といつものように少し醒《さ》めた口調で沙織が言った。

「むしろ、親の関係なんじゃないかな」

「あの子んち、金持ちだもんねえ」

友加が大きく息を吐いた。小松家は九州の旧《ふる》い資産家で、父親は貿易会社の副社長だ。

沙織じゃないけど、あの父親なら娘の結婚相手を金で買うことだってやりかねない。ベタベタに甘いパパだもの。

「それとも、婚活サイトなのかな」思いついたように恵子が言った。「ナナも入ってるんでしょ。何とかパワー」

「ウエディングパワーはとっくに退会した。あそこはオジサンばっかなんだもん」あたしは答えた。「今はピンクマリアージュ。でも、美宇は飽きたって言って、ほとんど何もしてなかったはず」

どういうことなのか、相手は誰なのか、どうやって知り合ったのか。美宇本人にもラインで聞いたけど、答えはなかった。

それから一時間ほど、ああでもないこうでもないと四人で話し合ったけど、結論は出なかった。

2

三月二十五日、土曜日、あたしたち四人は代官山《だいかんやま》からほど近い並木橋《なみきばし》のファミレスに集まっていた。

あれからそれぞれが美宇と連絡を取り、いったいどういうことなのかと質問した。詳しい事情を話さないというのなら、あんたの家に火をつけると脅したのは友加だ。

隠すつもりはないと美宇は答え、紆余曲折《うよきょくせつ》はあったけど、全員にまとめて話すということで事態は落ち着いた。四人個別に事情を説明したり、質疑応答するのでは手間がかかるという言い分はわからなくもなかった。

就職してからも、ワンシーズン一回ぐらいは集まっている。タイミング的にも良かった。

午後一時過ぎ、ファミレスに着くと、恵子と友加が既にランチを終えて待っていた。この店を指定したのは友加で、なぜかと言えば彼女は三人の子持ちだからだ。

この四月から中一の長女はともかく、小五の息子と三歳の娘はまだ目が離せない。子連れの客は代官山のオシャレな店だと敷居が高い。

ファミレスでも何でもよろしい。目的は美宇の話を聞くことだ。

ランチを済ませた十歳の息子がドリンクバーとソフトクリームのコーナーを走り回

っていたが、動じる様子もなく、その後何か聞いてるか、と友加が目を輝かせながら言った。昔からそうだが、他人の恋愛話が大好物なのだ。三歳の娘を抱っこしたままあたしを睨《にら》みつけた視線は、獲物を狙うハイエナのようだった。

「何にも。直接美宇に聞きなよ」

もうすぐ来るからと言いながら、アサイードリンクをオーダーした。友加はアイスティー、恵子はデザートのプチバナナパフェを食べていた。

恵子も結婚しているが、子供はまだだ。あたしたちの中で一番しっかりしている、お姉さん的ポジションだった。

「でも、良かったじゃないの」恵子がサービスのチョコスプレーをパフェにふりかけた。「おめでたいことなんだし、みんなで祝ってあげないとね」

そりゃそうです。賛成、大賛成。ごもっとも。

お互いの近況を報告し合っていると、オリーブグリーンのブラウスを着た沙織が、遅れてごめんと言いながらあたしの向かいに座った。相変わらず細身で、スタイルは三十二歳と思えない。

心なしか、店員の態度も違っているように思えた。確かに沙織は美人だから、そういう対応にもなるだろう。高校でも有名な美少女だったが、どういうわけか一緒のグループにいる。

「七々未も知らなかったの？」

ドリンクバーからホットコーヒーを持ってきた沙織があたしを見つめた。美宇と中学からの友達はあたしだけだから、何か知ってるんじゃないかと思っているようだけど、本当に何も聞いてなかった。

「名前は聞いた」恵子がやや厚い唇を動かした。「福原裕次《ふくはらゆうじ》、三十五歳。勤務医」

そうなんだってね、とあたしたちはそれぞれうなずいた。

「東峰《とうほう》医大卒だって。マジすか、私立じゃトップもいいところだよ」三児の母親とは思えないギャル口調で友加が言った。「南青山《みなみあおやま》の聖ガブリエル病院だって言ってたよね。信じらんない。超エリートじゃん」

「父親が自由《じゆう》が丘《おか》で整形外科のクリニックやってるんだって」あたしは唯一聞いた情報を披露した。「お祖父《じい》さんの代からって言うから、おいおいカンベンしてくださいよって。生まれも育ちも名門なわけ？」

「身長一メートル八二、体重七〇キロ」沙織がラインで送られていた基本データを読み上げた。「大学時代はアメフト部に所属、クォーターバックで、今も大学にコーチとして時々教えに行ってる」

「何じゃそりゃ」ダメだ、と友加がバンザイした。「いつの時代の少女マンガ？　池野恋？　マジでそんな男がこの世にいるんだねえ。金持ち家持ちクリニック持ち？　最強じゃんよ」

それ以上の情報はなかったから、話は広がらなかった。反抗期に入った長女の愚痴を話し始めた友加に適当に相槌《あいづち》を打ってると、約束の時間より二十分ほど遅れて、大きなワンポイントの花がプリントされたパステルオレンジのワンピースを着た美宇が入ってきた。

毎回思うことだが、どうしてこの子は膨張色の服を好んで着るのだろう。それでなくても隠しきれないぽっちゃり体型なのに。

久しぶりい、とテーブルを回ってハイタッチを繰り返した美宇が誕生日席に座った。今日は彼女の話を聞くのがメインだから、そのために空けておいたのだ。

「何、すごい金持ちなんだって？」

前置き抜きで恵子が質問した。いきなりですかあ、とハーブティーをオーダーした美宇が、結婚の記者会見に臨む芸能人のような笑みを浮かべた。

「そんなことないよお。実家は松濤《しょうとう》だけど、フツーの二階建てだし、庭なんかも広くないし。軽井沢《かるいざわ》の別荘だって、不便だからあんまり使ってないって裕クンは言ってた」

「裕クン？」

不気味なアクセントに、友加が眉を顰《ひそ》めた。聞こえていないのか、喜々として美宇が話を続けた。

「クリニックも入院施設があるわけじゃないし、単なる町医者だよお」運ばれてきたティーカップを優雅に持ち上げた。「お父様も、お兄様に後を継いでほしかったんじゃないかな。順番としてはそれが自然だもんね。だけど、帝海大《ていかい》の研究室で病理の研究やってるから、家は裕クンに任せるって言ってるんだって。妹さんがいるんだけど、大阪に嫁に行ったから、小姑《こじゅうと》にはならないよって笑ってた」

「次男なわけ？　お兄さんはクリニックを継がないの？」友加がテーブルを平手で叩《たた》いた。「何だそりゃ、そこまで出来過ぎた話がまだこの国にあったの？　そんないい男と、どうやって知り合ったわけ？」

世の中、そういう奇跡のような男がいないとは言い切れない。代々医者の家系に生まれ、名門大学を卒業したアメフト部出身のイケメンがいたっていい。一億二千万人の中に何人かはいると思う。

だけど、そんな男が美宇を選んだ理由がさっぱりわからなかった。あたしだけじゃなく、他の三人も同じだろう。

美宇が悪い女だと言ってるわけじゃない。東京生まれ東京育ち、父親は会社の副社長で、要するにお嬢様だ。

性格はおっとりしていて、甘えん坊ではあるけれどワガママも言わない。今時珍しいぐらいにいい子だと断言してもいい。

でも、美宇だ。身長百五十一センチ、体重五十二キロ。愛嬌《あいきょう》があって憎めない笑顔が可愛《かわい》いと言えなくもないが、容姿はひいき目に見てもぶっちゃけ十人並がいいところだ。

友達として、悪く言うつもりはないけど、明らかなぽっちゃりさんで、少なくとも抜群のスタイルとルックスの持ち主だとはお世辞にも言えない。そして年齢は三十二歳。

繰り返すようだが、性格は素直だし、年上の人には可愛がられるタイプだろう。同じ年齢のあたしたちが、どんなにいじっても怒ったことはなかった。

男女を問わず、美宇のことを嫌いだという人間はほとんどいないはずだ。でも、男性を引き付ける魅力があるかと言われると、黙ってうつむくしかないのも事実だった。

自称バストはDカップだが、それは肉がだぶついているからであって、スタイルはどうなのかと言われれば首を傾《かし》げざるを得ない。何より、箱入り娘だから男慣れしていない。

トークがうまいわけでもないし、ファッションセンスはゼロに近い。趣味は映画音楽のサントラを聴くことだ。

それが悪いと言ってるのではない。そういう女がいいという男もいるだろう。だけど、福原裕次というそのイケメン医者は、どうして美宇を選んだのか。いくらだって女はいるだろうに、どうして選《よ》りにもよって美宇なの？

「ナナは知ってるよね、利佳子《りかこ》オバサン」

もちろん、とあたしはうなずいた。美宇の父方の親戚で、あたしたちの中学のPTA会長だった。お喋《しゃべ》り好きな、気のいいオバサンだ。

「あの人の紹介で、年末にお見合いしたの」

何度目だっけか、と恵子が尋ねると、三十回ぐらいかなあ、と美宇が衒《てら》いもなく答えた。短大を卒業した直後から、美宇が年に数回見合いしていたことは、あたしたちも知っていた。

「別に、そんなかしこまったあれじゃなくて、お茶飲んで、ご飯食べて、みたいな」

「それで？」

「裕クンは結婚相手を探してて、もちろんあたしもそうだった。そうじゃなきゃ会わないし」

続けて、と恵子が命じた。マザー、と高校時代から呼ばれていた恵子には、生まれつきの威厳がある。

「オバサンはあたしのこと、自分の娘みたいに可愛がってたし、裕クンのお母さんとは昔からの親友で、偶然っていうか運命的っていうか、腰を悪くした時に通ってたのが裕クンのお父様のクリニックだったの。そんなこともあって、オバサンは最初からすごい積極的で……あたしも裕クンも、お互い好印象を持ってるってわかって、超張り切って話を進めたってわけ」

「持つべきものは世話好きなオバサンだね」

友加の感想に、そうなのお、と美宇がだらしなく笑み崩れた。

「マジ感謝してる。全部段取ってくれたし、会え会えって煽《あお》ってくれて。そうじゃないと、あたしも裕クンもどっちかっていうと内気な方だから、こんなふうに急展開にはならなかったと思う。まあ、オバサンは趣味が仲人《なこうど》って人だから、何もなくてもいろいろしてくれたかもしんないけど」

「それで、デートを重ねたってわけだ」

「そういうことかなあ。年が明けてすぐ、二人で美術館巡りしたり映画見に行ったり……一月と二月で四、五回会ったかな」

それは多いのか、と友加が聞いた。だってあたしたちお互い忙しいし、と美宇がハーブティーをかき回した。彼の方はともかく、アンタは毎日暇してるんじゃないのか。

「バレンタインデーにチョコ渡した。そしたら、裕クンが結婚を前提におつきあいしてくれませんかとか、そんなこと言って――」

痛い、と美宇が飛び上がった。興奮した友加が、背中をばしばし叩いたのだ。マジですか、と恵子がのけぞった。

「ずいぶん早いような気もするけど、見合いってそんなもんかもしれないね」

「二人であたしの家にそのまま行って、パパとママに話した。いいじゃないのって二人とも言うし、その後裕クンのご両親も祝福してくれて……でも、あたしとしては、もうちょっと遊んでたかったたな、みたいなのもあったんだけどね」

それは明らかな嘘《うそ》だったけど、あたしは黙っていた。それが女の友情というものだろう。

「余裕たっぷりだねえ」恵子が唇の端で笑った。「だけど、それからひと月で結納まで進んだわけ？　婚約はさすがに早すぎない？」

「うちのパパが四月から秋口まで、ヨーロッパに長期の出張に行くことになってて」美宇がハンカチを口元に当てた。「グーゼン、裕クンのお父様も四月から夏まで、たびたびアメリカの学会に出席しなければならないの。二人が落ち着く秋まで待たなくてもいいんじゃないかって、話を進めたのは利佳子オバサン。二人が海外へ行く前に、結納だけは済ませておきましょうってことになって、〝くに松〟のオーナーと話して、無理やり個室を取ったり、もう大騒ぎだったんだから」

あのオバサンならそれぐらいするだろう、とあたしは思った。いい人なのは確かだけど、自分の思い通り強引に話を進めてしまうところがある。

五年ほど前の話だが、美宇の親友というだけで縁談を持ってきて、三度も見合いをセッティングされたことがあったから、そこはよくわかっていた。

「利佳子オバサンはある意味プロだから、いろんなところにコネがあるの」美宇が鼻の下をこすった。「〝くに松〟もそうだし、業者に連絡を取って結納品を準備したり、婚約指輪だってオバサンの知り合いの店で買ったの。ラインで送った写真も、全部オバサンが撮ったんだよ」

「最近じゃ珍しいね、そういう人も」感心したように友加が言った。「でも、誰かそういうふうに仕切ってくれると、話が前に進むのはホントだよね」

ママ、アイス食べたい、と友加の娘が言った。この店には食べ放題のアイスクリームサーバーがある。友加がうなずくと、アスリート並のダッシュでカウンターへ走っていった。

「そういうことだったんだね。いや、おめでたい話なんだから別にいいんだけど、あんまり急だったからびっくりしちゃってさ」

そう言った恵子に、あたしもまだ実感なくて、と美宇がティースプーンを振った。

「でも、本当に良かったじゃない」手を伸ばした沙織が肩に軽く触れた。「おめでとう。幸せになってね」

「まったく、良かった良かった」隣に座っていた友加が、美宇のボブをくしゃくしゃにした。「久々に聞く大当たりの話だねえ。結構結構」

おめでとう、とメニューを開いた恵子が、何か食べたいものがあれば言いなさいと微笑んだ。

「今日のところはうちらがおごってあげようじゃないの。だよね？」

だね、と友加と沙織がうなずいた。あたしもだ。おめでとう、とそれから何度もあたしたちは繰り返した。

十七年、あたしについて言えば二十年のつきあいだ。こんなにおめでたい話はない。

うなずきながら、あたしはちょっと複雑だった。

3

この五人組が誕生したのは十七年前のことだ。同じ高校の同じクラスになったのは偶然で、何があったというわけじゃない。

中学の時からの同級生だったあたしと美宇は、入学してからも一緒にいることが多かった。うちの高校はそこそこの進学校だったから、同じ中学から上がった子が少なかったのだ。

そんなあたしたちに、恵子と沙織が声をかけてきた。今では信じられないことだけど、当時は人見知りだった友加が、一緒にお昼を食べてもいいかなと聞いてきたのは、それから二ヶ月後、一学期の終わりだった。それ以来の付き合いになる。

高一から高三まで、あたしたちの結束は固かった。勉強命のガリ勉でもなく、かといって遊んでばかりということでもなく、そこそこマジメで、でもそれだけじゃなくて。中途半端なスタンスと言われたらそうかもしれないけど、そんなポジションが心地《ここち》よかった。

みんな大学に進もうと思ってたから、高二に上がる時のクラス替えでも同じ私立文系コースを選んだ。美宇だけは短大志望だったけど、独りぼっちは嫌だという理由で、やっぱり同じコースを選択していた。だから、三年間あたしたち五人はずっと一緒だった。

スポーツの得意な恵子はバレー部、インドア志向の沙織は美術部、他の三人は帰宅部と少し環境は違っていたけど、教室でいつも一緒にいたのはこの五人だった。女子校だから、話題といってもファッションと食べ物、そして妄想の混じった男の子のことばかりだったけど、あれはあれで楽しかったと今も思う。

目立つ五人組ではなかった。あの頃、そういう言い方があったかどうかは覚えていないけど、クラスの四十人の中にははっきりとカーストがあった。イケてる女子グループ、勉強大好き集団、プチオタク、部活に命を懸けてる子たち。

五つか六つあったカーストの中で、あたしたちは上から三番目ぐらいだった。ホントだったら、もうひとつくらい下だったかもしれないけど、ちょっと不思議ちゃんの入った美少女の沙織がいたおかげで、近所の男子校の生徒達が声をかけてきたりしたから、なんとなくポジションは上位になっていた。

沙織には独特な美意識があり、基準に満たない男子とは口も利こうとしなかったけど、あたしと友加は彼女をダシにしてよく遊んだものだ。恵子と美宇が乗っかってきたこともある。あたしもそうだし、友加も恵子も沙織のおかげで彼氏を作ることができたのは本当だ。多謝。

特に、一年の終わりに人見知りから卒業した友加は、その分弾《はじ》けたということなのか、何人もの男子と同時に付き合っていたこともあった。小柄で童顔、でも下ネタもオッケーという友加はそのギャップが受けて、ある意味で沙織よりモテるようになっていた。

派手に遊んでいたというわけじゃないけど、一度ならずよそのクラスの女子たちから、調子に乗ってるんじゃないと脅されたこともあった。今にして思えば、それもいい思い出だ。

その後、卒業して大学に進んだ。みんな東京の子だから、地方の大学に行くなんてあり得ない。

恵子とあたしは四年制の私立に、友加と沙織は女子大に、美宇は短大に。その時点で全員が別の学校に進んだのだけど、それでもしょっちゅう集まっていたし、仲の良さは変わらなかった。美しきかな、女の友情。

その中で結婚願望が強かったのは、何といっても友加だった。一番最初に結婚するだろうとみんな予想していたが、その通りになった。卒業直前に結婚式を挙げるという荒業を見せたが、それも友加らしいことと言えた。

沙織は女子大を出てから、名門桑山《くわやま》デザイン専門学校に入学し、今は出版社の社員デザイナーだ。相変わらずちょっとファンシーなキャラで、三十二歳になった今でも、言われなければ二十代半ばぐらいにしか見えないだろう。

会社でもずいぶん男性社員から人気があるようだが、結婚に興味がないのか、それでどうなったというような話は聞いていなかった。

三年前、二十九歳の時に恵子が二年半付き合っていた同じ会社の先輩と結婚した。昔から計画的な子で、きちんと段取りを踏む性格だ。交際を始めた直後、あたしたちもその先輩を紹介されていたけど、しっかり者の恵子に似合いのちょっと気弱そうな、でもいい人だとわかる彼氏だった。

恵子は最初からその男と結婚するつもりで付き合っていたし、そうなるだろうとあたしたちも思っていた。恵子だもの、その辺は抜かりない。

美人だが結婚に興味がないと常々言っている沙織を除くと、次はあたしか美宇ということになる。そしてそれはあたしだろうというのが、美宇以外全員に共通した認識だった。

これはスペックの比較論じゃなくて、フツーに考えてそうなるだろうという意味だ。というのも、美宇はおっとりしていて、どちらかと言えば消極的な性格だから、男性との交際について、自分から動いたことは一度もなかった。

美宇が初めて付き合った男も、二番目も、あたしが間に入った。そうでもしないと、一生処女だったんじゃないか。

あたしは別に沙織みたいにルックスが秀でていたわけでもなく、友加のようにオープンマインドな性格でもなく、恵子のように綿密な計画性があるわけでもなかったけど、それなりに男と付き合ってきた。高一の時から、何だかんだ言いつつもあまり苦労した経験がない。

切れ目なく男がいたというわけでもないけど、おしなべてどうにかなっていた。少なくとも、こっちから誘いをかけなくても、電話やメールをくれるぐらいのところまで持っていくテクはあったのだ。

二十八歳の時、当時付き合っていた男にプロポーズされた。三十路《みそじ》直前の女あるあるの例に漏れず、その頃あたしは結婚したかった。何となく匂わせたら、向こうから申し込んできたのだ。

あそこがひとつの分岐点だったのかもしれない。ハッピーエンドを迎えてもよかったのだけど、自分から話を振っておきながら、彼のどこか煮え切らない態度に苛ついて、別に今じゃなくてもいいと自分でも訳のわからない答えを返し、そのままなし崩し的に話はなかったことになり、そして数カ月後に別れていた。

今考えれば、悪い男じゃなかった。真面目《まじめ》だったし、業界でも大手の建設会社で働く正社員だったのだけど、何かが違うように感じてしまい、ずるずるしているうちに続けられなくなり、別れてしまった。

よかったのか悪かったのか。一年後、彼が結婚したという噂《うわさ》を聞いたけど、その後のことはよく知らない。

それから短かいスパンで二、三人の男と付き合ったけど、結婚というところまでは盛り上がらなかった。向こうがその気で来ていても、こっちにそんなつもりがなかったり、あたしとしてはありかもしれないと思っていたのに、向こうが離れていったこともある。誰もが言うように、その辺は縁だし、タイミングなのだろう。

十カ月前、付き合っていた男と別れた。今はフリーだけど、その前を考えると、そこそこ男関係はうまくやってきた方だと思う。モテてモテて、なんてことは言わないが、そこそこに経験値はあったと自負している。

このところそういう話がなかったのは、次に付き合う男とは結婚を前提にしなければならないから、慎重にならざるを得なかったからだ。タイムリミットだという意識が頭の中にはっきりあった。寄り道している時間はない。

それでも、美宇よりは先に結婚するだろうと、漠然とだけど思っていた。美宇の男いない歴はもう三年近いし、何としてでも結婚してやる、というガッツがあるわけでもない。

婚活サイトに入ったのだって、あたしが誘ったからだし、流行に乗っかっただけのことで、何をどうしようとか考えていたわけではなかったはずだ。悪いと言ってるのではなく、そういう子なのだ。危機感が薄いと言えばいいのだろうか。

にもかかわらず、婚約したという。今、目の前にいる美宇は幸せそうに笑っていた。指には大きなダイヤのリングもある。どういうことなのか。

おめでたい話だとわかっていた。もちろん、祝福する気持ちもある。

親友と言っていい美宇の婚約、そして結婚が嬉《うれ》しくないわけがない。だけど、素直に喜べない自分がいた。

先を越されたとか、悔しいとか、嫉妬とか、そういうことでもないはずだ。あれ、おかしいな。そういう感覚。

次はあたしじゃなかったっけ？　順番、違くない？

三人が口々にお祝いの言葉を述べ、美宇が鷹揚《おうよう》にうなずいている。あたしもそれに加わりながら、何か変だなあ、という違和感を拭い切れずにいた。

4

実はお願いがあるの、と祝辞と答辞が一段落してから、美宇が切り出した。

「当たり前だけど、次は結婚の準備をしなければならなくて」

そりゃそうだ、と二人の既婚者が同時に大きくうなずいた。大変だよと友加が訳知り顔でうなずき、あんたの家はお金は大丈夫だよね、とリアル思考の恵子が言った。

「別にハデ婚がしたいわけじゃないけど、フツーに式挙げて、披露宴はしたい。あたしも裕クンもそうだし、親もそう言ってる。誰だってそうでしょ」

そりゃそうだ、と友加がうなずき、ごもっともです、と沙織が言った。特殊な理由がない限り、結婚式を挙げるのは日本人の常識だろう。

たまに、妙なエリート意識なのか、うちはそういう形式的なことはしないの、などとのたまうカップルもいるが、はっきりいってむしろカッコ悪い。

「そしたら、利佳子オバサンがまた走り回って、目黒《めぐろ》の聖雅園《せいがえん》の副支配人から、キャンセルが出たって裏情報を入手してきたの。オバサン、その場で勝手に仮押さえの契約書にハンコついちゃって」困るんだよねえ、と美宇がちっとも困っていない顔で言った。「でも、どうせ式を挙げるんなら、聖雅園がいいよねっていうのはあった。あそこで挙げてみたいって思わない目黒区民はいないでしょ」

目黒聖雅園は芸能人なんかもよく使う結婚式場だ。ウエディング雑誌でよく特集が組まれている。マジかあ、と友加が天井を仰いだ。

「いいなあ、あそこのチャペルでうちらも式挙げたかったんだよね。だけど、一年待ちって言われたらさあ、諦めるしかないじゃん？　よくキャンセルがあったね」

七、八年前、美宇の家は目黒の碑文谷《ひもんや》に引っ越していた。確か、利佳子オバサンは昔から目黒に住んでいたはずだ。聖雅園に強いコネがあったのだろう。

「それで、いつなの？」

質問した恵子に、六月、と美宇が顔を両手で扇ぎながら答えた。

「二十四日。だから、一応ジューンブライド？　婚約した以上いつ式を挙げたっていいし、裕クンのパパは夏までずっと日本とアメリカを行ったり来たりだし、落ち着くのを待ってたら来年になっちゃうでしょ。だったら六月でいいんじゃないのって」

「年末に見合いして三月に婚約して六月に結婚式ですか」友加がショートにした頭を掻《か》いた。「バタバタだけど、決まる時ってそういうもんだよね。いいんじゃない？

そういう流れなんだよ」

あたしもそう思ってる、と自信たっぷりの笑顔で美宇が言った。

「そういう運命なんだよって裕クンも言ってるし」

「了解、空けとくね」沙織がスマホを取り出した。「喜んで出席させてもらいます」

それでお願いなんだけど、と美宇が手を合わせてあたしたちを拝んだ。

「みんなにブライズメイドになってほしいの」

何だそりゃ、と友加が首を傾げた。あたしはうっすら聞いたことがあったけど、そんなに詳しい知識があるわけじゃなかった。

「結婚式の立ち会い人兼世話役ってところかな」要領よく沙織が説明した。こんな時、マスコミの人がいてくれると大変助かる。「日本だとまだそんなに一般的じゃないかもしれないけど、欧米ではポピュラーだって、うちの会社が出してる情報誌に載ってた」

式で指輪渡したり、二次会の幹事をやればいいわけでしょ、と恵子がうなずいた。

「ブライズメイドの話は聞いたことがある。結局そういう役割なんだよね？」

もうちょっと本格的っていうか、と美宇がまた拝んだ。

「お願い、裕クンがそうしたいって言うの」

どこからそういう話になったのか、とあたしたちは顔を見合わせた。

「裕クンは大学を卒業してから、指導教授に勧められてアメリカに留学してたの」美宇が妙なアクセントをつけて言った。「二年の時も三年の時も短期のホームステイとかしてたから、英会話とかもぺらぺらで」

そんな話はどうでもいい、と恵子と友加がツッコんだ。ゴメン、と美宇が先を続けた。

「一年半ぐらい、サンディエゴとかネブラスカとか、いくつかの病院で働いてたから、アメリカ人の友達も多くて、現地で頼まれてアッシャーをしたことがあったんだって」

アッシャーって何、と友加が聞いた。ブライズメイドの男性版、と沙織が答えた。

「ブライズメイドとアッシャーは一番親しい友人とか、親戚とかが務めるの。裕クン、そういうのすごく大事にする人だから、あれはいい風習だよねって」なんども手を上げ下げしながら、早口で美宇が言った。

「結婚式を挙げるんだったら、やっぱり親友とかに立ち会ってもらおうよって。あたしも賛成。いいと思わない？　みんなお揃《そろ》いのドレスを着て、一緒に並んで写真を撮ったりするの。楽しくない？」

そういう側面もあるけど、それだけじゃないと沙織が解説してくれた。こういう時、ホント頼りになる人だよ、アンタは。

「他にもいろいろやらなきゃならないことがある。はっきり言って、盛り上げ役だよね。でも友達の結婚式なら、協力したいと思うよ」

そういえばあたしも出席した結婚式で、ブライズメイドを見たことがあった。花嫁より目立たないようにしながら、四、五人の友達が同じ色のドレスを着て、拍手したりしてた。

あれはあれでなかなかステキな光景だったと言うと、もうちょっと本格的な話なの、と美宇が全員の顔を覗《のぞ》き込んだ。

「急に決まったことだから、あたしと裕クンは自分たちのことで手一杯で、細かいところまで手が回らない。結婚式はともかく、二次会まで利佳子オバサンに仕切られるのは、ちょっと違うでしょ」

わかるわかる、とあたしたちはうなずいた。申し訳ないけど、親や親戚に任せられないのは本当だ。

「あたしのことはみんなが一番よくわかってる。高校の時からの付き合いだもん。だからブライズメイドになって、手伝ってほしいの」

喜んで、と友加が胸を叩いた。

「考えてみたら、あたしの時も恵子の時もそうだったけど、みんながいろいろやってくれたもんね。恩返ししますって。ただ、さあ、あんまり時間が取れないのも本当なんだよね。まだ子供が小さいから、目が離せなくて」

「六月っていうのがね……」沙織が取り出した使い込まれたシステム手帳に目をやった。「うちの会社で、新しいファッション誌が創刊されるんだけど、それが六月中旬で、四月五月は最後の追い込みなの」

「今回、あたしはヘルプに回りたい」恵子が真っ黒な髪の毛に手をやった。「先週辞令が出て、五月からあたし店長になるんだ。休みが不規則になっちゃうから、あんたの都合に合わせられないと思う」

恵子が勤めている会社は新規事業としてシアトルの有名コーヒーチェーンと提携して、都内に二十以上の店舗を展開していた。いずれは店長になって働くことになるだろうという話は聞いていた。

「……七々未、頼める？」

美宇があたしに体を向けた。気づくと、他の三人も同じだった。同調圧力とはこういうことを言うのではないか。アンタがやるしかないでしょう、という空気になっていた。

確かに、美宇と一番古いのはあたしだ。中学からの付き合いだし、最も親しい。あたしがメインになるのが筋だろう。

わかってます、わかりましたわかりました。やらせていただきます。

「ホントの話、最初からナナにメイド・オブ・オナーを頼もうと思ってたんだ」

何だそれ、と友加が囁《ささや》いた。一番の親友ってこと、と沙織がさりげなく教えた。

「やっぱりナナしかいないなって。どうかな、受けてくれる？」

お願い、と美宇が両手を合わせた。今回はあんたがやりなさい、と恵子が重々しい声で宣告した。

「二次会の幹事ってことになれば、ダンナの友達なんかとも出会うチャンスがある。医者の友達だ。知り合っておいて損はない」

ごもっとも、とあたしは深くうなずいた。結婚式の二次会が出会いの場だというのは、女子なら常識だ。

過去にも、二人の男と二次会で引き合わされ、付き合った経験があった。チャンスかもしれない。よかろう、とあたしは膝を叩いた。

「引き受けましょう、そのメイド・オブ・オナーとやらを」

ありがとー、と身を乗り出した美宇がハグしてきた。とんでもございません。ダンナ様に独身の友達をたくさん呼ぶように言っておいてください。

「それで、さっそくで悪いんだけど、来週のどっかで裕クンと会ってほしい」体を離した美宇が、急に事務的な口調になった。「ナナには真っ先に紹介したいし、オナーになってくれるんだから、裕クンもお礼が言いたいと思うし」

了解しました、と答えてスマホを引っ張り出した。スケジュールを調整しなければならない。ママ、オシッコ、と三歳児が友加を見上げた。

5

次の月曜日、あたしは定時の九時半に勤務している食品会社フクカネに出勤した。冷凍食品業界ではシェアナンバーワンの会社だ。誰でもフクカネの冷凍うどんは一度や二度、食べたことがあるのではないか。

あたしが籍を置いているのは、企画部という部署で、役職は主任ということになってる。今期いち押しの新商品、『オーガニックチルドシリーズ』の販売に当たり、会社はいくつかの部署からメンバーを集めて専門のプロジェクトチームを設けていたのだけど、そのチームリーダーを任されていた。

みんなも忙しいと言っていたけど、あたしだって暇じゃないのだ。そういう年齢になったということなのかもしれない。

プロジェクトチーム、ＰＴとして、半年前から準備を進めてきた。あたしたちが担当するのは商品の販売展開で、スーパーやコンビニなどでのプロモーション計画を立てている。

フクカネの場合、宣伝には二通りのやり方があった。通常の会社のように、テレビ、ラジオ、雑誌などを使った展開は宣伝部の担当で、それは別に進行している。あたしたちＰＴは、実際の売り場で商品を目立たせるための施策を検討、実施するのが主な仕事だった。

例えば、試食というものがある。大きなスーパーの売り場で、ハムやソーセージを無料で客に配ったりするのは誰でも知ってるだろう。食べたこともあるはずだ。

それもまた、企画部が仕切っている場合が多い。地道な宣伝活動でお客さんを増やしていく。それが明治二十二年創業のフクカネのやり方だった。

でも、あたしがフクカネの社員になった頃から、実演販売という方法でアピールする会社が増えていた。有名なのはライバル社のアオイフーズで、客の目の前で調理したり、電子レンジを使った簡単レシピを配ったりして集客する。むしろデパ地下などでは、そっちの方が主流になってるかもしれない。

正直、その辺りについてフクカネは出遅れていた。あれは大道芸人のやることだ、という古い意識があったのだ。

歴史とブランド力で業界トップの座は守っているものの、アオイフーズをはじめとする新興勢力に猛追されているのが実状だった。

旧来のやり方を改め、新たな店頭販売の方法論を考える。それが今回の『オーガニックチルドシリーズ』発売におけるPTの任務だった。

幸い、『オーガニックチルドシリーズ』は試食会でも評判がいい。冷凍食品としてまったく新しいコンセプトの商品だから、業界の注目度も高かった。

駄目な商品をどれだけプロモーションしても、結局は大ヒットに繋《つな》がらないのがこの業界の常識だけど、今回は自信があった。頑張りようによっては、このシリーズがフクカネの屋台骨を背負って立つことになるかもしれない。

そのためにあたしたちが開発したのは、大手スポーツジムチェーンと共同で作り上げたアプリだった。身長、体重、年齢などを入力し、食べたものを撮影して送ると、それだけでカロリー量や栄養素などを計算して、不足しているものを教えてくれる。

もちろん、カロリーオーバーの場合はそれも指摘するという優れもののアプリだ。

『オーガニックチルドシリーズ』は、最初から健康志向の主婦やOLなどに向けたレシピが作られていた。足りない栄養素は十二種類あるシリーズ商品のどれかに含まれているから、それをチョイスして食べていただければ、あなたのヘルシーライフはバラ色ということになる。

システムとしては完璧なのだけど、スーパーマーケット、コンビニチェーンその他各社から、強い要望が出ていた。アプリをダウンロードするために、そういう会社が運営している別のサービスと連動させたいというのだ。その最終調整をするのが、このところのあたしたちの主な仕事になっていた。

PTは全部で十人、そのリーダーがあたしだ。会議を始めると、メンバーがそれぞれの進捗状況を報告した。

ヘルシーな食事というものについて、はっきり言って女性の方が男性より断然意識が高い。女性社員の報告が具体的であるのに対し、男性社員たちはどこかぼんやりしていた。どうも最近の男たちはダメだなあ、というのがあたしの率直な感想だ。

全員の報告を聞き終えて、会社からの話を伝えた。少しずつ進行が遅れてないか、と会社は危惧している。実はあたしにも同じ思いがあった。

その原因のひとつが、販売部からPTに参加している高宮隆一《たかみやりゅういち》という二期上の男性社員にあるのは間違いなかった。

PTは企画部がメインになって立ち上げられていたけど、他部署との連絡を密にしなければならないこともあり、販売部、総務部、営業部などから一人ずつメンバーが加わっている。他のメンバーはそれなりに仕事をこなしていたけど、高宮が担当している各コンビニチェーン本部との折衝はうまく進んでいなかった。いったいどうなってるのか。

高宮はやたらのんびりした性格で、それはいいことなのかもしれないが、同僚として一緒に働いてみると、ちょっとどうしたものか、というのが率直な感想だった。サラリーマンとして、どこか適性を欠いてるのは否めない。

出世欲とまでは言わないけど、向上心が感じられない男で、何かというと、三日とか一週間単位の休暇を取って、旅行に行ってしまう。何なんだ、アンタは。そんな社員、いないって。

高宮は大阪本社採用で、二年前東京本社に移ってきたばかりだ。そのせいもあってか、昇進が遅かった。たぶん大阪時代も今と変わらない働きぶりだったのだろうから、それも関係しているのかもしれない。

役職は主任だけど、あたしより一年遅れでそのポジションについた。だから、二期下であるにもかかわらず、プロジェクトのリーダーはあたしということになっていた。

それに何の不満もないように見えるのが、またイライラするところだ。仕事のできない男、というのがあたしの評価だった。

会議が終わり、他のメンバーがそれぞれ会議室を出て行ったけど、高宮だけ残ってもらった。高宮はコンビニ全般を担当しているので、詳しい説明を聞く必要があった。

会社的に言えば先輩に当たるから、気を使わないといろいろまずいことがあった。例えば、丁寧語で話さなければならない。なぜ高宮ごときに丁寧語。ストレスだ。

期日までには結論を出します、というのが高宮の返事だった。話し合いが進んでいないのは事実だけれど、今はまだ探り合いの段階だという。

ゴールデンウィークまでには間に合わせてくださいと念を押すと、わかってますがな、と関西弁のアクセントで答えた。東京生まれ東京育ちのあたしには、それもどこか不愉快だった。

「それはそれとして、友達の結婚が決まったそうやないの」仕事ではなく、プライベートな話題だからなのか、高宮の口調がラフなものに変わった。「よかったやん、売れて」

そうですね、とあたしは資料をまとめながら答えた。今朝、同じ部署の女子社員に美宇の話をしていたから、高宮は彼女から聞いたのだろう。

意外なことだが、高宮は女子社員たちの評判が悪くなかった。オモロイ兄さん、というポジションをいつの間にか自分のものにしていた。そういうところも何となくむかつく。

「違う違う。アンドゥーさんが教えてくれたんや」

アンドゥーさんというのは沙織のことだ。大阪から東京へ来た頃、沙織本人から聞いていたけど、遠縁の従兄弟《いとこ》なのだそうだ。

その後しばらくしてから、高宮からもアンドゥーさんの友達なんやってね、と話しかけられた。部署が違ったから、高宮のことをよく知らないまま、世間は狭いですねとうなずいたけど、あれもずいぶん昔の話のような気がする。

「ナナちゃんも、そろそろちゃんと考えた方がええんちゃうん？」アンドゥーさんもなんやけどな、と言いながら高宮が席を立った。「気いついたら、だーれもまわりにおらんくなるで。そんなん、目も当てられへんちゅうの」

聞こえないふりをした。高宮にはデリカシーというものがない。三十二歳の独身女に、無神経にそういうことを言うのはいかがなものか。

だいたい、あたしのことをナナちゃんと呼ぶのは、よほど親しい関係にある者だけだ。あんたは友達でも何でもない。

「なあ、聞いてるん？　もういいかげん、テキトーなところで手を打ったらどないりますよ」

「仕事してください。それに、女子に向かって諦めたらとか言うのは、セクハラにな

「女子っていうんは、女の子って書くんや」高宮が宙に字を書いた。「ナナちゃんは女子か？　女性か？　どっちや？」

わかりまへんなあ、とつぶやきながら、自分の席に戻っていった。あたしは手帳を開き、最後のページにある〝いつか殺してやるメモ〟に高宮の名前を大きく書いてからスマホを見た。美宇からラインが入っていた。

〈予定通り、金曜日でいい？　中目黒のイタリアン〝ジェノバ〟。時間どうする？〉

はいはい、わかりました、と画面に指を当てた。この前会った時、裕クンを紹介すると言っていたが、今週の金曜日を仮押さえしていたのだ。

彼氏の了解が取れたらしい。金曜は何時に会社を出ることができるだろうか。

今のところ七時半、とラインを送った。やれやれ、忙しいことだ。あたしは大きなため息をついた。

chapter02

理想の彼氏（仮）

1

今から七年前、二十五の時、あたしの父親がめでたく定年を迎えた。世田谷《せたがや》区生まれ、一度も東京を離れたことのなかった父は、田舎《いなか》暮らしというワードに強い憧れがあり、会社を辞めたら北海道に引っ越すと常々言っていたのだが、その宣言通り翌年に母を連れて札幌《さっぽろ》で二人暮らしを始めていた。

何度か様子を見に行ったことがあるのだけれど、父が持ち家を売ってまで手に入れたマンションは、有名な時計台から徒歩三分という、世田谷区経堂《きょうどう》よりよほど都会的な印象のある場所だった。どうやら父は田舎暮らしに向いていないらしい。

それ以来、あたしは三軒茶屋に１ＬＤＫの部屋を借り、優雅なシングルライフを満喫していた。父方の祖父は長野県の生まれで、その意味で父は純粋な東京人と言えないが、あたしは完全な東京ロコだから、他の土地に移り住むという選択肢はなかった。

既にフクカネで働くようになっていたし、辞める気もまったくない。一人暮らしをするのが当然だった。

だからあたしにとって、中目黒はホームに近い。美宇が指定してきた〝ジェノバ〟というイタリアンレストランは、そんなあたしでも行ったことのない店だった。超、とまでは言わないにしても、かなりの高級店だ。

金曜の夜七時四十分、あたしは〝ジェノバ〟の店員に案内されて個室に入った。代官山《だいかんやま》の〝フェリーチェ〟とちょっと雰囲気が似ている。趣があると言えばいいのだろうか、さすが名店という感じだった。

ドアを開くと、手前に座っていた背の高い男が素早く立ち上がって、微笑《ほほえ》みながらあたしをエスコートした。こんばんは、と朗らかに挨拶する声に優しさが滲《にじ》んでいた。

向かいの席でワイングラスを傾けていた美宇が、遅いよお、としかめっ面になった。

「裕次さん、親友の七々未です。ナナちゃん、こちら福原裕次さん」

言われるまでもなく、彼が福原裕次だということはわかっていた。そもそも、彼を紹介するために呼ばれていたし、写真も見ていた。

それはいいとして、気になったのは、裕次さんという美宇の猫なで声だった。あたしたちの前では裕クンと甘ったれた呼び方をしていたけど、今はすっかり奥様気取りだ。猫かぶってんの？

「お座りください。お忙しいところ、申し訳ありません」如才なく、としか表現できない物腰で裕次が美宇の隣を指した。「聞いていた通りの方だ。いや、もっとかな?」

「美宇は何て言ってたんですか?」

腰を降ろしながらちょっと睨むふりをすると、何も言ってないよお、と美宇がグラスを揺らした。

「美人で、気配りのできる人だと」裕次が微笑んだ。「一目でそうだとわかりました。フクカネにお勤めなんですよね? その年齢で主任というのは、女性としてはトップクラスなんじゃありませんか」

順番です、とあたしは謙遜して答えた。同期は三十人ほどいるが、女性で主任というのはあたしだけだから、トップクラスというのもあながち間違いではない。これでも、会社からはそこそこ評価されているのだ。

「遅いよ、ナナ」七時から待ってたのに、と美宇がワインをひと口飲んだ。「ごめんなさい、裕次さん。ナナはいい子なんだけど、ちょっとルーズなところがあって」

待ちさないって、それは違うでしょう。どっちかって言えば、あんたの方がルーズでしょうに。

高校の入学式に寝坊して、一時間遅れたエピソードを話してやろうかと思ったけど、大人気《おとなげ》ないので止《や》めておいた。今日はあんたが主役だもんね。

テーブルに白ワインのボトルがあった。三分の一ほど二人で飲んでいたようだが、一人一杯とかそれぐらいだろう。

美宇はアルコールに強くないけど、ワイン一杯で酔っ払ってしまうほどでもない。キャラを作っているのだ。

他にチーズが少しと、魚のカルパッチョが載っていた。お飲みになるんですよね、と言いながら裕次がボトルを持ち上げた。

「お好きだと聞いてますが」

とんでもありません、とあたしは手を振った。そこそこにはいけるクチだけど、酒豪というほどでもない。

あたしたちの中でアルコールと言えば恵子で、数々の伝説があるのだけれど、今は言わないでおこう。

とはいえ、嫌いなわけでもないので、注《つ》いでくれた白ワインをひと口いただいた。さっぱりとした感覚。やや辛口。

「チリワインなんです。オーナーのお勧めなんですが、お口に合いましたか」

とても、とうなずいた。ワインを表現するのに、キレがいいという言い方は違うかもしれないが、あっさりしていて好みの味だった。

「適当に何品か頼んでおきました」メニューを開いた裕次が前菜をいくつか指した。

「サンマのキッシュ、それからキノコとタケノコのサラダ。後何だっけ」

「羊のロースト。ナナちゃん、羊好きでしょ。お店のイチオシなの」

ドアがノックされ、やや年配の男の人が顔を覗かせた。飯島《いいじま》さん、と立ち上がりかけた裕次を制して、どうかな、とフレンドリーな口調で男性が言った。

「もう一人来るんだよね。料理、どうする？　何か繋ぎに食べる？　イサキのいいのがあるんだけど、焼いてみようか」

いいですねえ、と裕次がうなずいた。それで話は終わったらしい。ごゆっくり、とウインクした男がドアを閉めた。

「今の人って――」

あたしの問いに、オーナーシェフの飯島さん、と美宇が事もなげに言った。

「この店、裕次さんのお母様がよく使ってるの。高校生の時から通ってて、だから身内も同然なんだって」

飯島良春《よしはる》シェフといえば、イタリア料理の巨匠として有名な人だ。テレビにほとんど出ないから、一般的な知名度はそれほどでもないかもしれないけど、イタリアンの重鎮として業界全体から尊敬されている。食品会社に勤める者として、あたしもよく知っていた。

飯島シェフの店は銀座の〝シェ・ヨシ〟が有名だけど、他にも店を持ってるという噂《うわさ》を聞いたことがあった。そうか、それが〝ジェノバ〟だったのか。

いやいや、そんなことより、その飯島シェフから身内同然の扱いを受けている福原裕次の方が驚きかもしれない。そもそも高校生が高級イタリアンレストランの常連ってどうなの？　ハイソサエティにもほどがある。美宇、あんた大丈夫？

ワインを飲みながら、しばらく三人で話した。あたしたちは差し障りのないように過去のエピソードをいくつか話し、裕次は聞き役に回った。にこにこ笑いながら、そんなことがあったんですね、とそつなく受け答えしている。

どこか浮世離れしている感じもしたが、態度は紳士的であり、丁寧だった。よほど育ちがいいのだろう。

彼は気配りもできる男だった。あたしのグラスが空になれば、いかがですかとひと言断ってから注いでくれるし、届いたサラダをシェアして並べてもくれた。優しいとかそういうことではなく、自然と身についているようだ。

感心を通り越して、むしろ不安になった。美宇、マジで大丈夫なの？　ちゃんと付き合えてる？　騙《だま》されてない？　こんな男、いる？

だけど、福原裕次は実在していた。あたしの目の前にいる。料理はいかがですか、苦手なものはありませんか、寒くないですか暑くないですか、ミネラルウォーターを頼みましょうか、ガス入りですかガス抜きですか。ここまで気遣える男は何年も見ていない。

「ブライズメイドのオナーの件ですが」話がひと段落したところで、裕次が姿勢を改めた。「急な話で申し訳ないと思っています。ですが、美宇さんも親友であるあなたにお願いしたいと言ってますし、ぼくも一番仲のいい従兄弟《いとこ》に頼んでいます。やはりこういうことは、一番祝福してほしい方にお任せしたいと思うんです。いかがでしょう、お願いできないでしょうか」

頭を深く下げた。しおらしく美宇もそれにならう。喜んで、とあたしは柔らかく笑いながら答えた。

「美宇は中学からの親友です。親友は誰かと聞かれたら、迷わず美宇の名前を答えるでしょう。あたしがブライズメイドのオナーを務めるのは当然ですし、光栄に思っています」

自分の言葉に頼りないものを感じた。親友だと思ってるのは本当なのだけど、どこか、何かが違っていないか。親友、本当に？

いや、合ってるのだ。合ってるのだけれど、何と言えばいいのか——。

ありがとうございます、と裕次があたしの手を包むように両手で握った。

「そうおっしゃっていただければ心強いですし、本当に嬉《うれ》しく思います。聞いていた通り、とても素敵な方ですね。あなたがオナーでよかった。安心です」

とんでもありません、とあたしは小さく首を振った。どうもこの人のペースに付き合っていると、こっちまで上品な言葉遣いになってしまう。悪いということではないのだが、何か変な感じ。

「これも美宇さんから聞いた話なんですが、七々未さんはまだその……お一人だそうですね」

言わないでよと軽く肩をつつくと、いいじゃない、ホントのことなんだからと美宇が口を手で抑えながら笑った。

最近の男は、見る目がないと思いますよ、と裕次が渋い顔になった。

「同じ男として情けない限りです。あなたのような方を放っておくなんて、どうかしてるんじゃないかな」

普通の男がこんなことを言ったら、たぶんイラっとしていただろう。例えば同じ会社の高宮だったら、頭からワインをかけていたかもしれない。

でも裕次の言葉には嫌みがなかった。本心から言ってる。本当にいい人なのだ。

いいなあ、美宇。こーゆー人、捜してたんだよね。どうなの、何か問題ないの？　迷ってるとかなら、あたしにくんないかな。

ワインボトルが空になっていた。もう少しいかがですかと裕次が言った。いいですね、とあたしはうなずいた。

2

メイン料理の前に、と女性の店員が小さなシャーベットを持って入ってきた。お口直しということなのだろう。

その後ろに三人の男女が立って、手を振っていた。母さん、と席を立った裕次が椅子を勧めた。

「お父様、お母様！」キッシュを食べていたフォークをあたしに押し付けるようにして、美宇も立ち上がった。「いらしてたんですかあ？」

二人のことは写真で見ていたから、すぐわかった。よく見るとどこか裕次に雰囲気の似ている父親と、上品そうな母親が、座っていなさいとにこやかに微笑んでいた。

父親はともかく、母親の方からは何というか、うっすらと威圧的なオーラが漂っていたけど、姑《しゅうとめ》なのだからそれは普通だろう。渡る世間はナントカっていうし。

裕次が両親にあたしのことを説明してくれた。伺ってますよ、と母親があたしの手を両手で強く握った。

「まあまあ、裕次さんもねえ、妙なことにこだわる子で」新品なのか、きれいに折り目のついたブラウスの襟を直しながら、片目をつぶってみせた。「でも、悪いことじゃありませんよね。お友達に付き添っていただけるなら、それに越したことはないでしょうから……七々未さんはフクカネにお勤めだそうですけど」

はい、とあたしは答えた。いい会社ですね、と母親が夫に視線を向けた。

「主人の兄が三十年も前からフクカネさんの株を持ってますけど、歴史のある会社ですからね。ああいうきちんとした会社にお勤めの方なら、ブライズ……何でしたっけ？」

メイド、と父親が小声で言った。そうそう、と母親がうなずいた。

「ブライズメイドをお任せしても安心です。ねえ、とても素敵。そういう楽しい習慣があって、若い方はいいわね。流行《はや》ってるんですって？」

そうみたいです、としか言いようがなかった。昔から、結婚式に友人が介添人をして立ち会う習慣はあっただろうし、披露宴の司会や仕切り、二次会の幹事を友人が務めるのは普通だけれど、今回のように本格的なブライズメイドというのが日本で流行してるかどうかはわからない。

でも、うなずくしかなさそうだ。下手《へた》なことを言えば、差し障りがあるだろう。父親の方は終始にこやかに笑っているだけで、ほとんど無言だ。よろしくお願いしますよ、とか言うぐらいだ。夫婦の関係性がわかったような気がした。

それよりも気になるのは、もう一人の若い男だった。カジュアルなスーツをラフに着こなしていて、裕次より年齢は少し下だろう。顔が小さくて、スタイルは完璧に近い。

ジャケットの上からでも、筋肉質なのがわかるほど、上腕部が盛り上がっている。そして落ち着いた表情と、黒目がちな瞳が印象的だった。

「従兄弟の英也《ひでや》です。神崎《かんざき》英也」裕次が男の肩に手を置いた。「今回、アッシャーを頼んでいて、今日はあなたに紹介するために呼んだんです」

神崎です、と男が手を差し出した。低くて、体の奥まで響く、よく通る声。

昔、高校生の時によく聴いていた深夜ラジオのパーソナリティを思い出した。ちょっとセクシーで、いつまでも聴いていたい。そんな声だった。

握手、と美宇が囁いた。そうか、そうなのか。あたしは差し出された手を軽く握った。裕次もそうだけど、この人達はどこか外国人の雰囲気があった。

あたしたちが席に戻ると、裕次に言われた英也が、あたしの隣に座った。ごゆっくり、と手を振った両親が個室を出て行った。

「ヒデ、遅いじゃないか。忙しいのはわかってるけど――」

「ゴメン、兄ちゃん」

英也がぺこりと頭を下げた。どこか少年の匂いがする仕草だった。

「ヒデは電博堂《でんぱくどう》で働いてましてね」裕次が口を尖《とが》らせた。「うちの家系じゃ、珍しいタイプなんです。広告代理店とかマスコミっていうのは、よくわからないんですが、ちょっと忙し過ぎるんじゃないかな。体が心配ですよ」

電博堂ですか。日本最大手の広告代理店だ。仕事柄、あたしも付き合いがあった。忙しいのは間違いない。

「ぼくに言わせれば、兄ちゃんみたいなお医者さんとか、そっちの方がわかんないな」屈託のない笑顔で英也が言った。「叔父さんもそうだし、兄ちゃんも同じだよ。どっかのんびりしてるっていうか……そうは思いませんか」

いきなり顔がこっちを向いて、心臓が強く鳴った。よくわからないです、とあたしは小声で答えた。ヒデは母方の従兄弟で、と裕次が説明を始めた。

「母の兄が製薬会社のお偉いさんなんですよ。今は一線を退いて、監査役だか何だかをやってるそうですが、小さい頃は家が近くて、毎日一緒に遊んでたんです。ぼくは実の兄と年が離れてますし、下は妹しかいないんで、ヒデは弟も同然なんです」

あの頃は、英也がテーブルの野菜スティックを細く長い指でつまんだ。

「犬の兄弟みたいに、ずっと一緒にいたよね。うちはオフクロが早くに亡くなって、親父《おやじ》は出張だ何だで、ほとんど家にいなかったから、毎晩飯を食わせてもらって……お世話になりました」

「さっきも言いましたけど、アッシャーを頼んだ従兄弟というのはヒデのことなんです」

そりゃそうだろう。話の流れから言って、そうでなければおかしい。

「兄ちゃんの結婚式なら、自分がアッシャーをやらなきゃ駄目だよねとヒデも言ってくれまして、それで今日は七々未さんに紹介した上で、今後のことを相談できればと」

あたしからもお願い、と美宇が頭を下げた。

「結納の時、英也さんとはちょっと話しただけだけど、本当にいい人で、裕次さんが言ってるように、全部任せられるってわかったの。ナナとだったら、年齢も近いし、うまく仕切ってくれると思う」

この前はどうも、と美宇に英也が笑いかけた。

「すいませんでした、ほとんどすれ違いになっちゃって。もうちょっとゆっくりお話しできると思ってたんですけど」

「そうですよ、結納が終わった頃に駆け込んできて、挨拶もそこそこに会社に戻っちゃうなんて……」拗《す》ねた目で美宇が睨んだ。「裕次さんから、忙しいとは聞いてましたけど、結納って言えば婚約じゃないですか。もうちょっとお話ししたかったです」

　まあまあ、と裕次が間に入った。

「それは言っただろ？　ヒデが担当しているアメリカのネットテレビ局と、日本のテレビジャパンの提携が正式に決まったのがあの日だったんだ。こいつはイギリスに留学してたから、英語が得意だろ？　それでいいように使われて、寝る暇もなかったんだ。許してやってもらえないかな」

　わかりますけど、と美宇が体をよじった。すいません、と英也がテーブルに手をついて頭を下げた。

「もうその件は一段落つきましたから、お二人の結婚式には総力を挙げて取り組む所存であります。どうでしょう、それで許していただけませんか」

　美宇が吹き出した。ユーモアのセンスのある言葉のチョイスに、あたしも感心していた。

　とにかく、本気でやりますよ、と英也が胸を叩いた。

「お任せください。今は離れましたけど、何年か前まではイベント部にいたんです。こういう祝い事の仕切りは慣れてるんですよ」

よろしくお願いします、とあたしは頭を下げた。最近珍しい、頼りになる男の人だ。裕次もそうだけれど、福原家の家系にはいい男ばかりが揃《そろ》っているようだった。

3

三本目のワインを頼み、遅れてきた英也のために何品か料理を追加した。瘦身《そうしん》と言っていいスタイルの英也だが、食欲は旺盛だった。よく食べ、よく飲む。見とれてしまうような食べっぷりだ。

メインの牛のグリルを半分ほど食べたところで、さてさて、と英也がナイフを置いて二人に向き直った。

「面倒かもしれないけど、結婚式の話をもう一度してよ。整理しておきたいんだ」

うなずいて、あたしはメモ帳をバッグから取り出した。まだ大ざっぱなことしか聞いていない。改めて詳しく説明していただきたかった。

「結婚式は六月二十四日、目黒の聖雅園のチャペルで厳かに執り行われる」裕次が頬を緩ませながら、隣の美宇に目をやった。「正午スタート、約一時間の挙式だ。その後一時半から同じ聖雅園の三階、ユニコーンルームで披露宴。招待客は二百人ぐらいになるんじゃないかな」

なかなか盛大な式だね、と英也が独り言のように言った。確かに、二百人というのは相当な数だ。

二人に頼みたいことを順番に言うよ、と裕次が話を続けた。

「まずブライズメイドとアッシャーとして、式に立ち会ってもらいたい。申し訳ないんだけど、これはある意味で引き立て役になってもらうことになる」

了解しました、と英也が敬礼ポーズを取った。事前に調べて、あたしもそれはわかっていた。

ブライズメイドのルールとして、全員が揃いのドレスを着ることになっている。当然の話だけど、新婦の美宇は純白のウエディングドレスを着る。あたしたち四人は控えめなデザインのドレスを着て、花嫁を盛り上げなければならない。そういう役割なのだ。

アッシャーも同じで、やはり純白のタキシードを着ることになる裕次の後ろで、四人の友人が地味な感じの礼服を着用することになるのだろう。

「桂貴子《かつらたかこ》ウエディングサービスと話してるの」

美宇が潤んだ目で言った。マジでか、桂貴子？　いくらかかると思ってるの？　うちらもあそこで衣装揃えないと駄目？　破産しちゃうかも。

式に関しては、親類とごく親しい人たちだけを呼ぼうと思ってるんだ、と裕次が言った。

「ブライズメイドは美宇さんのお友達四人、アッシャーはヒデとぼくの医大時代の友人三人。式関係でやってもらうことはそんなに多くない。それぞれのオナーに結婚指輪を預けておくから、それを渡してもらったり、後はバージンロードを歩く時に先導してもらうとか、それぐらいかな。結婚式のプランニングに立ち会ってもらうかもしれないけど、それは聖雅園に専門のスタッフがいるから、基本的には任せておいて問題ない」

　ちょっとほっとした。何から何まで、ということになると、さすがに荷が重い。でもよく考えると、名門聖雅園なのだから、細かいことは向こうがやってくれるのだろう。

「後は結婚式を盛り上げてくれればいいだけで、そんなに面倒なことはないと思う。ぼくのことはともかく、花嫁を目立たせてほしいとは思うけどね。一生に一度のことだから」

　裕次が美宇の手に自分の手を重ねた。とろけるような笑みを浮かべて見つめ合っている。話を進めていただけないですかね、と英也がテーブルを指で軽く叩いた。

「披露宴なんだけど」正気に返ったのか、裕次があたしたちを交互に見た。「いろいろ考えた結論として、司会を二人に頼みたいんだ。どうかな」

「兄ちゃん、簡単に言うけど――」

　話を聞いてくれ、と裕次が片手を上げた。

「ぼくたちは去年の暮れに出会って、何度か会ううちにお互いを運命の人だと感じるようになった」

「それを聞くのは六回目だ。飽きないの？」

「いいから聞け、真剣な話をしてる」裕次が美宇の頰を指で軽く突いた。「結婚することに迷いはなかった。少なくともぼくの方はね」

あたしだって、と美宇がいやいやをするように体をくねらせた。

「裕次さんと結婚したくて、ホントにホントに毎晩……」

ストップ、とあたしと英也は同時に叫んだ。

「そういうのいいから、あたしたちに何をしてほしいか言って」

「それ、二人だけの時にやってくんないかな」

共有している時間が短いってことだ、と裕次が言った。

「別にいいんだ、そんなことは。これからずっと一緒にいるんだからね。だけど、お互いの親戚とか友達に、二人がどんな人生を送ってきたのかとか、そういうことは説明したい。その辺の細かい話になると、結婚式場の司会者とかには無理だ。ぼくたちのことをよく知ってる二人にお願いしたいっていうのは、そういう理由がある」

それに当たって、リクエストがあるの、と美宇が補足した。

「ナナと英也さんに、あたしたちのことを写真とか画像とかを使って説明してほしい。何分になるかわからないけど、そこは相談っていうか」

わかるけど、とあたしは渋面を作った。

「それって、結構大変だよ」

ちょっと前ならスライドショー的な、最近で言えばスマホなんかで撮った映像を組み合わせて、披露宴で流すのは、定番の演出だろう。ただ、それは素材がある場合だ。

この二人について言えば、あまりないのではないか。一から用意してほしいと言われても、ちょっと難しいだろう。

「例えばだけど、あんたが生まれた時の写真とか、学生の頃のビデオとか、そんなこと？　今の会社とか、そういうところでも新たに撮影しろって？」

ちょっと待ってよ、それって専門の業者に頼むべきなんじゃない？

「あたしと裕次さんの小さい頃の写真とか、そういうのはこっちで準備する」美宇が言った。「中学からの素材はナナも持ってるのがあるでしょ？　だから撮影してもらうのは、裕次さんと初めて会ったお店とか、デートした場所とか、そういうところだけ。全部ってわけでもないし」

そりゃそうだろう、と心の中で突っ込んだ。今まで何度デートしてきたか、どこへ行ったのか知らないが、全部撮影しろと言われてもできるはずがない。そこまでの時間はないだろう。

「まさか、あたしたちに何もかも丸投げするつもり？」

「だから、最初のデートとか、プロポーズとか、それぐらいだって」きつい口調になりかけた美宇が、慌ててトーンを落とした。「それはあたしたちも一緒に行くし、ナナは撮影だけしてくれればいいの。ねえ、いいでしょ？　お願い」

心の底から面倒臭いと思った。断ろうとしたけど、英也が身を乗り出して、いいねと親指を立てた。

「いいじゃない、それ。やっぱり結婚式だからね。人生最大のイベントだ。盛り上げたいと思うし、兄ちゃんと美宇さんのためならベストを尽くすよ」

ですよね、とあたしを見た。そんな顔されたら、うなずくしかないじゃないの。

悪いな、と裕次が照れ笑いを浮かべた。アッシャーがそうおっしゃるのなら仕方ない。ブライズメイドがノーと言ったら、あたし一人が悪者になってしまう。

「できる限り、お手伝いしたいと思いますけど……できるかな」

大丈夫ですよ、と英也があたしの方を向いた。

「うちの会社には機材もありますし、研修で使ったこともあります。任せてください」

あたしは男の人の真剣な表情に弱い。そして英也なら信頼できるという直感があった。

あたしは何もできないですけどと言うと、任せてくださいと力強くうなずいた。了解しました。ついていきます。

それから二次会のことなんだけど、と美宇が口を開いた。

「披露宴は親戚と会社関係、あとは友達を招待することになる。だから二次会はなるべく友達をたくさん呼びたい。あたしとしては、むしろそっちの方が大事っていうか」

　美宇さんには友達が多いからね、と裕次が微笑んだ。

「ぼくも少ない方じゃないですし、友人を大事にしたいというのは同じです。ぼくたちは価値観が似てるんですよ」

　さようでございますか。いったい二次会には何人ぐらいご招待するおつもりなんでしょうか。

「わかんないけど、小学校から高校までのクラスメイトには、全員招待状を出したいって思ってる」

　美宇がしれっと言った。マジでか。全員？　半分来たとしても、百人二百人になるのではないか。

「ぼくも同じです。留学時代に知り合った人なんかもいるし、呼ばれなくても行くよと言ってる人や親戚なんかもいますから、双方で二、三百人になると思います」

「ナナ、どこかお店知らない？　あと、音楽をずっと流したいんだけど、選曲とか頼める？　裕次さんのリクエストもあるし、二人の思い出の曲なんかも。それに、ただドリンクとフードだけあればいいってもんじゃないでしょ？　時間があれば、スピーチとか余興とか、そういうのもあったらいいよね。よくあるビンゴ大会とか、そんなのはつまんないから、何かもうちょっと変わったイベントみたいなのは無理？　それと、来てくれた人たちにあたしたちからプレゼントを渡したいんだけど、名前やツーショット写真が印刷されたお皿なんか嫌でしょ。何かセンスいいものないかな。それと――」

美宇のお願いお願い攻撃は延々と続いた。酔っ払ってるのか、あんたは。いや、酔ってるかもしれないけど、そこまで飲んでないでしょうに。

さすがに英也も呆《あき》れたのか、自分のグラスにワインを注いで、飲み始めていた。美宇は明らかに舞い上がっていた。結婚が嬉しいというのは当然だと思うけど、ここまではしゃがれると、こっちも引いてしまう。

「まあ、それぐらいにして」雰囲気を察したのか、裕次が美宇を止めた。「今のはこちら側からの一方的なお願いといいますか、要するに心に残る二次会になればいいな、ということで……」

その辺は、ちょっとお約束できないな、と英也がはっきりと言った。

「場所はぼくも心当たりがあるし、イベントも何か考える。だけど、何でもかんでもぼくたちにお任せっていうんじゃ、二人だってつまらないだろ？　兄ちゃんと美宇さんもアイデア出しなよ。協力はする。でも主役は二人なんだ。そこを忘れないように」

大人な言い方だった。さすが電博堂ともなると違うものだ。

こういう言い方なら、二人ともプライドが傷つかないだろう。わかってる、と裕次が英也の肩を突いた。

「最後にもうひとつ、これは男同士と女同士の話になるんだけど、バチェラーパーティを企画してほしいんだ」

「バチェラーパーティ？」

質問したあたしに、女性の場合はブライダルシャワーと呼ぶそうです、と裕次が説明を始めた。

「結婚してしまうと、夫婦のことが優先順位としては高くなりますよね。その前に、独身最後の夜をそれぞれ男だけ、女性だけで楽しく過ごそうってことです。美宇さんは嫌がるかもしれないけど、男には男のつきあいがあるのも本当で、朝まで飲み明かすなんてこともなかなかできなくなるでしょう。それは女性も同じじゃないですか？だから最後に……」

ホステスさんのいる店に行きたいんでしょ、と美宇が微笑んだ。

「そういうの、怒ったりしないよ。いいじゃない、別に。おつきあいがあるのはわかるつもりだし」

「結婚したら、そんなこと言ったのも忘れてしまうんだろうな」難しい問題だ、と裕次が天井を見上げた。「でも、女性だって独身の時は、女友達の家に泊まりに行ったりしてもいいんでしょうけど、そうはいかなくなる。ぼくは独占欲が強いわけじゃないけど、朝食は妻と取りたいな」

それがブライダルシャワーなんですね、とあたしはうなずいた。

「女だけで集まって、お酒を飲むとか、そんな感じ？」

「参加者は女性オンリーです」裕次が宣言するように言った。「レストラン、ホテルの部屋なんかを取る場合が多いみたいですね。もしくは花嫁の自宅、あるいはブライズメイドの家とか。お茶、お酒、お喋《しゃべ》りを楽しんで、プレゼントを贈ったりする。それを企画してほしいんですよ」

楽しそうだな、と英也がピクルスを齧《かじ》りながら腕を組んだ。

「いや、美宇さん、安心してください。エッチな店なんかには行きません。だけど、兄ちゃんをべろべろに酔わせるっていうのはいいかもしれないな。めったにない機会だろうし」

今回お願いしたいのはそれぐらいかな、と裕次が言った。はい、としおらしく美宇がうなずいた。二人ともとても幸せそうだった。

4

ブライズメイド、そしてアッシャーに対するリクエストが終わり、落ち着いたところでコーヒーとグラッパを飲みながらしばらく話した。英也が改めて裕次の経歴を教えてくれたけど、呆れてしまうぐらい立派なものだった。

「どうして、もっと早く結婚しなかったんですか？　逆に不思議です」

　失礼だとは思ったけど、そう言わずにはいられなかった。四人ともそこそこ酔っていたから、非礼さを誰も気にしていないようだった。

「大学時代はそれどころじゃなかったんです」裕次がグラッパを飲みながら言った。「交際していた女性がいなかったとは言いませんけど、医者になるっていうのはそれなりに大変で、勉強だってしなきゃなりません。まだ学生ですからね、結婚まではなかなか考えられなかったということもあります」

「それは何となくわかりますけど」

「卒業してから研修医を務めていた何年かは、女性どころじゃなかった。ブラック企業並みに働かせられるし、薄給です。信じられないと思いますけど、年収は二百万もなかった。医者が偉いなんて思いませんが、あれを耐えたのは評価してほしいですね。二度とやりたくないですよ」

「でも、その頃だってお付き合いしてた人はいたんでしょう？」

　呂律《ろれつ》の回らない舌で美宇が言った。話しただろ、と裕次が苦笑した。

「振られたって言ったじゃないか……彼女が先輩の医者と浮気してたんです。信頼していた先輩だったから、傷つきましたよ。指導教授に勧められたこともあって、アメリカへ渡りました。その指導教授が変人っていいますか、最初に行けと命じられたのがネブラスカだったんです。ご存じですか？　ネブラスカ」

知らないです、とあたしは正直に答えた。当然ですよ、と残っていたグラッパを裕次がひと息で飲み干した。

「州立病院で働くことになったんですが、日本人はおろかアジア人でさえ一人もいませんでした。町を歩いたって、見かけたこともありません。とんでもない田舎なんですよ。大学の時、アメリカに留学していましたから、コミュニケーションはどうにかなったんですけど、親しくなったのは男の医者ばかりです。ぼくは白人女性がどうしても苦手で、二年間寂しかったなあ」

その言い方には実感が籠もっていた。

「帰国してからは？」

帰ってからもずっとバタバタでして、と裕次が眉間に皺《しわ》を寄せた。

「東峰の大学病院で働くことになってたんですけど、その前に群馬の方で先輩の病院をヘルプしなければならなくなったり、大変でしたよ。そうこうしているうちに、兄が親父のクリニックを継ぐのは嫌だって言い出して、家族会議が始まったり……兄は病理の研究をしてるんですけど、そっちを続けたいと言い張ったんです。学者気質っていうか、研究そのものが好きなんですね、要するに」

兄ちゃんも人がいいっていうか、と英也が茶々を入れた。

「それでクリニックを継ぐことになったんだよね」

「どこもそうだと思いますけど、小さな個人経営のクリニックなんて、大変なだけでちっとも面白くないんですよ」裕次がこぼした。医者には医者の悩みがあるらしい。

「そんなこんなで、ようやく落ち着いたのが二年ぐらい前かな？　父は来年七十になるんですけど、それを機にぼくにクリニックを譲ると決まって、それではたと気づいたわけです。さすがにふらふらしてる場合じゃないなと」

婚活を始めました、と微笑んだ。今三十五歳というから、三十三歳での婚活スタートということになる。医者だし、次男だし、このルックスだ。いくらでも相手はいただろう。

「何人か紹介されて、見合いをしました」裕次が美宇に視線を向けた。「いい人ばかりでしたけど、何と言えばいいのか、一歩踏み出せない感じで……縁がなかったってことなんでしょうけど」

「ていうか、美宇さんが運命の相手だったんだよ」英也がきれいなフォローを見せた。

「だから、それまではうまくいかなかったんだって」

「かもしれない。いや、かもじゃなくて、本当にそう思うんです」裕次が美宇の肩にそっと触れた。「彼女の伯母さんとは母が親しかったこともあって、どんなお嬢さんかは前から聞いていました。勧められて会うことになった。自分でも驚きましたけど、こんなに話が合って、一緒にいて楽しい女性は人生で初めてでした。だよね？」

はい、と美宇がうなずいた。結構な話だ、と英也がデザートワインを勢いよく自分のグラスに注いだ。

「見合いですから、結婚が前提です。その意味で、話は早かった。間に入っている利《り》佳子《かこ》伯母さんのこともよく知ってましたし、不安に思う要素はなかった。それなら引っ張る必要はないでしょう？　それでプロポーズしたってわけです」

「嬉しかったです」美宇が裕二の目を見つめた。「本当にありがとう」

素敵な話だなあ、と英也が感心したように首を振った。そうですね、とあたしもうなずいた。

「ぼくの知ってる限り、兄ちゃんぐらい真面目《まじめ》な人はいません。優しいし、誠実だし、頼りになる。必ず美宇さんを幸せにしてくれますよ」

「美宇のことはあたしが保証します」行きがかり上、あたしも言わざるを得なかった。「中学からの親友で、それこそ何でも知ってます。過去に交際していた男の人のことなんかも——」

「ナナ！」

「大丈夫、変な男に引っ掛かったことなんて一度もなかったでしょ」そもそも、そんなことになるほど、男性経験があるわけじゃないのだ。「芯のしっかりした、今時珍しいぐらい純粋で、奥ゆかしいところのある子です。おとなしいけど、自分もしっかりあるし、でも他人に合わせることもできる。こんな素敵な子、めったにいません。自信を持ってお勧めします」

ちょっとぽっちゃりですけど、という言葉は飲み込んだ。ダサいところがあるけれど、いい子なのは本当だ。

「家庭的な子なんです」あたしは先を続けた。「料理もできるし、掃除洗濯、家事全般何でもこなせます。お花の免許も持ってるんですよ。短大の頃にパソコン教室で教えてたこともありましたから、クリニックの経理なんかもできるんじゃないかな。とにかく才色兼備というか、奥さんにするには最高の女性なんです」

嘘《うそ》は言ってない、と自分に言い聞かせた。家庭的なところがあるのは本当だし、パソコンのスキルもある。レベルが高くないとか、そんなことは言わなくていいだろう。

知ってます、もちろんと裕次が微笑みを浮かべた。

「彼女の家にお邪魔した時、夕食を作ってもらいました。うちの母もそうなんですが、和食が得意なんですよね。実家ではお母さんと分担して、家事をこなしていたと聞きました。実家住まいの女性は少なくないでしょうけど、普通は母親に任せっきりでしょう？　なかなかできることじゃありませんよ」

そうかあ？　と言いたかったが我慢した。美宇はマニュアル女で、通っていた料理学校で習っていたフランス料理はかなり忠実に作れるが、和食をレパートリーにしたという話は聞いたことがない。裕次が食べた料理というのは、おそらく母親が作ったものなのだろう。

掃除洗濯その他の家事をしていたのは本当だけど、これといった趣味があるわけでもない美宇は、いつでも時間を持て余していた。母親のことはよく知ってるが、口うるさい人だ。やかましく言われて、仕方なくしていただけに過ぎない。

美宇は過去に一人暮らしをしたことがなかった。ずっと実家暮らしだったのだから、家事ぐらいやってくれないと母親もいいかげん切れてしまうだろう。

いいなあ、理想のカップルだなあ、ともう一杯ワインを注ぎ足した英也が繰り返した。本当ですね、とあたしは大きくうなずいた。

5

年齢が近いせいもあって、話はそれなりに弾んだ。ちょっと失礼、と美宇の肩をついてトイレに立ったのは、一時間ほど経《た》った頃だった。

「感じのいい人だね」パウダールームでメイクを直しながら、隣の美宇を鏡越しに見た。「ホント、マジで羨ましいです。おめでとう」

「どういたしましてえ」

合ってるのか合ってないのかわからない答えを返した美宇が、ぴょこんと頭を下げた。酔ってるの？　あたしがトイレに誘った意図をわかってない？

「従兄弟の……ええと、英也さん？　あたし、あの人と結婚式の相談とかをしなきゃならないわけだよね」

ヨロシクヨロシク、と美宇が手刀を切った。マジで何もわかってないの？　いいかげん、ちゃんとしなさいって。

「ほら、あたし……知らない男の人とか苦手だし」

「あたしもよく知らないんだよね」はみ出したグロスを小指で整えながら美宇が言った。「会ったのは一回だけだし、三十分も一緒にいなかったし。結納の時、顔だけ出して、そのまま仕事に戻るって行っちゃったから」

「電博堂って言ってたよね」

「何とかクリエイティブチームで働いてるんだって。いいよね、電博堂。何かオシャレじゃん」

そういうことはいいから、どんな人なのか教えなさいよ。年はあたしたちと同じなんだよね。それで、どうなの。

「どうって？」

まずい、心の声を聞かれてしまった。どうって、それはつまり、どうなのかってことで。

「福原の家って、イケメンばっかりなんだよねえ」美宇が鏡の前で口角を上下させた。「お父さん、見たでしょ？　ちょっとダンディ入ってない？　来年七十歳っていうけど、現役感があるっていうか」

お父さんのことはどうでもいい。福原家のこともいい。あたしが聞いてるのは神崎英也のことなのだ。

「彼は……結婚してるのかな」

「してないと思うよ。聞いてないけど」

美宇が真剣な表情でチークを塗り直しながら言った。かなりの確率で、彼は独身だろうとあたしも思っていた。薬指に指輪がなかったのは、一番最初にチェックしていた。

「でも、彼女はいるよね。あんなにカッコイイ男で、しかも電博堂でしょ？　普通、付き合ってる人ぐらい――」

「んー、知らない」最後にパフでファンデーションを微調整しながら美宇が言った。

「ちらっとしか会ってないし、話したわけでもないんだし。裕クンの従兄弟だよ？そんなこと初対面で聞けると思う？」

そりゃそうだ。結婚相手の従兄弟に向かって、あなた彼女いるんですか、などと聞けるはずもない。初めて会ったのなら、なおさらだ。

聞き出せる情報がそれだけだとわかり、あたしは化粧室を出た。昔からそうだけど、美宇には互助精神が欠けている。目の前にイケメンが現れたら、友人のためにもうちょっと詳しい話を聞いておいていただきたいものだ。

どこかのんびりしたところのある美宇は、あたしの意図に無頓着だった。大手広告代理店勤務のエリート、同じ年齢、高水準のルックス、そんな男を目の前にして、あたしがどう思ったかなど、気にならないらしい。それとも自分の幸せに酔って、他人のことはどうでもよくなっているのだろうか。

仕方ない、今日のところはこれぐらいにしておこうと思いながら席に着くやいなや、英也さんって彼女さんとかいるんですかあ、と美宇が言い出して、喉から心臓が飛び出しそうになった。

頭悪いの？　作戦会議の直後になぜいきなりそれを聞く。ミエミエじゃないか、バカ。

それとなくとか、遠回しにとか、そういう概念はないわけ？　あんたに侘《わ》び寂《さ》びの心はないの？

いないんだよ、と裕次が笑いながら、英也の肩を強く叩いた。

「ホント、そういう話に縁がないんだ。硬派を気取ってるのか？　そういうの、はやらないぞ」

「そんなつもりはないけど」チャラ男に思われるのは嫌なんだ、と英也が答えた。

「慶応出で電博堂なんて、そんなプロフィールは今時むしろカッコ悪いって。ましてや、そんなもの目当てに近づいてくる女なんて願い下げだね」

慶応なのか。メモメモ、とあたしは脳に指令を下した。

モテそうなんだけどな、浮いた話のひとつも聞いたことがない、と裕次が肩をすくめた。

「前に合コンやった時もそうだったろ？　向こうは明らかにその気があるのに、黙りこくって何も言わない。ああいうの、どうかと思うよ」

兄ちゃんの合コンはぶっちゃけ質に問題があるよ、と英也が抗議した。

「どういうラインであんなのを連れてきたわけ？　何かさ、本心が透けて見えるっていうか、そんなにガツガツ来られても、みたいな。合コンは嫌いじゃないよ。感じのいい人と出会いたい、知り合いたいっていうのは常にあるからね。だけど、やるだけ時間の無駄だなって最近は思うようになった。合コンに来るような女性は、ぼくの好みじゃないんだ。兄ちゃんだって、本当のところはそうだろ？」

確かに、と認めた裕次があたしたちの方を向いた。

「男って、意外とそうなんですよ。一夜限りとか、そういう目的であれば別ですけど、真剣に交際する相手を探してたら、どうしたって合コンに来るような女性は対象外になる。そういうものなんです」

「ぼくだってね、そこそこいろいろ頑張ってるんだ。兄ちゃんに何でも話してると思ったら、大間違いだよ」英也の口元に笑みが浮かんだ。「言わなきゃならないこともあるけど、言わない方がいいこともある。だろ？　もう高校生じゃないんだから」

二人が顔を見合わせて大声で笑った。何かを共有している者の笑いだった。

それはいいけど、肝心なところはどうなのか。神崎英也はフリーなのか、そうではないのか。

「マジなんですかあ？」美宇が二人に負けないほどの大きな声で質問した。「ホントに、英也さんって、彼女さんとかいないってことなんですかあ？」

「残念なことに、今はいないんです」

英也がお手上げのポーズを取った。嘘ではないようだ。あたしはテーブルの下でぐっと美宇の手を握った。

あんた、いい仕事するじゃない。見直したよ、さすが大親友。おお、マイベストフレンド。

最後にカプチーノと紅茶でその場を締めて、今日のところはこれぐらいにしておきましょう、と裕次が言った。十時半になっていた。計ったようなタイミングで黒服が現れ、帰り支度が始まった。

支払いはどうするのだろうと思っていたら、察したのか、大丈夫ですと裕次が言った。

「さっきの飯島シェフと両親が親しいので、家に請求書が来ることになってます。毎回そうですから、気にしないでください」

そうなのか、さすがは上流階級。四人でそこそこ食べ、かなりのワインを消費した。いいのかなと思ったけど、ここは甘えることにしよう。

店を出たところで、裕次が大きく伸びをした。

「美宇さん、ちょっと家に寄ってきませんか。両親に挨拶だけしてもらえると助かります」

そのつもりです、と美宇が素直に答えた。嫁入り前の女はいちいち大変だ。デート帰りでも、顔見せの必要があるのだろう。

「会社に戻るから、ぼくがお二人を落としてくよ。どうせ通り道だし」

タクシーを止めた英也が助手席に乗り込んだ。悪いな、とうなずいた裕次と美宇が後部座席に回る。あなたもどうぞ、と英也が空いていたスペースを指さした。

「駅まででで申し訳ないんですけど、どうぞ乗ってください」

いえ結構です、とあたしは手を振って断った。遠慮したわけではなく、ちょっと酔っていたので歩きたかったのだ。そうですか、と裕次がドアを閉めた。

窓がするすると降りて、英也が顔だけを覗かせた。

「今日は遅れてしまって申し訳ありませんでした。とりあえず、ここで失礼します」

よろしくナナ、という美宇の声が聞こえた。いえいえ、とんでもございません。

代官山の方へ、と裕次が言った。走り出したタクシーを見送りながら、小さくため息をついた。

疲れた。これからのことを考えると、もっと疲れるけど、その辺は仕方ないだろう。

今日は帰ろう。

表通りに出る直前で止まったタクシーが、バックしてきた。どうしたのだろう。

「すいません、忘れてました」助手席から降りてきた英也が、あたしに名刺を渡した。

「今後、いろいろ相談しなければならないこともあると思いますので、連絡先を交換しておいた方が……」

そうですねとうなずいて、あたしもバッグから名刺を取り出した。英也の名刺にはボールペンで十一桁の数字が記されていた。携帯番号なのだろう。

「西岡《にしおか》さんは、ラインやってますか」

自分のスマホを出した英也が言った。一応と答えると、よかったらIDを交換しませんか、と液晶画面を切り替えて、スマホを前に出した。

「その方がいいって」バックシートの美宇が裕次の肩越しに言った。「メールよりラインの方がいいでしょ」

無意識なのだろうけど、美宇の援護がありがたかった。あたしたちはスマホの機能を使って、それぞれのIDを交換した。

「すいません、慌ただしくて」助手席に戻った英也がシートベルトを締め直した。

「どうしても会社に戻らないとまずくて……ミーティングの途中で抜けて来てるんですよ」

「こんな時間にですか？」

あたしの問いに、代理店は夜中に社員を働かせるのが好きなんです、と英也が苦笑した。失礼しますよ、と後部座席から裕次が鷹揚《おうよう》に手を振り、タクシーが走り去っていった。

もらった名刺をバッグにほうり込んで、駅に向かって歩きだした。連絡先、ゲット。

でも、それだけのことですけどね、とつぶやきが漏れた。

神崎英也という彼について、好印象を持った。それは認めよう。でも、向こうもそうだとは限らない。

別に悪い印象を与えたとも思わないけど、重要なのはそこじゃない。あたしが言ってる印象というのは、男として、女として、という意味だ。

あたしにとって、彼は親友の結婚相手の従兄弟、彼にとってあたしは従兄弟が結婚する女性の親友、それだけだ。男も女もない。

だいたい、今日初めて会った相手に、心をときめかせたりはしない。もうそういう年齢ではないのだから。

駅までの道をゆっくり歩きながら、考えちゃいけない、とつぶやき続けた。いや、考えてもいいのだけれど、期待だけはしちゃいけない。ホントに、絶対に、ネバー。あたしが何を思い、考えても、そんなにうまくいくはずがない。彼は三十三歳、働き盛りのエリートサラリーマンだ。

三十を越えると、男の選択肢は広くなり、女は逆に狭くなる。こっちがよくても、向こうがNG、そんなことばかり多くなってしまう。あたしは現実というものをよく知っていた。

期待はしない。してはならない。これはたまたま親しい者が結婚することになったため、役割として動かざるをえなくなっているだけのことだ。

そこからは何も生まれない。発展することはない。

そんなことはわかっていた。だから、歩きながら自分自身に言い聞かせた。

何があるというものでもないんだよ、七々未。ある意味、これは仕事なのだから、そこからロマンスが生まれるわけないでしょう。

ゆっくり歩いていたつもりだったけど、すぐ駅に着いていた。自然と足早になるのを押さえきれなかった。

中目黒の駅へ続く階段へ向かいながら、いずれ連絡はしなくちゃ、とつぶやいた。報告、連絡、相談。ホウレンソウは社会人としてのマストな義務だろう。

いつ英也にラインを送ろうか。そう考えながら改札を抜けた時、スマホが鳴った。

〈気をつけて帰ってください。とても楽しかったです〉

ｈｉｄｅｙａ、と記されていた。まさか、そっちから？

ううむ、と意味不明の呻《うめ》き声を漏らしながら、あたしはエスカレーターを降りた。ぴったりのタイミングで、ホームに地下鉄が入ってきた。

何となくだけど、胸の中に柔らかな予感が動き始めていた。

chapter03

幸せになるための8つのドレス

1

三軒茶屋のマンションに帰ったのは、十一時過ぎだった。キーホルダーを定位置の本棚に置き、バッグをリビングのテーブルに放り投げて、ベッドに突進した。

クリーニングから戻ってきたばかりのスーツが皺になると頭の隅でわかっていたけど、とにかく疲れた。新婦の親友って、こんなに気疲れするのか。

酔っていたし、明日は土曜で休みだから、よっぽどこのまま寝てしまおうかと思ったのだけれど、三十二歳女の最後の自制心が眠気に打ち勝って体を起こした。メイクを落とさなければならない。せめてシャワーを、しからずんば死を。

ジャケットとブラウスを脱ぎ、部屋着に着替えると少し落ち着いた。あれだけ食べたのに、口寂しいのはどういうわけか。

こんなふうにして、体型が大変なことになっていくのだろう。それじゃいかん、と男のようにつぶやいて、冷蔵庫から出したエビアンを半分ほど飲むと、どうにか気持ちが収まった。

テーブルに放り出していたバッグの中で、何かが蠢《うごめ》く音がした。スマホだ。マナーモードにしていたけど、バイブ機能は生きていた。

のろのろと手を伸ばし、画面を見ると〈どうだった？〉という文字があった。恵子からのラインだ。

友加と沙織がグループラインで待っているとわかり、あたしも入っていった。今夜のことを報告する約束になっていたのを、すっかり忘れていた。

お疲れ、と三人がそれぞれ言った。マジで疲れたと返すと、それぞれが別のスタンプで〈お疲れさま〉を送ってきた。慰めになってないって。

〈それで、どうだったの〉いつものように、恵子が最初の質問をした。〈裕次さんって、どんな人だった？〉

友人の婚約者がどんな男か気になるのは女子あるあるだし、そこは男の人も変わらないだろう。ぶっちゃけ驚いた、と画面に触れながらつぶやいた。

あたしもそうだけど、恵子たちも事前に写真を見ている。だいたいのプロフィールも聞いていた。とはいえ、実際に会ってみなければ本当のところはわからない。

事前の情報で、福原裕次という男のスペックの高さはわかっていた。期待をそそるものがあったけれど、往々にしてそういう場合、顔を合わせるとがっかりしてしまうことも多い。

ところがところが、裕次はそのハードルを軽々と越えてきた。驚くべき男性と言えるだろう。

美宇の引きの強さには呆れた、とあたしはラインを送った。

〈あんなのをゲットするなんて、前世でよっぽど善行を積んだとしか思えない〉

ほお、と三人がため息をついた。どうしてラインなのにわかるのかと言えば、ため息のスタンプが送られてきたからだ。

最近では口にするのも恥ずかしいのであまり言わなくなったけど、二十一世紀になっても三高という概念は存在する。高学歴、高収入、高身長。

それが幸せを保証してくれるわけではない、と誰もがわかっている。でも、本音では望ましいと思っている。三高は女性すべてにかけられた呪いだ。

裕次はその三高すべてをクリアしていた。しかも数年後にはクリニックの院長先生だ。本人は町医者ですからと謙遜していたけど、整形外科医こそがこれから一番儲《もう》かるというのは常識だろう。

そして一八〇センチ超えの身長。ルックスについては好みもあるから一概には言えないし、やや古風で整い過ぎているのが難かもしれないけど、はっきりとイケメンの部類に入る顔立ちだ。水準を遥《はる》かに上回っているのは事実だった。

大学時代アメフトをやっていたというが、スポーツ経験者ならではの筋肉質のボデイ、厚い胸板。なかなか最近お近づきになる機会のなかった代物といえた。
体育会出身者らしく、礼儀もきちんとわきまえていた。初対面ということを差し引いても、婚約者の親友に対して丁寧な言葉遣いで話し、紳士的にふるまっていた。おまけにお支払いも彼がした。お坊ちゃまな感じもしたけど、鼻に付くこともない。少なくともケチな男でないのは確かだ。

〈アメリカの連続ドラマだと、そういう男はたいてい殺人鬼だ〉

物騒なコメントを発したのは友加だった。

〈もしくは他に女がいる。クリニックのナースに手をつけてるね〉

そういう男ではなさそうだ、とレスした。

〈何もなかったとは言わない。あれだけの男を女が放っておくはずない。でも、マジメな人だと思うな〉

あたしだって、伊達《だて》に三十二年も女をやってるわけじゃない。まともか、まともでないかぐらいはわかるつもりだ。そして福原裕次は、明らかにまともな部類の男だった。

彼が結婚しなかったのは、留学が長かったためもあるのだろう。日本人でなければどうしても無理、という男は少なくない。保守的とかそういうことではなく、DNA的な問題だ。

レディファーストが身についているのも、留学経験の賜物《たまもの》ではないか。いや、そう

ではないのか。生まれつきの資質かもしれない。〈どこの星から落ちてきたわけ?〉

〈何、その王子さまは〉恵子が言った。〈ナナの言う通りかもしれないけど、それでも三十五歳まで独身だったっていうのはミステリーだよね〉

〈信じられない〉沙織が言った。〈ミステリーなのは、むしろ美宇だって〉あたしは素早く返事を送った。〈あの子の強運の方がよっぽど謎だよ〉

生まれが違うのか、それとも信じる神様が違うのだろうか。とはいえ、昔から運のいい子ではあった。

今でも五人で集まると、折に触れ話すことがあるのだけれど、〝ロングタイム説教事件〟はその象徴的な例だろう。

高校二年の一学期、期末テストが終わったその日、五人で学校から帰る途中、誰が言い出したのかロングタイムという喫茶店に寄ることになった。あたしたちの学校の校則はなかなか進歩的で、喫茶店への立ち寄りは禁止されていなかったから、そこは問題ないはずだった。

まずかったのは、その店が夕方からアルコール類を出すことだったことで、でもその時は気づいてなかった。神様に誓ってもいいけど、ホントに知らなかったのだ。

テストが終わった解放感、十七歳の夏を目前に控えた期待感、一年後には受験の準備に入らなければならないという焦燥感。

いろんな感情がごっちゃになり、しかも期末テスト直前にその頃つきあっていた男の子と険悪な状況に陥っていた友加の不満も聞かなければならなかった。

話はなかなか終わらず、気づくと夜七時を回っていた。女子高生のお喋《しゃべ》りが止まらなくなるのは万国共通だろう。

それぞれが親に連絡して、遅くなることについての問題はなくなった。それまでもカラオケに寄ったりして多少帰りが遅くなることはあったから、連絡しておけば親もそんなに心配しないのはわかっていた。

そうこうしているうちに、隣のテーブルでお酒を飲んでいた大学生グループに声をかけられ、雰囲気に流されまくった友加が意気投合し、ビールをおごってくれるのどうのという流れになった。気が緩んでいたのは否めない。

十七歳だもの、それぐらいいいんじゃない？　いやいや、いくらなんでも流石《さすが》にダメでしょ？　今思うと、そうとうガードが甘かったのは確かだ。

そうやって騒いでいたら、店に入ってきたオバサンに、あんたたち高校生でしょと言われた。そのオバサンは目黒署の少年課の刑事で、首根っこをつかむようにして説教がはじまった。アルコールは一口も飲んでいなかったし、謝ればすぐ許してくれるだろうと高をくくっていたのだけど、融通の利かないそのオバサン刑事は理不尽なほど激怒していた。親や学校への連絡こそ免れたものの、大泣きの友加をはじめみんなボロボロで、それはそれは大変だった。

でも、怒られたのはあたしたち四人だけで、一人だけ逃げおおせた子がいた。それが美宇だ。

その頃、ひどい便秘症に悩んでいた美宇は、オバサン刑事が店に入ってくる直前にトイレへ行き、そこで三十分近く額に脂汗を滲《にじ》ませながら頑張っていたという。そしてあたしたちが絞られ、店から連れ出された後にトイレから出てきた。

気を利かせた大学生と店員たちに、非常口から出るよう言われ、そのまま家に帰った。だから美宇だけは難を逃れた。

似たようなことは何度かあった。トラブルが起きた時だけ、その場にいないのだ。逆に、いつもなら来ない集まりに顔を出したら、そこにいたBボーイと仲良くなったり、なんてこともあった。

〈あの子は昔からそうだった〉あたしは想いをそのままラインした。〈運がいい子なんだよね〉

〈でもさ、良かったじゃない〉恵子がコメントした。〈ナナから見て、そんだけできた男だっていうんなら、結婚相手としてはベストなんじゃないの?〉

まったくまったく、と友加が言った。

〈友達の幸せはうちらの幸せだ。祝福しようじゃないの〉

そうだね、とあたしと沙織はそれぞれラインした。本当にその通り。美宇の幸せはあたしたちの幸せだし、親友のあたしにとっては何よりの喜びだ。よかったね、美宇。

嘘はついてない。

〈それで、この人は誰？〉

沙織が質問した。今日、〝ジェノバ〟で最後に撮った集合写真を、あたしはみんなに送っていた。この人というのは英也のことだ。

裕次さんの従兄弟、と書いた。おやまあ、と恵子が悲鳴のスタンプを送ってきた。

〈なになに、ずいぶんいいオトコじゃない〉

〈同意。裕次さんよりイケてない？　若いよね、何歳？　独身？〉

知りたがりの友加が騒ぎだしたけど、そうでもなかったとあたしは答えた。

〈よくわかんないけど、痩《や》せ過ぎてて頼りないし、神経質そうな感じがした。電博堂《でんぱくどう》に勤めてるとか言ってたけど、いかにも代理店っぽい。遊んでるんじゃないかな。あんまりお近づきになりたくないタイプ〉

そうかなあ、と恵子が言った。そうは見えない、と友加が言った。いい人そうだけど、と沙織が言った。

〈そうでもないって。会えばわかる。チャラ男だって、チャラ男〉

そうかねえ、そんな男なのかなあ、どうなんだろう。三人がそれぞれコメントを出した。

この子たちはあたしのことをよく知ってる。英也に対して、あたしが好印象を持ったことに気づいている。でも、それを言うとあたしがムキになって、違う違うと叫び出すのもわかってるから、あまり突っ込んでこない。

また連絡する、と最後に書いてラインから抜けた。もう十二時半じゃないの。シャワー浴びて、さっさと寝よう。スマホをその辺に置いて、バスルームに向かった。

2

四月三日、週明けの月曜日、いつものように会社で働いていたあたしのスマホが鳴った。美宇からだった。

「あんた、仕事はどうなってんの？」

スマホを顎で挟みながら聞いた。まだ十時、会社は始まったばかりだ。私用の電話をするには早すぎないか。

「相談なんだけど」あたしの声は美宇に届いていなかった。「披露宴で親戚とか友達とか会社関係とか招待客のリストを作ったら、百四十人になっちゃった。多すぎるかな」

知らないって、そんなこと。

「少し削らなきゃいけないって言われたけど、どこで線を引いたらいいと思う？」

だから知りませんって。そういうのはあんたが決めなきゃどうにもならないでしょうに。

「あとさ、席順はどうしたらいいのかな」

「親に聞きなさい、親に」

　自分で決めろって、と美宇がため息をついた。

「そりゃ常識的には親戚が一番遠いテーブルになるのかもしんないけど、他は悩むよね。会社の上司や本社でお世話になった人もいるし、大事なのはやっぱ友達だし」

「じゃあ、式場の人と相談したら？」

　スーパーマーケットのバイヤーから届いていたメールに返信を送って、スマホを握り直した。美宇の相談にはきちんと答えなければならない。それがあたしの役割だし、義務だし、ちょっとした見栄《みえ》でもあった。

　根っからの末っ子体質の美宇は、現実的な問題への対処が苦手で、昔からさまざまなトラブルを起こしてきた。高校の時、あたしは乳母と呼ばれた時期もあったぐらいで、何度もフォローに走り回されたものだ。

　いい悪いではなく、それがあたしと美宇の関係だった。結婚式となれば人生最大のイベントだから、トラブルも過去最大級のものになるだろう。これぐらいのことは最初から想定済みだ。

「わかったあ、相談してみる。だけど、披露宴のプランはどうしたらいいかなあ」

「プラン？」

「言ったと思うけど、ハデ婚がしたいわけじゃない。ゴンドラに乗って登場なんかしたくないし、五メートルのウエディングケーキなんていらないよ。スモークぐらいなら、あってもいいかもだけど」

どっちなんだ、おい。

「でもさ、何にもないのも寂しいじゃない？　あとさ、スピーチの順番も決めなきゃなんない。仲人の挨拶とか、本社の社長とか、最初はいいんだけど、途中からは結構アイマイでしょ？　うちの課長と練馬《ねりま》の大輔《だいすけ》おじさん、どっちが先？」

そこはそれぞれ考え方があるのではなかろうか。いかにブライズメイドとはいえ、他人に相談することじゃないだろう。

それからしばらく美宇の細かい相談が続いた。料理はフレンチと決まっているけど、値段によってピンキリだそうで、同じく披露宴会場を飾る花や食器、調度品、あらゆるものにランクがあり、すべてを決めなければならないという。

その辺はまだわからなくもなかったけど、パンの種類まで意見を求めてきたのには驚いたし、呆れもした。そんなことまで聞いてどうすんだ。予算もあるだろうし、あたしが何を言っても意味ないだろう。

「聖雅園の担当者と話し合いなって。向こうはプロなんだし、慣れてるから、ちゃんとアドバイスしてくれるよ」

「そうだけど、業者は業者じゃない？　どこまで信じられるかって言ったら、そこは何とも言えないよ。ナナと英也さんに任せたいんだよね」

さようでございますか、とメモを取りながら首を捻《ひね》った。そこまでしなきゃいけないものなのだろうか。かなりの負担だぞ。

もっとも、昨今の結婚式事情について詳しいわけではないから、そういうものなのかもしれないけど。

どうして美宇はこんなに些細《ささい》なことまで意見を聞くのだろうか。そういう性格なのはよくわかってるけど、ここまで甘えられたことはなかった。

「待ちなって、美宇」たまりかねて、声が大きくなった。「まず優先順位を決めよう。全部任せるって言われても困るし、無理だよ。それはわかるでしょ」

恵子ほど仕切り能力は高くないが、あたしの実務能力もレベルはそこそこ高い。現実的に物事を考えるのは得意な方だ。伊達でＰＴリーダーを務めてるわけじゃない。

「一応、考えてみた。あたしがやらなきゃならないのは五つ」

パソコンに自宅から送っていたメモを開いた。昨日の夜、作っておいたものだ。

「メモして。一、ウエディングドレスの選定、これにはあたしたちブライズメイドのドレス決めも含まれる。二、披露宴で流すメモリアルＤＶＤの撮影。三、ブライダルシャワーの企画」

待って待ってと美宇が言ったけど、構わず続けた。

「四、結婚式の段取りについて、問題があれば解決する、五、二次会の企画」

何しろ結婚式は六月二十四日だ。もう三カ月を切っている。そもそもが無茶なスケジュールなのだけれど、そこは聖雅園の都合もあるから仕方ない。

無理を通せば道理が引っ込むという。この際、道理には引っ込んでいただくことにしよう。

「すぐにでも決めなきゃならないのは、ウエディングドレスの件だよね。この前、桂貴子ウエディングサービスと話してるって言ってたけど、どこまで進んでるの?」

「……今度の土曜、試着に行く」ぼそぼそと美宇が答えた。「ホントはもうちょっと先に延ばしたい。あたし、ダイエット始めたばっかりで、サイズがまだ——」

「根性見せなさいよ。気合で痩せるの。わかった? ドレスはどうすんの、買うの、借りるの?」

そりゃあレンタル、と更に低い声で美宇が言った。そうだろうと思っていた。

小松家は資産家なのだが、美宇の母親は経済感覚が発達していて、つまりかなりのケチで、だから一生で二度と着ることのないウエディングドレスを買うなど、考えられなかった。

いや、それは母親に失礼かもしれない。あたしの知る限り、ウエディングドレスを購入する花嫁は少なかった。バブル期ならともかく、地味婚が主流の今、そんな家は多くないだろう。

レンタルの料金はだいたい三十万から五十万なんだって、と美宇が言った。桂貴子ウエディングなら、それぐらいの金は取るだろう。そしてあたしたちプライズメイドのドレスは一着十万ほどだという。

あたしのも含め、みんなの衣装代はうちが持つ、と美宇が言ったが、そこはよろしくお願いしたいところだ。全員分のトータルは約百万円になるけど、いくらケチとはいえ娘の結婚式なのだから、必要なお金は用意していただかないと困ってしまう。

あたしたちは披露宴用の服を新調しなければならないし、あまり安っぽい服を着ていくわけにもいかない。いくらプライズメイドだからといって、友達の結婚式に何十万も払うことはできないのだ。

「ナナ、土曜日どうなってる？　一緒に来てほしいんだけど」

美宇に言われて、スケジュールを確認した。幸か不幸か、土曜日は空いていた。

「自分じゃ決めらんない。みんなの意見も聞きたい」

みんなって、恵子や友加、沙織もですか。とにかく聞いてみるとうなずいて、三人にラインを送った。

「絶対、絶対みんなに来てほしい。お願い」

恵子と沙織から、喜んでおつきあいするとすぐに返事があった。めったにないことだから、興味があるのだろう。少し遅れて友加から、ダンナが子供を見てくれれば行ける、と連絡があった。

あんたは幸せ者だよ、美宇。友達思いの仲間が四人もいる。ああ、羨ましい。

その後、時間と場所を決めて連絡した。銀座《ぎんざ》四丁目にある桂貴子ウエディングに午後三時集合。住所は各自調べるように。

そんなことをしていたら、あっと言う間に昼休みになっていた。今日は会社の近くにあるバルのランチだと社内の友達グループからラインが入っていた。

行ってきますと課長に軽く頭を下げて、フロアを後にした。ああ、忙しい。

3

週末の土曜日、あたしたちは銀座四丁目角地にある桂貴子ウエディング本社のウェイティングルームに集まっていた。先に来ていた美宇が、裕クンは仕事の都合で少し遅れてくると言った。

別にいいじゃん、男の方は、と経験者の友加が不気味な笑みを浮かべた。

「新郎の衣装なんて、白のタキシードに決まってるんだし、デザインとかは花嫁に合わせるのが筋でしょうよ。結婚式だもの、花嫁のためのイベントだもの」

相田《あいだ》みつをもそこまでは言ってないだろうと思ったけど、主旨は間違っていない。申し訳ないけど、ウエディングドレス選びは花嫁の意向が最優先だ。たぶん、古代ローマ時代からそうだったんじゃなかろうか。

三時一分前に現れた、笑っちゃうぐらいキャリアウーマン然とした四十代の植木《うえき》さんという女性が満面に笑みを浮かべながらようこそいらっしゃいませ、と挨拶した。

「小松様、このたびはおめでとうございます」ベテランならではということなのか、迷わず美宇に向かって頭を下げた。「事前にリクエストを頂戴《ちょうだい》いたしております。まずは結婚式用のドレス、そして披露宴用のドレスでございますね」

開いたタブレットの画面に目をやりながら、理路整然とした口調で説明が始まった。

「そして、お色直しの着物。こちら、三点でお間違いないでしょうか？」

さようでございます、とガチガチに緊張している美宇が答えた。結構です、と満足そうに植木さんがうなずいた。

「加えて、こちらにいらっしゃるブライズメイドの皆様の結婚式用ドレス。そのように承っております。あらかじめご予算も伺っておりますので、その範囲内でリストアップしてあります。八つのアイテムをご提案させていただきますが、いずれも桂貴子ウエディングが自信を持ってお奨めする最新のデザインでございます」

タブレットを指でスワイプすると、次々にウエディングドレスの写真がアップされていった。華美ではなく、どちらかといえばシンプルなデザインだったけれど、そこは天下の桂貴子先生だ。どれも高級そうに見えた。やっぱりブランドって重要だよね。

「新郎はまだお見えになっていらっしゃらないということですが、参考までに、こちらは新婦様のドレスに合わせたタキシードのデザインでございます」

植木さんがまた指を滑らせた。八種類のタキシードが映し出されたけど、正直言って違いがよくわからなかった。

男性にとっては残念なことだけど、タキシードなんてそもそも似たり寄ったりだ。そこは仕方ないだろう。

「気に入ったデザインがありましたら、こちらでお選びいただけますか」植木さんがタブレットをそのまま美宇に向けた。「お気に入りのドレスから順に試着していただくことになります。ブライズメイドの皆様もご一緒にどうぞ。新婦様のドレスが決まりましたら、それに合わせて皆様の衣装についてご提案させていただきますので」

凄《すさ》まじくシステマティックで、てきぱきと決めていく植木さんの勢いに圧倒されながらも、真剣な顔で美宇が何度もスワイプを繰り返した。指紋が磨《す》り減ってしまうのではないかと思うほど力が籠もっていたけど、ここは勝負どころだから当然だろう。

「……タイプgをお願いします。あと、cも」

美宇がごくりと唾を飲み込む音がした。横から画面を覗き込むと、純白のコードレースが美しいドレスと、ちょっとフェミニンな印象のシンプルなドレスが映し出されていた。

お目が高《た》こうございますね、と植木さんがにっこり笑った。

「イタリアンハニーは一番人気のあるタイプで、最新のアイテムでございます。職人が手織りしたビーディングとスパンコールの輝きは、この上ない美しさです。ノッティングヒルスイートは二十代のお客様を中心に、長年ランキングのトップを――」

二十代じゃないじゃん三十二じゃん、と友加が画面のトップページに載っていたドレスを指して、こっちの方がいいと言った。あたしもそう思っていたのだけれど、いかがでございましょうか、と植木さんが小さく首を振った。

「ローマンホリデイはスワロフスキーのクリスタルと天然石を使用したロングスリーブのボレロで、わたくしどもはヘップバーンモデルと呼んでおります。美しさは素晴らしいのですが、タイトなデザインですので、動きが自由になりません。デザイン性が優先されておりますので、今回はやや不向きかと」

本音は別のところにあるようだった。要するに、スタイルのいい女性でなければ着こなせない、と言いたいのだろう。さすが桂貴子ウエディング、客の容姿にまで口を出すらしい。

「すぐにgとcのご用意を致します。小松様のサイズは……」

あらかじめ美宇がサイズを記入していたカードに目をやった植木さんが、ウエストは９号でございますか、と口を半開きにした。あたしたち四人は思わず顔を伏せていた。

美宇、あんたが９号のわけないでしょう。スキニーな沙織でさえ７号だ。

９号というのは、標準体型のあたしや友加のサイズで、あんたが11号、もしくはそれ以上なのはプロの植木さんなら一目でわかっただろう。

「いいえ、９号です」しれっと美宇が言った。「間違いないです。もしかしたら、今日はきついかもしれないですけど」

「……念のため、サイズをお測り致しましょうか？」

大丈夫です、と一歩下がった美宇が、ぶんぶんと首を振った。

「間違いないです。あたし、9号なんです」

「おっしゃる通りだと思います。ですが、バストはいかがでしょうか。とてもゴージャスにお見受けするのですが」

なるほど、ゴージャスという言葉は、こんなふうに使うものなのか。

「八十五とこちらには書いてありますが、ヒップはもう少し……」

美宇が照れ笑いを浮かべた。いかがでしょう、と植木さんが社内用のスマホに触れた。

「新婦がバストを強調するというのは、披露宴の場合あまり好まれません。多少の余裕を考えますと、ワンサイズ調整させていただければと……ああ、もしもし、植木です。cとg、オンズに……ごめんなさい、トレーズにチェンジして試着室へ運んでくださいさい」

発音から、フランス語の数字だとわかった。サイズのことなのだろう。トレーズって、いくつのことだっけ。

「では、試着室へどうぞ。ブライズメイドの皆様もご一緒に」

立ち上がったあたしたちの前でドアが開いた。息を切らした福原裕次がそこにいた。

「すまない、美宇さん。間に合ったかな？」

裕次さん、と甲高い声で叫んだ美宇が彼の手を取った。

「今から試着なんです。間に合ってよかった。裕次さんのタキシードは……ええと、こちらはブライズメイドを務めてくれる高校時代の友人なの」

美宇があたしたち四人を指さした。

ああ、七々未さん、先日はありがとうございました、と裕次が頭を下げた。「ええと、他の皆さんは初めてですよね。福原裕次といいます」

挨拶を受けた恵子たちが、もちろん存じていますと笑みを浮かべながら自己紹介した。それでは参りましょうか、と植木さんが先に立って部屋を出た。

後に続きながら、マジかあの男、と友加が低い声で囁いた。腕を組んで歩いている美宇と裕次が速足になっていた。

4

カーテンが開いた。笑みを浮かべた美宇が、どうかしらと聞いた。あたしたちが九回目の〝いいんじゃないの〟を言うと、みるみる顔が曇った。

「おかしい？　どこが駄目？」

そんなことないって、と同じく九回目の慰めの言葉をあたしたちは繰り返した。試着が始まって二時間、イケてるって、大丈夫だって、きれいだって、そんな言葉を含めると百回以上同じようなことを言っていた。

今回、桂貴子ウエディングが用意したレンタル用のウエディングドレスは八パターンだ。セルドレスをメインにしているため、レンタルドレスの種類が少ないのは最初からわかっていたことだし、ショップのコンセプトだから、そこは納得するしかない。

タブレットのカタログから、美宇は二つのデザインを選んでいたけど、結局全部のドレスを試着することになった。二時間が経過していたのはそのためだった。

いくらパソコンの写真がリアルになったとはいえ、風合《ふうあい》や着心地《きごこち》などは実際に試着してみないとわからないところがある。テレビショッピングやネット通販で服を買うのとは訳が違うから、慎重になってしまう気持ちはわからなくもないのだけれど、いつまで経っても決めることができずにいた。

あたしたちも対応を間違っていたところがある。最初のgのドレスを着た時、死ぬほど誉《ほ》め称《たた》えればよかった。惜しみない拍手をすればよかった。言葉を尽くして誉めそやせばよかった。

こんなことを言ったら身も蓋もないけど、ウエディングドレスのデザインなんて、そんなにバリエーションがあるわけじゃない。色は白と決まっているし、極端に言えばどれを着たって同じだ。

それは言い過ぎにしても、選択の余地が少ないのだから、どこかで妥協しなければならないのはわかりきった話で、そうであるなら第一印象が良かったgのデザインを全力で支持するべきだったのだ。

最初の間違いが尾を引き、後はぐずぐずになった。取っ替え引っ替え試着を繰り替えしていた美宇の最後の希望、タイプａことジュリエットスクールもむなしくボツになった。植木さんも心底疲れきった顔になっていた。

結局、一番最初に選んだタイプｇのドレスをもう一度試着しようということになったが、サイズについて美宇の不満が爆発した。トレーズではジャスト過ぎるという。息もできないと文句を言ったが、それはあんたのせいなんじゃないか。もっと真剣にダイエットしてもらいたい。

それではキャーンズに、と植木さんが言ったのだけれど、違います、美宇が丸い頰を更に膨らませた。

「失礼過ぎません？　あたし、13号なんかのはずないです。人のこと、デブ呼ばわりしないでください」

沙織があたしの肩をつついて、スマホの画面をちらっと見せた。〈フランス語で数字を覚えよう〉というアプリだ。

オンズは11、トレーズは13、そしてキャーンズは15だった。つまり、植木さんは美宇のサイズは15号だと言っているのだ。

「小松様、誤解です。桂貴子のデザインは普通のお店より若干タイトめなのが特徴で、特にウエディングドレスに関しましては、通常よりワンサイズ大きめのものを着るのが顧客の皆様にとっても――」

「それにしたって13号だなんて!」勘違いしたまま美宇が憤然と叫んだ。「そんなわけないんです。ナナ、何とか言って。この人、言葉が通じない」

「多少手直しするとか、そういうことは難しいんですか」

あたしがそう言うと、レンタル品でございますので、と植木さんが言った。そりゃそうだろう。レンタルなのだから、客がサイズを合わせるしかない。

「そうなりますと、セルドレスをお求めになっていただき、サイズを調整するしかないと思いますが、お伺いしている予算ですと、ちょっとそれも……」

桂貴子のウエディングドレスともなると、一着で普通の乗用車が買えるぐらいの値段だ。なるほど、ではそうしましょう、とはさすがに美宇も言えないだろう。

届けられた15号のキャーンズ、美宇は13号と思い込んでいるgのドレスを試してみると、これはさすがに大き過ぎた。下手をするとバストが式の最中にこぼれてしまうかもしれない。

何とかしてよ、と美宇が叫んだ。あたしが交渉するしかないらしい。

「例えばですけど、トレーズの肩とか腰回りを広げるか、あるいはキャーンズを狭めるとか、そういうことはできませんか? 直しに多少お金がかかるかもしれませんが、それはこちらで負担します」

条件をつけてみたけれど、植木さんはうなずかなかった。桂貴子ウエディングのプライドなのかもしれない。

サイズを補整すれば、デザインも変わってしまう。そんなことは許されません、と持っていたパンフレットで何度も手のひらを叩いた。

「できないとは申しませんけれど、その場合はレンタル品を買い取っていただくことになります。これは弊社の方針ですので」

「レンタル品ですから、ユーズドですよね。仮に買い取るとして、いくらぐらいになるんでしょうか」

植木さんが暗算で数字を出した。軽自動車の新車が買える金額だった。そりゃ厳しい。

「最低限の調整ではどうでしょう。確かにトレーズですと、今は背中のファスナーが閉まりません。でも、わたしが責任を持って彼女をダイエットさせます。二カ月で五キロ落とせば、どうにかなるんじゃないでしょうか」

それは難しいかと存じます、と小声で植木さんが言った。そもそも入らないということなのか、それとも、ダイエットなんて無理でしょうとおっしゃりたいのか。

「現実的に考えますと、セルドレスをお奨めします。式は六月二十四日でございますよね？　正味三カ月ございません。更に体にフィットさせるため、手を加える必要もございます。通常月より六月は混んでおりますので、スケジュールの関係も出てきます。今決めていただいても、ぎりぎりということになるかもしれません」

何でジューンブライドなんかにしたのか、とあたしは天を仰いだ。何もかもうまくいかない。あちらを立てればこちらが立たずだ。

ドレス姿の美宇がしくしく泣き出した。こんな時、裕次がいてくれればどうにかしてくれるのだろうけど、あいにくタキシードの着付けのために別室に行っている。呼んでくる、と試着室のドアを開けようとした時、向こうから開いた。

「すいません、福原裕次の親族です。こちらが試着室ですか？　ちょっと場所がわからなくて……」

微笑を浮かべた神崎英也がそこにいた。

5

遅くなってすいません、と言いかけた英也が、泣いている美宇に気づいて口を閉じた。戸惑う気持ちはよくわかる。ウエディングドレスを選んでいて、絶望的な表情になっている新婦を見れば、どうしたことかと思うのも無理はない。

英也と面識があるのはあたしだけだったから、あたしが状況を説明するしかなかった。かいつまんで事情を話すと、つまり彼女を説得すればいいんですね、と植木さんを指さした。勘のいい男でありがたい。

「新郎の従兄弟で、神崎と申します」休日ということもあるのか、黒のタートルネックにジャケットというラフな服装だったけれど、そこは電博堂、語り口はスマートだった。「要するにサイズの問題ですよね。ひとつの考え方として、直しを入れていただくというのは——」

できません、と植木さんが時計に目をやりながら切り口上で答えた。次の予約が入っているというのは、あたしたちも聞いていた。

「こちらはレンタル商品でございます。小松様だけのために直すというわけにはいきません。どうしてもということであれば、やはり買い取っていただくことになります」

当然ですね、と英也が笑顔で答えた。ヒットアンドアウェイ、押しては退《ひ》き、退いては押す。それが彼の交渉術のようだった。

「小松様、大変申し訳ないのですが、次の予約のお客様がそろそろ参られます。レンタルドレスを選ぶのか、セルにするのか、新郎新婦、そして皆様でご相談していただくということでいかがでしょうか。一時間ほどで戻って参りますので、決めておいていただければ後のことはスムーズに——」

「五分で済ませましょう。いや、三分かな？」

指を三本立てた英也が、植木さんを試着室の隅に引っ張っていった。腰を据えた説得に乗り出したのが、横顔でわかった。

「無理じゃない？」恵子が小声で言った。「常識で考えて、向こうの方が正しい。あたしたちにできるのは、セルドレスにした方がいいって美宇に話して、それから母親を説得することなんじゃないかな」

マザーの言う通り、と友加がうなずいた。ちょっと待ってみよう、とあたしはその肩を押さえた。

「英也さんは代理店の人だし、交渉事には慣れてる。あたしも経験があるけど、植木さんに次の約束があるのは、こっちにとって有利なはず。早く決着をつけなきゃならないから、うまくすれば譲歩してくれるかもしれない」

英也さん？ と沙織が鼻の頭を掻《か》いた。変なところに敏感な子だ。

本格的に泣き出した美宇を慰め、とんでもないことになっていたメイクを直したりしているうちに、三十分が経過した。英也の説得交渉はまだ続いている。粘るね、と感心したように友加が言った。

「根性があるんだか、諦めが悪いんだか……どっちにしてもなかなかできることじゃないよ」

そうね、と沙織もうなずいた。泣くだけ泣いて落ち着いたのか、さっぱりした表情になった美宇が、お母さんに電話すると恵子に預けていたバッグに手を伸ばした。

「一生に一度の結婚式だもの、お母さんだってわかってくれる」

そうならいいのだけど、とあたしは心の中でつぶやいた。美宇ママはなかなかの強《つわ》者《もの》だ。貿易会社の副社長である夫に、月三万円の小遣い制を長年続けさせているのだから、それは間違いない。

申し訳ございません、と頭を下げた植木さんが、英也の脇を擦り抜けてドアに向かった。

「こちらでお待ちいただけますか。予約が入っているお客様に、ご挨拶だけでもしておきませんと……なるべく早く戻りますので」

英也が渋い表情になった。これ以上は無理だ、と顔に書いてあった。

植木さんとしても限界なのだろう。深追いすれば、交渉は決裂してしまうかもしれない。

「よろしいですね？　レンタルにするか、セルにするか、皆様でお決めいただくのが一番よろしいかと――」

口を閉じた植木さんがまばたきを繰り返してから、深々と頭を下げた。英也に対してではない。開いたドアの向こうに、シンプルではあるけれど明るい印象のワンピースを着た中年の女性が立って、こちらを見ていた。桂貴子だ、と友加が囁いた。

「植木さん、丸山《まるやま》議員のお嬢さまが、さっきからずいぶんお待ちみたいだけど、どうしたのかしら」

テレビで何度も顔を見たことがあった。日本を代表するデザイナー、桂貴子が苦笑していた。

「わかっております。大変失礼なことを……」

「いえ、大丈夫ですよ。わたしも久しぶりにお会いして、お話ししたかったし……でも、どうしたの？　何かトラブル？」

そういうわけでは、と首を振った植木さんが桂貴子に歩み寄って、耳元で何か囁いた。ワガママな客がいるんですよ、と告げ口でもしているのだろう。その通りだから、しょうがないのだけれど。

それは難しいわねと肩をすくめて、お客様にご理解いただくよう時間をかけて話し合うようにと指示した桂貴子の視線が止まった。

「あら、神崎くんじゃない」どうしたの、と手を振った。「うちのドレスをレンタルしたいっていうのはあなた？　まさか結婚するの？」

違いますよ、と英也が苦笑した。

「新郎の従兄弟なんです。ご無沙汰しております、先生」

「そうよ、たまには顔ぐらい出しなさい」近づいた桂貴子が、英也の肩を軽く突いた。「どうなの、相変わらず忙しい？　元気にしてる？」

おかげさまで、と英也が笑顔を返した。娘があなたの話ばかりしてるのよ、と桂貴子がそばにあった椅子を引き寄せて腰を下ろした。

「あなたも座りなさい……植木さん、ちょっといいかしら。さっきの話なんだけど、サイズ直しのレベルなら、多少の融通を利かせてもいいんじゃない？」

美宇を一瞥《いちべつ》して、バストはいいからウエストを四センチ開いて、と命じた。

「それぐらいの手間はかけましょう。結婚式だもの、納得のいくデザインを選びたいという気持ちはよくわかります。ですよね」

声をかけられた美宇が、ありがとうございますと何度も頭を下げた。でも先生、とタブレットを取り落としそうになった植木さんが慌てて言った。

「レンタル商品を加工するとなりますと、他のお客様からも同様のリクエストが――」

「大丈夫よね、神崎くん」

誰にも話しませんせん、と英也が腹話術師のように口を閉じたまま答えた。わたしが保証します、と桂貴子が請け合った。

「彼は信頼できます。去年の夏のイベントを取り仕切ってくれた電博堂の神崎くんよ。あなた、覚えてない？」

「すいません、お台場《だいば》のブライダルフェスの時、わたしはイタリア出張で……」

そうだったわね、と男のように植木さんの背中を強く叩いた桂貴子が、今回は特別に許可しましょう、と宣言した。

「これでいいでしょ、神崎くん。さあ、植木さんは丸山議員のところに行ってちょうだい。神崎くん、本当にたまには家に来てよ。娘が心待ちにしてるんだから。ああ、失敗した。あなたが来てるってわかってたら、約束なんかするんじゃなかった」

残念だわ、と立ち上がった桂貴子が、明日にでも連絡してと言った。

「ランチでもしましょう。娘も一緒でいいわね？」

では失礼、とあたしたちにウインクをして、颯爽《さっそう》と出て行った。台風一過という感じで、試着室が静かになった。

「あの、それでは……」

「こちらは大丈夫です。お引き止めして申し訳ありませんでした」英也がエスコートするように、植木さんを試着室から送り出した。「本当にすいません。東京都議の丸山議員ですよね？　お待たせしてしまったことを、ぼくの方からもお詫《わ》びを――」

靴音が遠ざかっていった。何とかなったみたい、と恵子が言った。

「社長が約束したんだから、間違いないでしょ。よかったね、美宇。レンタルドレスだけど、サイズを直してくれるって」

「ていうか、コネがあるんだったら、最初から使えばいいのに」友加がぶつぶつ言った。「さっさと桂貴子の名前を出してさ、親しくさせてもらってますとか言えば、もっと早く済んだんじゃないの？」

それは違うんじゃないかな、と沙織がやんわりとたしなめた。

「美宇も裕次さんも、桂貴子ウエディングとは関係ない。英也さんもプライベートでここに来てる。電博堂の名前を使わずに、自分で交渉して、解決しようとした。なかなかできることじゃないと思うな」

沙織の方に理がある、とあたしも思った。もうひとつ付け加えると、英也が桂貴子の名前を出さなかったのは、植木さんの顔を潰さないためだったのだろう。

コネがあるからとトップダウンすれば、どうしたって植木さんは不愉快にならざるを得ない。それはどんな会社員でも同じだ。

桂貴子ウエディングにはこれからも何かと世話になる。裕次のタキシード選びもまだ終わっていないし、ブライズメイドやアッシャーたちもそうだ。アクセサリーや小物などをレンタルすることもあるはずで、担当者を敵に回すメリットは何もない。

トータルで考えて、英也は自分の力で対処した方がいいと判断したのだろう。沙織の言う通り、そこまで頭が回る男はめったにいない。

「ナナはチャラ男だとか何だとか文句を言ってたけど、そんなことないと思うな」恵子があたしの肩をつついた。「いい人だよ。そう思うね、あたしは」

そうかなあ、とあたしは友加と腕を組んだ。

「かもしれないけど、サクサク話をつけていただきたかったですよ、わたくしは。何時間かかったと思ってんの？　もう三時間以上だよ」

あんたもぐずぐずし過ぎ、と友加が美宇を睨みつけた。

「こんなの、最初のインスピレーションがすべてなんだって。気に入ったんなら、それが正解なの。全部試着して、それでも決めらんないってどういうこと？」

だってサイズが、と口答えした美宇に、とにかく体重を落としなさい、と恵子が鋭い声で命じた。

「レンタルのドレスが体にジャストフィットする人なんていない。そんなモデル体型じゃないのは、自分が一番よくわかってるでしょ。結婚式と披露宴は人生最大の晴れ舞台なんだ。それを思えば我慢できるでしょうに」

「だって、息もできないんだもん」

「だったらするな」恵子と友加が美宇の鼻と口を塞いだ。「結婚式は女の花道なんだよ。死んでもいい覚悟でやるの」

止《や》めて、と沙織が間に入った。しぶしぶ離れた恵子がてきぱきと指示した。

「花嫁のドレスは決まった。次は花婿の番。結局、gのドレスにしたわけでしょ？裕次さんはどのタキシードを選べばいいのかな」

植木さんのアシスタントの女性が近づいてきた。お奨めはどれですか、と友加が言った。

6

疲れた、と恵子がティーカップを持ち上げた。まったく、とあたしたちはうなずいた。

桂貴子ウエディングビル、最上階のティールーム。デコラティブな装飾品と三点のモネの絵に囲まれたバルコニーでお茶を飲んでいると、なかなか気分がよかった。

あの従兄弟はなかなかできる、と恵子が言った。同意、と沙織が手を上げた。

「逆に、裕次さんにはちょっとがっかり。あそこまでこだわるなんて、どうなのかな」

美宇のドレス選びが一段落してから、男性用の試着室でタキシードを着ていた裕次にそれを伝えた。正直なところ、花嫁側が決まれば、花婿のタキシードは自動的に決定する。それが結婚式の衣装選びの常識だろう。

ところが、裕次は意外なこだわりを見せ、襟のデザインがちょっと違うと言い出し、事態を紛糾させた。説得しようとしたのだけれど、男の沽券《こけん》にかかわると思ったのか、頑として受け付けない。また面倒事が始まったとあたしたちがブルーになった時、状況を変えたのは英也のひと言だった。

「結婚式っていうのは、花嫁のためのイベントだよね」

その言葉に、自分が間違っていたと素直に頭を下げた裕次が植木さんに勧められたタキシードを選んで、急転直下話は収まった。恵子と沙織が英也を評価しているのは、そのためだった。

「裕次さんが言いたいことも、わからなくはない」恵子がスプーンでティーカップを掻き混ぜた。「襟のところに入ってたグレーのライン、あれはあたしも意味わかんなかった。そこが桂貴子のデザインって言われたら、そうなんですかって話なんだけど、あれは余計だよ。ちょっとどうなんだって思うのはわかるって」

「何でも嫁の言いなりにはならないっていう意思表示なんだよ」友加が退屈そうに欠伸した。「結婚って戦いだからね。うちもそうだった」

英也さんのタイミングが良かった、と沙織がうなずいた。

「あそこで言ってくれないと、長引くだけだったと思う。裕次さんも意地になっちゃうし、ストップできなくなったんじゃない？　言わせるだけ言わせて、ぴったりのところでああいうふうに言葉をかけるのって、結構難しいよ。頭がいい人なんだなって思った」

「まあね。ナナじゃないけど、ちょっとチャラっぽいのかなって思ってたけど、やっぱ男の人なんだなあって」友加が目をつぶって唸った。「いいよね、ああいうの。最近じゃなかなかいない。でしょ？」

かもしれない、とあたしは小さな声で答えた。迂闊《うかつ》な発言は慎まなければいけない。

「それにしても疲れた。何だかんだで五時間だよ」

あの人たちはまだなの、と恵子がティールームのエントランスに目をやった。美宇と裕次、そして英也は支払いの手続きをしていた。

「どうなのかね、ドレスぐらい自分で決められなかったのかって」今さらだけど、と友加が文句を言った。「決めらんない子だっていうのは昔からそうだから不思議じゃないけど、あたしたちを立ち会わせなくてもよかったんじゃない？　デザインのパターンはわかってたわけでしょ」

そうだよね、とあたしはカップの縁を指で拭った。桂貴子ウエディングのホームページを見れば、レンタルドレスのカタログはトップページにある。

もちろん、最終的にはサイズも含め素材や手触りなども確かめなければならないから、試着の必要はあるだろうけど、それにあたしたちが立ち会う意味はないだろう。そんなにヒマじゃないのよ、こっちも。

「まあまあ、そう言わないで。あたしたちだって、桂貴子のドレスを見たいって思ってたわけだし」めったにないよ、こんな機会、と沙織が微笑んだ。「恵子と友加はともかく、あたしとナナにとっては参考にもなったし」

無事に決まったんだからいいけどさ、と友加がまた欠伸をした。エントランスから入ってきた美宇が、お待たせしましたあ、と笑顔で言った。はいはい、お疲れさまでした。

7

二日後、朝会社のデスクに座った途端、スマホが鳴った。美宇からだ。あの子の会社はどうして朝イチから私用電話を許すのだろうと思いながら、電話に出た。

「あのね、今度の土曜の件なんだけど」前置きも挨拶も抜きで美宇が喋りだした。

「例のＤＶＤ撮影、よろしくね」

はいはい、と耳の辺りを掻いた。次の土曜日、前から頼まれていた〝美宇と裕次のスイートメモリーズ〟というタイトルで、二人の出会いからプロポーズまで縁《ゆかり》の地を巡って撮影するという約束をしていた。

何だ、スイートメモリーズって。どういうセンスなんだか。

「スケジュールを立ててみた。最初は目黒のポムドールっていうフレンチ。そこで初めて会ったの」

会議、始めへんの、と高宮が席から声をかけてきた。今行きますと言って、スマホを抱え込むようにした。

「美宇、今から会議なの。スケジュールだか何だか知らないけど、メールしてくれれば――」

「それでね、二回目に会ったのは、スカイツリーのそばにある天丼の美味しいお店で」ダメだ、何も聞いてないぞ、コイツ。「その後、裕クンの仕事が忙しくて二週間ぐらい空いたかな？　申し訳ないって、彼が車で湘南《しょうなん》までドライブに連れてってくれて」

「湘南？」

「すごい寒くて、そしたら裕クンが手を握ってくれたの。初めて手を繋《つな》いだのは湘南の海岸だから、あそこは外せない」

湘南まで行けとおっしゃるんですか？　手を繋いだ海岸？　十五歳の初デートだっ

て、もう少し何かあるんじゃないか。

「だから一日空けといて。どうせヒマしてるんでしょ？　その後もいくつか行かなきゃならないお店とかあるし、最終的にはプロポーズしてくれた外苑前《がいえんまえ》のカフェに行くから、時間はあんまりない。朝六時、目黒駅集合。よろしくよろしく」

朝六時？　休みの土曜日に？　いよいよこの子は頭がおかしくなったらしいと思ったが、その一日ですべてが終わるというのなら、お付き合いしようじゃないの。乗りかかった船とはこのことだ。

「待ってよ、湘南行くのはいいけど、どうやって？　車とかは？」

「裕クンが出してくれるはず」

「恵子とかは来るの？」

頼んでない、と答えがあった。ニュアンスのわからない子だ。恵子が来るなんて思ってない。既婚者はそれこそ時間がないだろう。

そうじゃなくて、新郎側から誰か来ないのかと聞いてる。つまり、神崎英也は来るのか。

そう聞きたかったけど、とても言えなかった。英也も忙しいだろうし、車を出すのは裕次だというから、来ないのだろう。

いくら従兄弟とはいえ、そこまで付き合う義務はない。あたしの口からため息が漏れた。

「カメラ、持ってきてね」

美宇が言った。カメラって何？

「決まってるでしょ、撮影用のカメラ。英也さんも準備するって言ってたけど、ナナの会社、そういう専門の機材があるって言ってたじゃない」

あることはある。食品会社なので、サンプル撮影のために普通よりいい機材があると話したことがあった。

ただ、業務用のカメラなので、かなり重い。あんなものを持って目黒まで来いと？

「待ってよ、カメラは無理だって」

お願いしまーす、と言い残して美宇が電話を切った。カンベンしてください、どこまでやらせるつもりなの？

「主任、会議会議」近づいてきた高宮が顎をしゃくった。「もうみんな集まってるで」

行きますと答えて席を立った。まったく、朝から気分が重くなる電話だ。

「会社のカメラを何に使うん？」

廊下を歩きながら高宮が言った。あたしたちの会話が聞こえていたようだ。

「あれ、素人《しろうと》やったらちょっと難しいで」

友達のDVDレターを撮影しなきゃならなくて、と適当に返事をした。細かい事情を話しても仕方ないし、親友の結婚式用だと言えば、自分のこと心配せえや、とか言われるだろう。

「それやったら、カメラ貸すで」高宮が自分の席を指した。「この前、東京に来てた兄貴にもろうたんや。あれ使ったらどないです？　メチャクチャ軽いし、操作も簡単やし」

どうしようかと思ったけど、後で見せてほしいと頼んだ。会社の機材を借りるには、形式だけれど書類を書いたりしなければならない。高宮に借りるのもどうかと思ったけど、その方が楽だ。

「ナナちゃんやったら、タダでええで」

高宮が会議室の扉を開いた。どうもこの男とは根本的に何かが合わない、と思いながら、待っていたプロジェクトチームのメンバーに軽く頭を下げて、会議を始めますと言った。十時前だというのに、もう肩がぱんぱんに張っていた。

chapter04

わすれた恋のはじめかた?

1

四月十五日、土曜日朝六時、JR目黒駅改札。

意外と人が少ないと思いながら、あたしは肩からリュックを下げ、左手にDVDカメラを持って立っていた。

通勤客や学生がいないのは休日だからだとわかるまで、しばらくかかった。寝不足で頭がふらふらしている。考えをまとめることさえできないでいた。

いったい何をしているのか、と自分の姿を見て哀しくなった。ジーンズにスニーカー、クローゼットに突っ込んだままになっていたスウェットワンピの上からアディダスのパーカーをはおったコーディネートは、スポーティと言えば聞こえはいいけど、テレビ局のAD並みにくたびれた着こなしだった。

三十を越えた時、この手の服はほとんど処分していた。二十代がギリギリで、三十二ともなると痛いだけだ。

とはいえ、本日の仕事は撮影で、あたしの役目はカメラマン兼コーディネーターということになる。友人の婚約者の前で着飾ってもしょうがないから、動きやすさと機能性を重視してこういう服を選んだのだけれど、さすがにキツいと思いながら辺りを見回した。

六時十分、仲良く手を繋《つな》いだカップルが現れた。美宇と裕次の二人だ。遅いという前に、ゴメンねえ、と甘えた声で言った美宇が片手で拝むようにしながら軽く頭を下げた。

「ナナ、あたしがいけないの。家を出る直前に、やっぱりパンプスの方がいいかなって思って靴を替えたら、服が全然合わなくなっちゃって、そんなことしてたら電車に乗り遅れちゃったの。でも、十分で済んだんだから許してよ」

申し訳ありません、とでれでれした笑みを浮かべながら、裕次が同じように頭を下げた。怒る気にもなれない。

あなたたち、本当に三十五歳と三十二歳のカップルですか？　何も考えていない中学生のバカップルよりアホなんじゃないか。

「電話でも話したんだけど、一番最初に行きたいのはポムドールっていうフレンチ」美宇が西口を指した。「利佳子オバサンの紹介で、その店で初めて裕次さんと会ったんだ。すごく雰囲気がよくて、美味しい店なの。知ってる？」

知らないって。どうでもいいって。何でもいいからさっさと行こうと歩きだすと、腕を摑《つか》まれた。

「逆でーす」

東口へ向かった。あんた、今西口を指してたでしょうに。どういうことよ。引っ張られるまま駅の外に出ると、タクシー乗り場があった。あまり目黒駅を使ったことはないのだけれど、右手にある広い道路が目黒通りなのだろう。

こんにちはあ、と美宇が手を振った。信号の手前に赤のアルファロメオが停《と》まっている。

胸の奥で不意に大きな音が鳴った。運転席から手を振り返しているのは神崎英也だった。

「ちょっと美宇、聞いてない――」

乗って乗って、と美宇がバックシートのドアを開け、裕次と並んで座席に座った。ツーシーターではないけど、広いとは言えない車だ。他に乗るところは助手席しかない。

こんにちは、と明るく笑いかけた英也が開けてくれたドアから、失礼しますと小さな声で言ってシートに腰を下ろした。何で言ってくれなかったの、美宇。一生恨んでやる。

「あの、今日は……」

「参りますよ、この二人には」英也が後部座席を親指で指した。「昨日の夜、急に車を出してくれっていきなり頼まれたんです。しかも朝の六時からだって……機械の準備もできないし、無理だって断ったんですけど、ぼくの言うことに耳を貸す気はないようで、自分たちの幸せを祝福する気はないのかと脅かされました。それを言われると弱いですよ」

「そうだったんですか」

兄ちゃんは車の運転があまりうまくないんです、と英也があたしの耳元で囁いた。

「面倒臭い従兄弟を持ってしまったと親を恨みましたけど、結婚の二文字には勝てません。大義名分には逆らえませんよ」

「いいじゃないか、どうせ暇だったんだろ」バックシートの裕次が笑いながら言った。「たまには早起きもいいと思うけどな。だらだら過ごす土曜日なんて最悪じゃないか」

ぼくはこれでも規則正しい生活を送ってるんだ、と言いながら英也がウインカーを出してアクセルを踏んだ。ゆっくりとアルファロメオが動き出した。

「とはいえ、幸せなお二人の手伝いをしないといけないとは思ってますけどね。感謝してほしいよ、ぼくみたいな律義で優しい人間が、お二人の幸せを支えてるんだぜ」

超感謝、と英也の肩を叩いた裕次がシートに背中をもたせかけた。

「最初の撮影ポイントはポムドールだ」

わかってますとうなずいた英也が、あの店はぼくが兄ちゃんに教えたんだとつぶやいた。場所もわかっているのだろう。駅をぐるりと回り込むようにして、車を走らせていた。

聞いてないよ、とあたしは美宇を睨みつけた。頼むよ、言ってよ。あたし、すごい格好してる。どうすんの、これ。

お願い、なかったことにして。家を出るところからやり直させて。コーディネート、全部替えさせて。

美宇はあたしの視線を気にせず、楽しそうに裕次とお喋《しゃべ》りを始めていた。あの時あの店で出会わなかったらとか、昔のヒット曲みたいなことを言った。

ぼくたちはお互い知らない同士だったかもしれないね、と真面目な顔で裕次が答えた。勘弁してください。

2

もちろん、朝六時からオープンしているフレンチレストランなんてない。恵比寿方向に五分ほど行ったところにあるその店の前で、再現ドラマのような撮影をすれば、それで終了だった。

本当はもう一軒寄りたい店があったようだけど、道が混まないうちにと英也がアドバイスしたため、まず湘南へ向かうことになった。一ノ橋から首都高に乗れば一時間ほどだという。

　ナビのルートを確認した英也が、晴れててよかったと言った。確かに、春らしくとてもいい天気だった。

　裕次がｉＰａｄを渡し、これでも聴きながらドライブしようと指を鳴らした。ブルートゥースで接続されたスピーカーから流れてきたのはエグザイルだった。裕次はいい人だと思うのだけれど、音楽の趣味はどうなのか。

　田舎のヤンキーみたいだ、と英也が不満そうに言った。

「これじゃなきゃ駄目なのかい？」

　三代目にしようか、と裕次が言った。諦めたのか、ボリュームを絞った英也がアクセルを踏み付けた。

　一ノ橋から高速に上がったところまでは覚えているのだけど、エグザイルと美宇と裕次の話し声がちょうどよくあたしの意識を遮断してくれて、うとうとしてる間に湘南海岸に到着していた。五十八分で着いたという英也の声で目を開けると、そこは海だった。

　相模《さがみ》湾は凪《な》いでいた。一艘《そう》の釣り舟がゆっくりと目の前を横切っていく。

「あの日は小雨が降ってたね」

　美宇と手を繋いだまま、裕次が車を降りた。どうもこの人のセリフは昔のニューミュージック調だ。

「でも、静かだった」美宇が裕次の腕にすがりつくようにしながら歩きだした。「着いたのは夕方で、誰もいなかった。すごく夕陽《ゆうひ》がきれいで、ロマンチックで」

二人はお互いのことしか見えていないらしい。あたしと英也のことは無視して、思い出の世界に浸りこんでいる。

いいえ、いいんですいいんです、どうぞご自由に。あたし、単なるカメラマンですから。

二人が砂浜を歩いていく。その後ろ姿をカメラに収めながら、つまらんなあと心の底から思った。何でこんなことをせにゃならんのか。

親友の幸せを祝福したい気持ちはある。大いにある。無限にある。それは本当だ。とはいえ、むなしいといえばこれほどむなしいこともなかった。二人は勝手に歩いて、勝手に話し、勝手に共有している思い出を確認していた。

それは大変結構なことですけど、お二人だけでやっていただいてもよろしいんじゃないでしょうか。そもそも、こんな映像を披露宴で流して、誰が喜ぶと？

しばらくそうしていたら、時間を考えてほしいねと英也が声をかけた。また東京へ戻って撮影をしなければならないと気づいた二人が、カメラに顔を向けた。

「質問してよ」

美宇が用意していた紙をあたしに渡した。ここへはいつ来たのでしょうか、と最初の一行を読み上げた。

「ええと、あれは二月だったかな？　ぼくの仕事が忙しくて、なかなか会えないでいたら――」

「違います、裕次さん。一月三十一日」微笑みながら美宇が睨むふりをした。「ちゃんと覚えてないの？　悲しいな、美宇は全部、ぜーんぶ覚えてるのに」

「そうじゃないよ、美宇さん。二月になってた。だって病院でリハビリ中だったぼくの患者が転んで大騒ぎになったのが一月末で、その後にここへ来たんだから……」

「違うの、それは前の週の話で――」

痴話喧嘩《ちわげんか》っぽくいちゃいちゃしながら、二人がお互いの肩を指で突っつきあっている。一瞬だけど、殺意を覚えた。この二人、この国に必要ですか？

「どっちが誘ったの？」

英也が質問した。ぼくが、あたしが、と二人が同時に言った。

さようですか、気持ちは同じだったと、そういうことなんですね。結構ですね。

その後、いくつかの質問を挟んで撮影を終えた。最後に、何が一番思い出深いですかと用意されていた質問を棒読みすると、この海で初めて裕次さんに手を繋いでもらいました、とカメラに顔を近づけた美宇が得意げに胸を張った。

どうでもいいし、聞いてもしょうがないのだけど、その話を披露宴で必ず紹介するようにと強く言われていた。撮影はマストだった。

これもお仕事、と割り切って二人の話に相槌《あいづち》を打ち続けた。それは英也も同じで、何度かこっそり欠伸をしていたのはあたしもわかっていた。

二人はいわゆる湘南デートを満喫したらしい。懐かしいユーミンやサザンの世界だ。それはそれでいいのだけれど、どうにも陳腐ではないだろうか。

観光名所として有名なスポットにしか行ってないし、お茶を飲んだり食事をしたのも雑誌に載ってる店ばかりだ。あまりと言えばあまりにもマニュアル通りじゃないの。

いえ、別にいいんですけどね。ここが穴場なんですよとか言われても困るし。

福原裕次という彼について、第一印象は満点に近かったけど、徐々に点数が下がっていくような感じがした。水準以上のスペックではある。でも、それだけなんじゃないのか。悪い人だとは思わないけど、つきあって楽しいかどうかは何とも言えない。

「兄ちゃんは女性との交際にあまり慣れてないんです」あたしの心中を察したのか、二人が離れていった隙に英也がフォローした。「アメリカ留学が長すぎたのかもしれない。その間女性とつきあっていなかったというのは本当なんです。デートするにもマニュアル通りになってしまうのは、仕方がないっていうか」

それがいけないなんて思ってません、とあたしは笑ってみせた。真面目な人なのだ。だからデートといえば海、海といえば湘南、みたいながちがちの鉄板コースを選んでしまうのだろう。

裕次の点数が下がった分、英也の印象は上がっていた。いくら仲のいい従兄弟とはいえ、ここまで付き合うこと自体優しくなければできないだろうし、今のフォローもそうだ。裕次に対してあたしが悪感情を持たないよう配慮してくれている。

まずいって、とつぶやいた。気持ちがどんどん傾いていくのが自分でもわかった。

それはあまりにも安易じゃないだろうか。

よろしくない、と頭を振った。あたしばっかり感情が入っていくのは、今後のことを考えると決してよろしくない。

「何か食べませんか」戻ってきた裕次が大きく手を振った。「彼女と行った店があるんです。そこで食事しながら、続きを撮りましょう」

そうですね、とうなずいてカメラのスイッチを切った。重いでしょう、とさりげなくカメラを持った英也が歩きだした。

あんまり優しくしないで、とつぶやきが漏れた。期待しちゃうじゃない。

3

海の見えるレストランで、ランチというかブランチを取ってから東京に戻った。さすがに時間がないとわかったのか、美宇も裕次も少し焦っているようだった。

二人は最初のお見合いからプロポーズに至るまで、十回ほどしか会っていなかったと聞いていたけれど、むしろ結婚を決めてからの方がたびたびデートしていたようだ。

本当は縁《ゆかり》の店、場所を全部回りたかったらしいけれど、それはさすがに無理だと英也が説得して、ブランチの間に決めた五軒の店に行くことになった。それだってそこそこ大変だ。

ただ、二人が会っていたのは都内に限定されていたし、デートといってもほとんどが食事だ。美宇が働いている恵比寿界隈《かいわい》か、裕次の病院がある南青山《みなみあおやま》だったから、範囲としてはかなり狭かった。

銀座《ぎんざ》に映画を見に行ったり、上野《うえの》の美術館に行ったこともあるというけど、割愛していただいた。移動に時間がかかり過ぎるという英也の言葉に、二人とも諦めたようだ。

まず恵比寿のカフェやレストランを三軒回り、その後南青山と外苑前のお店に行った。あたしはともかく、運転を担当した英也は疲れただろうと思うのだけど、最後まで元気につきあっていた。

バックシートの二人は自分たちの世界に浸りきっていた。必然的に、あたしと英也が二人だけで話す時間が長くなっていた。

四軒目の店で撮影を終え、マスターに挨拶してくるという二人を残して絵画館前の駐車場に戻った。ボンネットにもたれて煙草《たばこ》をくわえている英也の姿に、不覚にも胸がときめいた。

ファッションモデルかよ、とつっこむこともできないぐらい、その姿が美しかったからだ。アルファロメオと美青年。それはまさに一幅の絵だった。

「どうですか、グルメ雑誌の取材は」

順調ですか、と携帯灰皿に煙草を押し付けながら英也が冗談を言った。思わず笑ってしまった。あたしも、まるで取材記者のようだと思っていたからだ。

「あれはあれでなかなか大変らしいですよ。出版社に勤めている友達から聞いたんですけど、一日十軒二十軒回ることもあるそうです」

聞いたことあります、とうなずいた。フクカネでも原稿を書いてもらってるフードライターから、似たような話を聞いたことがあった。

「変な話ですよ。ほとんど食べてもいない料理を美味しいだの見栄えがいいだの、コスパ最高とかそんなふうに紹介するっていうのはね」乗ってください、と英也がアルファロメオのドアを開けた。「マスコミなんてそんなものでしょうと言われれば、それだけの話なんですけど」

「仕方ないとは思います。出てくる料理を全部食べてたら、三軒目ぐらいでパンクしちゃうんじゃないかなって」

「ぼくなら五軒目までは完食してみせますよ」ジャケットの袖をまくった英也が、任せてくださいと胸を張った。「どうなんですか、七々未さんは。よく食べる方ですか」

どうでしょうと微笑んだ。ぼくは食べる女性が好きだなあ、と英也が大きく伸びをした。

「時々いるでしょ、シェフが作ってくれた料理を平気で残す人が。いや、本当にお腹《なか》いっぱいで食べられないっていうのならしょうがないと思いますけど、そんなこと言いながら家に帰ったら小腹が空《す》いたとか何とかでスナック菓子をばくばく食べたり……あれは違うんじゃないかって」

「男の人と一緒だと、全部きれいに食べるのがはばかられることもあるんです」

「気持ちはわかりますけど、そんなところで遠慮しないでほしいな。自分がそうだからかもしれないですけど、たくさん食べる女性の方がいいと思いますよ。何より健康的じゃないですか」

本当はあたしもそう思います、と頭を掻いてみせた。

「こう見えて、結構な大食いなんです。男の人が引くぐらいに」

「そんなにスタイルがいいのに?」

さらりと英也が言った。全然です、とあたしは首を振った。

「嫌になっちゃいます。食べたら食べただけ肉がついちゃって、恥ずかしいです」

「何を言ってるんですか。あなたみたいなプロポーションの女性がそんなこと言ったら、世界中で暴動が起きますよ」

この男はどこまで本気なのだろうか。はっきり言って、あたしのスタイルは十人並みだ。バストもヒップもそこそこでしかないし、ウエストのくびれが自慢というわけでもない。

太りやすくなっているのも本当で、気は使っているつもりだけど、彼が言うほどのことはないと自分でわかっていた。でも、英也の声は真剣そのものだった。

「謙遜することないですよ。確かに、モデル体型ではないかもしれませんけど、男にとっては理想的です。どうも女性は勘違いしているようですが、ぼくらはガリガリの体に興味ないですからね。自信持っていいですよ」

　そんなふうにして会話を続けた。話が合うのを認めるにやぶさかではない。

　率直に言って、こんなに話しやすい男性は、高二の時につきあっていたエンドーくん以来だ。それ以上かも。

　戻ってきた美宇と裕次がバックシートで仲良く話し始めていたけど、それも気にならなかった。いいよ、キミタチは盛り上がっていなさい。あたしはあたしで楽しくやってるから。

　次の店に着くまで、あたしと英也はずっと話していた。彼が話のうまい男なのは間違いない。トークがうまいというのではなく、どう会話のキャッチボールをすればいいのかよくわかっているのだろう。

　湘南から帰る途中もずっとそうだったのだけれど、話題を振ってくるのは英也だ。あたしが返すと、そこから話を広げていき、気づくと、聞き役に回っている。うなずいたり、相槌を打ったりするタイミングが絶妙だ。

　話のうまい男はそこそこいる。でも、聞くのが上手な男はめったにいない。

　しかも、彼とは笑いのツボまで一緒のように思えた。同じタイミング、同じワードに反応して、何度も声を揃えて笑ってしまった。

くどいようだけど、そんな男もいないわけじゃない。女性の心理を観察して、どう話を展開させていくかずっと考えているような人だ。

だけど、彼は違った。無理して合わせているのではなく、彼自身あたしと話すのが楽しいとしか思えなかった。

ホストクラブで働いてたんじゃないの、とあたしは言った。もちろんジョークだ。彼のトークには、そういう職業的な何かがあるわけじゃない。七々未さんこそ、と彼がウインクした。

「銀座のお店じゃナンバーワンだった？　いや、ツーかな。必死さに欠けるところがある。それじゃ指名はつかないよね」

目が合った。笑いがこぼれていくのを、自分でも止められなかった。

英也があたしに気を遣ってくれてるのは、よくわかっていた。彼は新郎の従兄弟で、あたしは新婦の親友。親しいのは同じだけれど、血の繋がりとは比べられない。

彼ら三人は六月に親戚になる。その意味であたしとは立場が違った。それを思いやって、疎外感がないようにしてくれているのだ。

正直言うと、あたしは少し人見知りなところがあり、一、二度会ったぐらいで何でもあけすけに喋ったりできる性格じゃない。別にディフェンスが固いとかじゃなくて、慣れるまで時間がかかってしまう。

でも、英也には何でも話せた。昔からの知り合いのようだ。もしかしたら、彼もそう思ってるのかもしれない。だって、こんなに話が弾むなんて、普通ないでしょ？

「うーん、本当はこんな撮影なんて、お付き合いしたくないですよ」

英也がハンドルを握りながらバックミラーをちらりと見た。あたしもそう思ってた。嫌だとかそんなことじゃなくて、休日の早朝からラブラブな二人にお付き合いするのはちょっとキツい。

でも、そんなこと言えるわけない。少しだけ、心にガスが溜《た》まってたけど、英也も同じことを考えていたとわかって、胸の中を風が抜けていった。

「面倒臭いもんね」

さらりと言えた。そうそう、と英也がうなずく。二人とも、本気で言ってるんじゃない。ちょっとした愚痴だ。

会話のラリーが始まった。微妙に丁寧語とラフな言葉が交じるのはお互いに手探りだから。

どこまで踏み込んでいいのか、まだよくわからない。でも、一センチでも近付きたい。あたしもそう思ってるし、彼も同じだろう。

「朝四時起きだし」

「ぼくなんか、ほとんど寝てない」

「湘南に思い入れなんかないし」

「だよねえ。昭和じゃないんだから」

「二人は楽しいだろうけど」

「あの二人はどこにいたって楽しいさ」

「あてられちゃう」

「まったく。でも、ぼくも楽しいけど」

どうしてと聞くと、まっすぐ前を向いたまま、一人じゃないから、とつぶやいた。

「七々未さんがいるから、全然気にならない。むしろ感謝してる。湘南がどうとかじゃなくて、やっぱり海はいいよね。気持ち良かった」

彼の横顔を見つめた。まつげが長いことに改めて気づいた。いつまでもこうしていたい。彼の隣で、こんなふうにドライブしていたい。

「まあ、兄ちゃんたちはいかがなものかと思うけど」信号で停まった英也が振り向いた。「ちょっとデレデレし過ぎじゃないかなあ。いい歳《とし》なんだし、わきまえていただきたいね」

「中学生のバカップルみたいにはしゃぐのは、あたしもどうかなあって」

そうそう、と英也があたしの肩を軽く突いた。叩くというより、触れた。優しい手。

そのまま触れててくれないかなって思ったけど、すぐ離れていった。残念。

あれ、おかしいな。まずいぞ。楽しい。すごく楽しい。こんなの、いつ以来だろう。

「ヒデ、次の角を右だ」後部座席から身を乗り出した裕次が指示した。「いい店だよな、ポポラーレは。あのシチュエーションはプロポーズにぴったりだった」

「ぼくが教えた店だ」

「わかってるって。そうじゃなくて、あの雰囲気なら誰だって断れないって言ってる」

どこでだって断りません、と笑っていた美宇が真面目な口調になった。

「そのへんの道端だって、裕次さんが結婚しようって言ってくれたら、絶対イエスって答えます」

そりゃ羨ましい、とつぶやいた英也がアクセルを強く踏んだ。加速したアルファロメオが青山通りを走り抜けていった。

4

夕方五時過ぎ、駆け足の撮影が終わった。思い出の店に全部行ってみたかったと美宇は少し不満そうだったけど、マジでカンベンしていただけませんか。

「夜になったら撮影は無理だって。照明があるわけじゃないんだし」

あたしが言うと、それもそうだねと案外素直にうなずいた美宇が、じゃあ裕次さんの家に行こうと促した。マジで行くのか、と天を仰いだ。

今日の予定は撮影だけだったはずなのだけれど、東京に戻った頃裕次に電話があって、母が夕食の用意をしていますからと誘われていた。七々未さんの分も作っていますからと言われると、断れない。嫁の親友は礼儀を知らないとか言われたくなかったから、仕方なくお邪魔することにした。

英也の運転で松濤の福原家に着いたのは七時前だった。あなたは親戚だからいいけど、とあたしは囁いた。

「あたしの叔母さんじゃないんだし、やっぱり帰った方がいいかな」

そんなこと言わないでください、と英也があたしの腕に軽く触れた。

「花嫁の親友なんです。大事なお客様だって、叔母もわかってますよ。最恵国待遇で迎えてくれますって」

そんなこと望んでるんじゃなくて、と言いかけたあたしを押し込むようにして、英也が家に入っていった。家と言ったけど、福原邸と言うべきかもしれない。大きな一軒家だった。

お屋敷とまでは言わないけど、松濤でこれだけの広さの家もそうそうないだろう。いったいいくらするんだ、これ。

先に入っていた美宇と裕次が、いらっしゃいとスリッパを揃えて出してくれた。もうすっかり美宇は家族の一員という顔になっていた。昔から順応性はある子だった。

リビングに通されると、裕次の両親が出迎えてくれた。この前、イタリアンレストランで挨拶だけはしていたけれど、ほぼ初対面に等しい。

どんな話をすればいいのかと思っていたら、母親があたしの手を取って、まあまあお座りになって、と嬉しそうに言ってくれたので、少し気持ちが楽になった。

「今日はお客様ですから、七々未さんは座ってちょうだい。一日ずっとお付き合いしてくれたそうですけど、わざわざお休みの日に申し訳ありませんでしたね」

あなた、と促された父親がありがとうございますと片手を上げた。そこそこ飲んでいたらしく、顔がうっすら赤くなっていた。

母親がキッチンに立ち、大皿に盛った料理をテーブルに運んでいた。手伝いますと言った美宇に、あなたも疲れたでしょうと微笑みかけて、お茶でも出してあげなさいと命じた。

手の込んだ料理というわけではなく、京都のおばんざい屋のような和食の総菜が五皿ほど並んだ。勝手に取ってね、と言いながら母親が椅子に座った。

「うちはいつもこんな感じなの。兄弟が多いし、お客様は大歓迎。でもね、こっちが大袈裟《おおげさ》なものを作ると、かえって遠慮しちゃうでしょ？　だから好きにしてちょうだいって。その方がお互い楽だし」

いくつか取って並べておけばいいから、と英也があたしに小皿を渡した。嫌いなものは食べなくたってわかりゃしないと言われて、吹き出してしまった。

それからは英也の独演会だった。話題を振ってはそれぞれに話させ、要所要所で茶々を入れたり相槌を打ったり、よくできたMCのようだ。笑っていればいいだけだから、あたしとしてはすごく楽だった。

次回のことなんだけど、と食後の紅茶を注いでいた美宇が言った。

「来週、あたしはお母様と一緒に歌舞伎を見に行くことになってて、ちょっと時間がないの」

ちょっと待て、歌舞伎？　どの口がそんなことを？　あんたいつからそんな高尚な趣味を持つようになったんだ。

「それでね、申し訳ないんだけど、ナナだったらあたしのことよく知ってるでしょ。中学からの親友なんだし、隠し事なんかひとつもないし」

そうね、としか答えようがなかった。裕次はともかく、その両親がテーブルを囲んでいる。中三の夏休み、一本だけだからと遊び半分で煙草を吸った美宇が吐きまくってトイレから出てこなくなった話とか、とてもできたもんじゃない。

「そういうわけで、中学の時のあたしの家とか、どこで何をしていたか、よく遊びに行ってた公園とか、あたしの代わりに写真とか撮ってきてもらえないかな」

それって話が違うんじゃない？　どういうこと？

ごめんなさいね、と母親が軽く頭を下げた。

「ほら、あたしもお嫁さんと一緒に出掛けたりしたいのよ。実の娘は大阪だし、息子たちとは趣味が合わないの。この子なんか、歌舞伎の歌《か》の字も知らないのよ。話が通じなくてつまらないったら……その点、美宇さんは古典芸能が大好きだっていうし、見たいって言ってるの。来週の土曜は十三代目の演目だから、あたしも行かないわけにいかないし」

素敵ですよね、熊谷屋さん、と美宇がうなずいた。

「台詞《せりふ》回しの切れの良さは、やっぱり他の人とは違うなあって」

誓ってもいいけど、美宇は十三代目熊谷屋、落合錬三郎のことなんか何も知らないはずだ。母親に誘われて、必死でネットを検索したに違いない。

「小学校の頃のことは、後で帰りにあたしの家に寄ってよ。アルバムとかは整理してあるから、写真を渡す。それとナナの撮った写真なんかで、リメンバー何とか、みたいにまとめてくれればいいから。お願いします」

一人でカメラを抱えて、目黒区内を回り、写真を撮ってこいとおっしゃっているのだろうか。マジでか。あんたに何の借りがある？　そこまでしないといけないんですか。

喜んで、とあたしはそう答えた。

「親友の結婚式だもの。頑張っちゃう」

全員が拍手した。美宇は満足そうな顔をしていた。

この状況であたしがノーと言えないことはわかっていただろうし、その辺も読んで頼んできたのだろう。うまくやられた感はあったのだけど、今回はやむを得ないという思いもあった。

あたしが美宇のことを一番よく知ってるのは本当だ。中学から一緒だったし、お互いの家をしょっちゅう行き来するような仲だった。美宇の親のこともわかってる。あたしがやるしかないのだろう。

ご面倒おかけしてすいませんな、と言いながらワイングラスを掲げた父親が、乾杯、と大声で言った。もうやけだ。飲んでやろう。

5

あたしと美宇はアルファロメオの後部座席から降りて、ありがとうございますと並んで頭を下げた。とんでもない、と運転席の英也が手を振った。

二時間近く福原家で過ごし、失礼したのは夜九時を回った頃だった。裕次はべろべろに酔っ払ってしまい、使い物にならなくなっていたので、必然的に英也に送ってもらうことになった。帰り道ですからと彼は言ったけど、そうではなかったのではないか。

去っていくアルファロメオのテールランプを見送りながら、いい人だよねえ、と美宇がぼそりと言った。

「そう思わない？　あんなによくできた従兄弟、あたしも欲しいよ。いくら裕クンと仲がいいっていっても、ここまでしてくれるなんてホントありがたいっていうか」

「そうだね」

「独身だっていうんだから、チャンスじゃない？　ナナ、つきあっちゃいなよ」あっさりと美宇が言った。この子も少し酔っているようだ。「いいじゃんいいじゃん、そしたらうちら親戚だよ」

どうだろう、とあたしは首を傾《かし》げた。

「いい人だとは思うけど、何かねえ……まだよくわかんないし」

「そうかあ？　楽しそうに喋ってたじゃん」

入って、と玄関の鍵を開けた。後ろの座席で裕次とベタベタしてたはずだけど、あんた気づいてたの？

「ナナにしては話してたなって思って。いつもだったら、もうちょっとかしこまった話し方でしょ？　何ていうか、すっかりオトモダチな感じがした」

しまった、マズい。他の子はともかく、美宇に言われるとは思ってなかった。

自分が結婚することで、周りを観察する余裕ができたのか。ちょっと恥ずかしくなった。

「いけるって。英也さんの方も、いい感じだったと思うよ」

そうかな、とそれだけ言った。間違いないって、と美宇があたしの背中を強く叩いた。

「どうしてそう思う？」

そんなのわかるって、とヒールを脱いだ美宇が、ただいまあ、と大声で叫んだ。出てきたのは美宇ママだった。

久しぶりですと言ったあたしに、まあ上がってとうなずいた。二十年前からの知り合いだから、扱いはぞんざいだ。

「今日は朝からお付き合いさせてごめんなさいね」廊下を進みながら、美宇ママがあたしの肩をばんばん叩いた。「幹事やってくれるんだって？　ありがとね、いろいろ迷惑かけると思うけど、よろしくお願い」

「そんなことないです。こっちこそ、ちゃんとできるかどうか……あの、この度はおめでとうございます」

立ち止まって言ったあたしに、あら、と感極まったような叫び声をあげた美宇ママが手を握ってきた。ホントに嬉しそうだった。

「何しろ美宇はああいう子だから、いったいどうなるんだろうって心配してたんだけど、とにかく決まってよかったわ。我が娘ながら、今回ばかりは誉《ほ》めてあげたい。よく頑張りましたって」

ママ、と美宇が怖い顔をした。すぐ怒るの、と口元を歪《ゆが》めた美宇ママが、ところでナナちゃんはどうなの、とあたしの顔を見つめた。

「あたしはね、あんたの方が先にお嫁さんになるんだろうなって思ってたけど。ほら、何て言ったっけ、光輔《こうすけ》くん？　いつだったたか、銀座でばったり会ったじゃない。ハンサムで、性格もよさそうだったけど、あの子はどうしたの？」

土屋光輔と別れたのは七年前だ。たった一度だけ会った男の子の名前を、どうしてこの人は覚えているのだろう。

光輔か、と心の中で舌打ちした。あいつ、いい男だったんだけどな。結婚してもよかったんだけど、どうしてダメになっちゃったんだっけ。もったいないことしたなあ。

「ママ、止《や》めて」二階行こう、と美宇があたしの肘の辺りを摑んだ。「余計なこと言わないで。ナナだっていろいろあるんだから」

あらそうですか、と言った美宇ママが、下にお茶用意してるから、とリビングに戻っていった。ゴメンね、と言いながら美宇が二階にある自分の部屋のドアを開けた。

「あの人、ヒマなんだよ。ナナの前に、自分の娘の心配しなさいよって話で」

「心配してたよ。あんたには言わなかったけど、年に一度ぐらいうちの親に電話かけてきて、うちの美宇は結婚できるのかしらって泣いてたんだって」

ふうん、と言いながら美宇がベッドのサイドテーブルを指した。一冊のアルバムが置かれている。その横に、抜き取った写真が十枚ほどあった。

「見てよ、これ。赤ん坊の時の写真」一番左端にあった一枚を取り上げた。「時代感じる。ほとんどセピア」

三十二年前はまだフィルムで撮影していた。小学生ぐらいまでは、それが主流だったはずだ。

いや、もっとかもしれない。デジタルカメラが当たり前になったのって、いつ頃だっただろう。

「選んでおいたのは、これでいいと思うんだ。中学の卒アルはナナも持ってるでしょ？　あたしの写真もあるから、それは探しといて」

どうだろう。一人暮らしを始めた時、持ってきただろうか。いや、どこかにあるはずだ。

二年ぐらい前、中学の友達が泊まりに来た時、卒アルを見ながら昔を懐かしんで泣いたことがあったから、あるのは間違いない。どこにしまったかは、まったく覚えていないのだけど。

三十分ほど写真を見ながら話した。小学校の頃の美宇について、写真でしか見たことがなかったけど、かなり痩《や》せていたのがわかった。

中学に入って三年で八キロ太ったと顔をしかめていたけど、その経年変化を確かめている時間はなかった。あたしだって帰らなきゃならない。

お茶飲んでいきなさいという美宇ママの誘いを振り切り、湯呑《ゆの》みに口だけつけて家を出た。十一時近くなっていた。

夜道を歩きながら、あと二カ月ちょっととつぶやいた。結婚式よ、早く終わってください。こんな生活、体がもちません。

6

日曜は疲れて何もできなかった。三十二でそんなこと言ってどうするのかという話だけど、早朝から深夜まで働き続けていたら、リズムが狂ってしまった。

オールしたわけじゃないけど、もう二十代ではないのだよと自分自身に言い聞かせた。溜まっていた洗濯をしただけの、不毛な日曜だった。

それでも月曜はやってくる。人生は無常だ。

朝の会議だの何だの、これまたルーティンで無意味な時間が続き、おまけに部長に呼ばれて現状報告のレポートを早急に提出するよう命じられた。進捗状況について危機感があるそうだ。申し訳ございません、直ちにやります。

ブルーマンデーと唱えながらパソコンに向かって、二時間ほどキーボードを叩き続けた。月曜からこれでは、先が思いやられるというものだ。

ランチの誘いも断り、どうにかレポートを書き終えた時、十二時半を回っていた。

食べそびれた昼食をどうしよう。近所のコンビニでサンドイッチでも買ってこようかとメールチェックをしながら立ち上がりかけたお尻が勝手に戻った。

最後に確認したメールの着信名をクリックする。神崎英也。件名・お疲れさまでした。

〈こんにちは。ヘビーな一日でしたね。あの二人のペースに巻き込まれると、いろんな意味で疲れます。

いや、冗談です。あれから写真選びは順調でしたか？　ぼくのところにも裕次兄ちゃんから、どっさり写真やらビデオなんかが送られてきて、昨日は一日中その整理に追われていました。これがまた結構な量で、あの人は披露宴で二時間ぐらい自分の人生を語りたいようです〉

冗談めかしているけど、本音だろう。なぜわかるかと言えば、あたしもまったく同じことを考えていたからだ。

こういう作業が嫌だと言ってるわけじゃないけど、あの二人の放つラブラブモードが強すぎて、ついていけないのも本当だった。

〈ぼくは今週の土曜か日曜、兄ちゃんが子供の頃遊んでいた場所とか、思い出の地を巡って写真や動画を撮影することになっています。小学校や中学がメインになると思います。それで相談ですが、七々未さんも美宇さんに頼まれて、やっぱり同じように小さい時に住んでいた祐天寺《ゆうてんじ》周辺の撮影をするんですよね？　もしよかったら、一緒にいかがですか〉

まばたきが止まらなくなった。誘われてる？　彼があたしを誘ってる？

〈兄ちゃんの学校は麻布で、車だったら祐天寺ともすごく近いし、同じ手間なら一人より二人の方が早く済むだろうし、その方がいいかなと思いまして。もちろん、ぼく

が車を出しますから、その辺はご心配なく。タイミングが合えば、という話なのですけど、ご検討ください。英也〉

メールが送られていた時間を確認した。十時五十八分。ああ、もう二時間も前じゃないか。どうして気づかなかったのか。

すべては部長のせいだ。下らないレポートをまとめろと命令してきた、ワガママ白髪男のせいだ。呪い殺してやろうかと思ったけど、その前に返事を書かなければならない。

喜んでご一緒しますと書きかけて、全文削除した。それはどうなのか。

いや、もちろんありがたい申し出だ。一人で祐天寺の町をうろつき回りたいわけじゃないし、どう考えても二人で撮影した方が楽だし便利だし、時間も短縮できる。二百パーセント断る理由はないのだけれど、それでいいのだろうか。あまりにも軽くないか。手伝ってもらうのが当たり前、という印象にならないか。

ありったけの自制心を使って、大変嬉しいお話ですけど、とひと文字ずつキーボードを叩いた。

〈そんなお手間をおかけするのは申し訳ないです。神崎さんも時間の都合などおありでしょうし、わたしに合わせていただくのも心苦しいですし、とても嬉しいお話ですけど、何かありましたらその時はお世話になるかもしれませんが、今回は大丈夫ですので。ありがとうございました〉

二度読み返し、多少文章がおかしいかもと思ったけれど、時間が優先されるだろうと判断して、送信ボタンを押した。

しまった、最後に名前を書くのを忘れた。思わず叫んでしまったけれど、幸いなことにお昼時だったから、オフィスには誰もいなかった。

さて、どうするか。彼がメールを送ってきたのは二時間前だ。それからずっと返信を待っているはずもないし、ランチタイムだ。彼も自分の席にいないだろう。

外出しているかもしれないし、社内の会議ということも有り得る。そもそも今時メールの送受信をいちいち待つ者などいない。

ラインならいざ知らず、メールとはそういうものだ。後でまとめて確認すればいいと考えている者も多い。あたし自身がそうだ。

待っていても仕方ない。コンビニで何か買ってこよう。午後も仕事は山積みだ。エネルギー補給をしなければ動けなくなってしまうかもしれない。

わかっていたけど、立ち上がることができなかった。これは賭けだ。

優しさに満ちたオファーを断り、女子としてたしなみがあるところを見せた。今度は英也が男らしさを見せてほしい。

お願いです、頼むからもう一回押してください。誘ってください。

祈りを捧《ささ》げて待つこと二分、奇跡が起きた。メール受信のサイン。神崎英也だ。

〈そうおっしゃらずに、一緒にいかがですか？　ぼくも一人より二人の方が楽しいし、七々未さんと一緒ならなおさらです。遠慮とか、そういうの止めましょうよ。できれば日曜の方がありがたいのですが、よろしかったらお返事ください〉

大変だ。大変だ大変だ大変だ。壁にかかっている時計の秒針が三周するまで、拳を握って堪《こら》えたけど、それが限界だった。

〈ありがとうございます。それではせっかくですので、今回は甘えさせていただきます。日曜、大丈夫です。よろしくお願いします〉

カミナリより速く文字を打ち、クリックした。送信完了。

ＹＥＳ、ＹＥＳとオリンピックのアメリカ応援団のように唱えながら、非常階段に走った。誰もいないことを確認してから、大きく息を吸い、思い切り吐き出した。

「イエス！」

両手の親指を立てて叫んだ。いいぞ、七々未。ゴーゴー七々未。第一関門クリアだ。日曜、あたしは神崎英也と二人だけで会う！

「何してんすかあ」

非常扉が開いて、顔を覗かせたのは高宮だった。あたしは突き上げた腕をそのままに、別に、とだけ答えた。

「そっちこそ、何でここにいるの」

ナナちゃんが入っていくのが見えたんで、と高宮が言った。「もう一時でっせ。コンビニのバイヤーが来るから遅れないでって言うたんは、そっちやないですか」

すっかり忘れていた。来たのと聞くと、まだですと答えがあった。だったら放っといてよ。どうしてあんたはいつもタイミングが最悪なの？

「せやけど、そろそろ来るはずやし」ぶつぶつ言いながら高宮が背中を向けた。「早《はよ》してください。客は客ですやん」

そうだけど。そうだけれど、もうちょっと余韻に浸らせてくんないかなあ。こんなラッキー、あり得ないんですけど。

今行くからと言って、ドアを開けた。いつだってリアル、それが会社ってものなのね。

7

その後、毎日のように英也とメールを送り合った。祐天寺と麻布は隣り合っていると言ってもいい位置関係だけれど、撮影する場所は学校だけじゃなく、他にもいくつかあった。効率よく回るためのコースを相談しなければならなかった。

というのはもちろん言い訳で、実際には頻繁にメールを交換して、なるべく親しくなっておきたいという計算があたしの中にあった。既に戦いは始まっていた。絶対に負けられない戦いがここにある。

前半は撮影の段取り、後半は自分の身の回りのことを書いてメールを送った。どんな仕事をしているのか、最近の状況、軽い愚痴、そんな感じの内容を要領よくまとめるのは難しい。でも、それをしておかないと、会った時の話題に困るかもしれなかった。

あたしと英也はお互いのことをまだよく知らない。それは仕方のない話で、これから親しくなっていけばいいのだけど、最低限押さえておくべきポイントというものはある。準備が必要だった。

あたしのそんな思いを知ってか知らずか、英也の方も似たような感じのメールを送ってきていた。メールの効用というか、直接会って話すよりも、ストレートに情報を伝えることができた。口では照れてしまって言いにくいことでも、文字なら平気で書けてしまう場合がある。

その週一杯、そんなふうにして過ごした。今ではお互いの家族構成、学歴、趣味、その他すべての情報を共有する関係だ。第二関門を通過しつつある、という感触があった。

いや、しつつある、ではないかもしれない。クリアしたんじゃない？　だって、金曜も土曜もメールじゃなくラインで話してる。土曜の夕方には直接電話まであった。日曜の時間と場所の確認だけだったけど、それってすごくない？　フツー、そこまでする？　彼、踏み込んできてない？

そして土曜の夜、野菜スープとヨーグルト一個という減量中のボクサーのような夕食を済ませ、あたしは自分のワードローブをすべて床に広げた。真剣だ。人生で一番真剣になっていた。

火曜の朝から緊急ダイエットを始めていた。今までのように、気が向いた時だけのゆるゆるダイエットではない。めちゃくちゃハードに制限した食生活を送っていた。

朝はそもそも食べず、昼はコンビニで買ってくるワカメ入りの二十品目サラダだけ、そして夜もトマト一個だけだったり、野菜だけの塩コショウ炒《いた》めだとか、そんなものばかりだ。

糖質は完全にシャットアウトし、米、パン、麺類《めんるい》は一切食べていなかった。果物を含めた糖分も摂《と》っていない。とにかく痩せなければならないのだ。ダイエットｏｒダイ。

もちろん夜八時以降は水しか口にしない。二時間かけてストレッチに始まる各種の体操、ダンベルからロングブレスまで、あらゆる手段を使ってエクササイズして、その後は一時間の半身浴でたっぷりと汗を流した。

何としてでも一週間で五キロ落とす。無茶でも無理でも、そうしなければならなかった。

もちろん、火曜から始めたダイエットだから、土曜の今日までで五キロというのは目標であって、ほぼ実現不可能だとわかっている。それでも人間頑張れば何とかなるもので、体重計の目盛りによれば三・九キロ減っていた。

よほど下着を脱いで測ろうとか、何だったら髪の毛から体毛から爪から全部切ってしまおうかと思い詰めたのだけれど、それでは何のためのダイエットなのかわからないという最後の理性が働いて、体重測定を終えた。

ここまで、どうにか描いた絵の通りになっている。あとは服だメイクだトータル.コーディネートだ。

三十を越えてから、食欲そのものは落ちた。昔のように一度にたくさん食べたり、お代わりなんてできなくなった。

食事の量自体は減っている。それなのに、体重は順調に増え続けていた。

身長百六十一センチ、体重五十一キロ。それがあたしのベストな状態だ。二十代の頃は何も考えなくてもキープできた。

様子がおかしくなったのは、三十直前のことだ。おかしいな、何だか体が重いんですけど。

夜遅くに食べるのを止め、なるべく階段を使うようにして、ひと駅ぐらいなら歩くことにした。カロリー表示に気をつけ、一日のトータル数字をパソコンに打ち込み、お酒も控えたし、自炊の回数を増やすようにした。ケーキだって週に一個と決めたし、できる限りの努力をした。

それなのに、体重はじんわりと、そして順調に右肩上がりになっていった。食べ過ぎてしまった時がなかったとは言わない。でも、その翌日はほとんど絶食に近い状態で過ごした。

それですべてが元に戻るはずだった。昔はそうだったのだ。

だけど、体重は落ちない。基礎代謝の問題だ。消費するカロリーが若い頃と違ってきている。だから落ちない。

そのために、着れなくなった服がクローゼットの肥やしになっていた。これはあたしもいけないのだけれど、加齢と共にゆったりした服しか着なくなっていたし、着たくなくなっていた。そのせいで、ますます選ぶ服の範囲が狭くなっていた。

今まではそれでよかったのだけれど、今回は違う。非常事態宣言だ。食事を制限し、運動もきちんとして体を絞った。

もう大丈夫、着れない服はない。周りに配置した全アイテムを眺めながら、大きくうなずいた。

四月下旬、季節は春だ。不幸中の幸い、とつぶやきが漏れた。一枚余分にはおってても、おかしいとは思われないだろう。

たるんでしまった二の腕とか、隠しきれないお腹のでっぱりも、どうにかカバーできる。これが夏だったら、と思うと背筋がぞっとした。

神崎英也の顔を思い浮かべながら、彼の好みはどうなのだろうと真剣に考えた。フェミニンな装い？　がっちりフォーマル？　それともスポーティカジュアル？　思い切ってギャルっぽく？　ガーリー？　ユニセックス？

年齢は三十二歳だ。それは彼も知ってる。年相応、無難な選択をするべきか、それともメイクも含め、四、五歳若く見える方向を目指すべきか。

女性らしく清楚《せいそ》な雰囲気を出した方がいいのか、それとも少しは遊んでいる感じがあった方がいいのか。

だいたい、英也のファッションはどうなんだろう。ジャケット姿しか見たことはないけど、明日もやっぱりそうなのか。

世の中にはバランスというものがある。彼のファッションとあたしが不釣り合いでは話にならない。とはいえ、情報が少な過ぎる。あの人、何を着てくるんだろう。

思いは乱れ、焦りばかりが募った。コーディネート選びを早めに終わらせ、日課である運動と入浴の義務を果たさなければならないし、十分な睡眠を取る必要もある。

たっぷり寝なければ肌のコンディションにも響くし、メイクののりも悪くなるだろう。目の下の隈《くま》なんて最悪だ。

女性は大変だ、と改めて思った。二人きりで会う以上、一番いい自分を演出しなければならない。

それは男性も同じかもしれないが、かかる時間が段違いだ。メイクやヘアだけでも、二時間早く起きなければならない。そのためにも、早く服を決める必要があった。

でも、彼の好みがわからない。メールのやり取りをしていたけど、それでは足りなかった。

うろうろと熊のようにリビングを歩き回り、全部美宇が悪いと両手を振り上げて天井に向かって叫んだ。

あいつ何なの？　もうちょっと気を利かせなさいよ。もっといろいろ教えてくれたっていいじゃない。

裕次さんに聞いて、ふだんどんな服を着ているかとか、今までつきあった女の感じとか、そういうのを言ってくれるのが友達じゃないの？

よく考えると、それは八つ当たりというもので、あたしも何も聞いていないのだから、美宇としてもどうしようもないだろう。

わかっていたけど、不満のはけ口がなかった。ふざけんなバカ、と悪態をつくと少し気が晴れた。

いやいや、こんなことをしてる場合じゃない。気を取り直して、消去法でいらない服をクローゼットに押し込んでいった。どうして冬物のコートまで出したのか。そんなもの、着れるはずないじゃないの。

数点のアイテムを残し、その組み合わせを考えた。正解はないとわかっている。彼のことをそこまで知らないから、何を選んでも絶対ということはない。

一時間ほど悩んだあげく、出した結論は無難が一番という消極的なものだった。派手でもなく地味でもなく、目立つわけでもなくおとなしいけれどもアクティブな印象で、さりげなく色気なんかもそこはかとなく出して。

そんなファッションなどないし、あったとしてもものすごく中途半端だろうとわかっていたけれど、そうするしかなかった。

最後に決めたのは女子アナ的コーディネートだった。薄いピンクの細身のパンツに黒のカーディガン。トップスは薄いベージュのカットソー。

自信はないけど、胸元が少し開いてるものを選んだ。カトパンかミトちゃんか、といった感じだ。

全部着てみると、どうにか体に収まった。ダイエットとストレッチのおかげだと神様に感謝を捧げた。

鏡で見ると、いろいろ不満があった。どうもメリハリがないような気がする。足が短く見えないか。落ち着き過ぎていないか。そのわりに胸が強調されてないか。

それにしても、男はどうしてあんなに女子アナが好きなのだろう。知的に見えるからか。

そんなわけないだろうと叫びたかったけど、もう時間がない。シューズを合わせようと思ったが、この疲れ切った頭では無理だろう。

とりあえずシューボックスから合いそうなパンプスを三つ並べて、後は朝のフィーリングで決めることにした。そこまで終わった時、時計は深夜一時を指していた。

エクササイズは省略とひと声叫んで、服を脱いだ。今やったって、明日ナイスバディになれるわけでもないと言い訳して、バスタブにお湯を溜めた。

とりあえずお風呂に入ろう。そして寝よう。

どうしてこんなに疲れるのだろうと思いながら、どこか楽しんでいる自分がいた。

明日はデートじゃない。結婚式のための撮影だ。それだけのはずだけど、期待があった。何かあるんじゃないか。

歯を磨いていたら、お風呂のブザーが鳴った。湯船にお湯が溜まったのだ。

今入ります、と手を挙げて、浴室に駆け込んでいった。

chapter05

上手に彼女になる方法

1

悲鳴をあげて、ベッドから飛び降りた。なぜ十時半？　どうすんだどうすんの。

待ち合わせは十二時、祐天寺駅近くのパン屋さんだ。遠くはないけど、駅までの歩きを入れると三十分はかかる。一時間でメイクしろ？　できるわけないでしょう。

寝坊ではない。断じて寝坊ではないとつぶやきながら顔を洗い、歯を磨いた。原因はひとつ、うまく寝付けなかったということに尽きる。

ベッドに入ったのは二時、すとんと眠り、七時に起きるつもりで目覚ましもかけた。でも無駄だった。

ああでもない、こうでもないと明日のシミュレーションをしながらベッドの中でのたうち回ること五時間、鳴り出した目覚ましを止めて、それから急に訳のわからないため息と、どうしようどうしようで一時間が過ぎ、眠気が襲ってきたのは朝八時だった。

十時半に覚醒しただけでもよしとしよう。やりようによっては何とかなるかもしれない。ああ、神様。

用を足し、ドレッサーの前に座ってメイクを始めた。思った以上にファンデーションののりが悪いことに腹を立てながら、どうしてこんなに苛《いら》つくのだろうと首を捻った。

何があるというわけじゃない。今日はデートでもない。新郎の従兄弟のアッシャーと、新婦の親友、ブライズメイドのあたしが披露宴のための写真や動画の撮影に行く。ただそれだけのことじゃないの。

でも、本音は違った。正直に告白すると、三十の声を聞いたその日から、ぱたりと合コンに呼ばれることも紹介もなくなった。三十という目に見えない境界線が、はっきり引かれてしまっていた。

信じられないぐらい理不尽な話だ。二十九歳十一カ月のあたしと、三十歳一カ月のあたしとは、二カ月しか生命体としての長さが変わらない。

それなのに、昨日までのあたしと今日のあたしは、まったく違うものとして扱われるようになった。

これを理不尽と言わずして何と言えばいいのか。でも、それがリアルな現実だった。まったくなくなったわけではなく、細々と、ワンシーズン一度ぐらいの割合でお呼ばれされることはある。今のところそういう状態が一年ほど続いているけれど、このままだと一年後、ゼロになってしまうのは明らかだった。

その分、親が見合いの話を持ってくるようになった。会社の先輩で三十七歳の未婚女性がいて、彼女に誘われて婚活パーティに参加したこともあった。

でも見合いの席に現れるのも、婚活パーティで引き合わされるのも、決まって四十過ぎの〝お前だけはないだろう〟君《くん》しかいない。

ここまできたら誰でもいいでしょと親も先輩もおっしゃるけれど、ピンポイントで〝それだけはあり得ない〟さんがやってくるのはどういうわけか。あたしって、そんなに前世で悪行ざんまいだったのでしょうか？

妥協とか諦めとか、そういう話でもない。生理的に無理な相手と結婚してどうしろというのか。

これでもかつてはそこそこモテてた。仕方がない、で済む問題じゃない。

それにしても、男ってどうしてあんなにバカなのだろう、と脂取り紙で額を押さえながら唸った。婚活パーティに来ている男は、どんなに年を取っていても、オヤジ体型であっても、二十代の子しか見ていない。三十過ぎの女はみんなババアだと思っているらしい。

頭が悪過ぎる、とつぶやきが漏れた。うぬぼれでも何でもなく、三十を過ぎた女の方がよっぽど魅力的だろう。

それなりに社会人として生きてきた経験値もあるし、世の中のことだってある程度わかってる。カワイイしか言えないバカ女と違って、会話だってできる。お金だってそこそこあるし、何でも男に頼ったりしない。自分のことは自分でできる。お互いを尊重する意識もある。

何より、あらゆる意味で余裕がある。それが三十女のアドバンテージだ。

それなのに、男たちはアホ面下げて、若い女の子に鼻の下を伸ばしている。その顔を鏡で見てごらん、と言いたい。

今二十五歳の女だって、五年後には三十になるんだ。それもわかんないのか、あんたたちは。

いやいや、愚痴を言っても始まらない。そもそも、男がみんなバカだというのは中三ぐらいでだいたいわかってた。

こっちも偉そうなことを言える立場じゃない。妥協じゃなく、前向きに考えたいという気持ちはあるのだ。

それなのに、出会いのチャンスは減り続けている。三十を過ぎてからは急降下状態だ。もうこれはどうにもならないのではないかと、半ば諦めていた。

そこへ降って湧いたように現れた王子様、それが神崎英也だった。ここで頑張らなかったら女がすたるというものだろう。

ネバーギブアップと繰り返しながら、凄《すさ》まじい勢いでメイクを整えていった。アニマル浜口《はまぐち》先生のおっしゃる通り、人間は気合だ。

アイシャドウが思うように決まらなくても、チークが濃くなってしまっても、精神力でどうにかねじ伏せた。

三十分足らずでフルメイク装備を終え、用意していた服に着替えると、それなりにきれいになったような気がした。いいんじゃない？　うまくいってない？

時計を見ると、十一時三十分だった。リミットを越えていると悟り、そのまま三足並べていたパンプスのひとつに足を突っ込み、三軒茶屋駅へ向かった。

背筋を伸ばし、胸を張り、決意を秘めてあたしは走り続けた。

2

祐天寺駅に着いたのは十二時ジャストだった。最近できたパン屋さん、ウッディはテレビなどでも取り上げられていたからあたしもよく知ってる。

そこを待ち合わせ場所にしたのは、駅から三分という近距離にありながら、駐車スペースが完備されていたからだ。

道もわかっていたけど、そこからゆっくりと歩き、五分かけてウッディに到着した。わざと五分遅れていったのはあたしの見栄《みえ》で、自分の性格が恨めしかった。

どうしてここまでカッコつけなきゃならないのか。この性格でどれだけ損してきたことだろう。

神崎英也はパーキングの手前側に車を停《と》めて待っていた。アルファロメオに背中をもたせかけて立っている姿に、ウッディから出てきた女子大生たちが視線を注いでいる。それぐらい目立っていた。

長い指に煙草を挟んでいる彼はモデルのようだった。本人はどこまで意識しているのだろうと思いながら、靴音高く駆け寄って、遅れてすいませんと頭を下げた。

遅刻していなければ、もうちょっと違うアプローチの仕方もあったのだけど、気遅れもあって、初めて会った時のようによそいきの口調になってしまった。でも、しょうがない。今日はデートじゃないし、二人だけで会うのは初めてだし、節度がある女だとわかってほしかった。

「いや、ぼくもたった今来たところなんです」

英也が携帯灰皿に吸い殻を押し込んだ。そうなのだ、この人のほとんど唯一の欠点が、喫煙者というところだった。

マイナス一点、とメモリーに入力したけれど、よく考えてみると車内では吸わないことを思い出した。マナーは心得ているのだ。プラス三点、と数字を訂正した。

「あれからルートをもう一回調べ直したんですが」乗ってください、と助手席のドアを開けた英也が運転席に回った。「抜け道があるのを忘れてました。一方通行の関係とかがあって、ここから一度麻布《あざぶ》方向に戻りながら、兄ちゃんの学校とかを撮影して、それからもう一度祐天寺近辺を回った方が便利みたいなんですが、それでいいですか？」

もちろんです、とうなずいた。ドライバーは英也で、彼の都合いいようにするのが当然だ。

決めてくれるのってありがたい。最近の男は何も決められない。こっちが全部プランニングしなきゃならないなんてサイテーだ。その点、英也は違う。プラス十点。

アルファロメオがスムーズに駐車場から表通りに出た。屋根をオープンにしてるから、ちょっと恥ずかしい。この車、目立ち過ぎません？

でも、走りだしたら気にならなくなった。何がいいって天気がいい。吹く風も爽やかだ。

どういうわけか、彼と会う時はいつもそうだった。ぼくは晴れ男なんです、と微笑みを浮かべながら英也が言った。

「会社でイベント担当の部署にいた時は、ずいぶんありがたがられました。ヒデがいると晴れるなって。神様じゃないんで、そんなのただの偶然なんですけどね」

湘南に行った時にわかっていたけど、英也は運転が上手かった。この辺りなら目をつぶってても全然オッケーです、とハンドルから手を浮かせた。

「小学生の頃、ぼくもこの近所、麻布の辺りに住んでたんです。二十五年ぐらい前のことですから、あの頃とは全然変わってますし、お店なんかはほとんどないんですけど、大きな道は変わらないですからね。子供の頃は自転車で走り回っていましたから、皮膚感覚でわかるんですよ」

「裕次《ゆうじ》さんと一緒に遊んでたりしたんですか?」

そういうこともあったなあと明るく笑って、あれが兄ちゃんの生まれた病院です、と指さした。総合病院ではなく、どちらかといえば小さな個人病院だ。ハザードを点《つ》けて停まった英也が、運転席からカメラを構えてシャッターを切った。

「今は息子さんが継いでるのかな? よく知らないんですけど、利佳子おばさんは親しいみたいで、年賀状のやり取りぐらいはしてるって言ってたな」

「利佳子おばさんって、誰とでも親しいんですね」

お節介ですけど、ああいう人も必要ですとカメラを置いた英也が車をスタートさせ、脇道に入っていった。こっちの方が早いんですと言いながら、左右の家について説明を始めた。少年野球の監督が住んでいたマンション、裕次の親友、本山《もとやま》くんの家。しばらく走っていると、学校が見えてきた。兄ちゃんが卒業した小学校です、と英也が車を停めた。

いいんですか、とあたしは聞いた。校門の正面に駐車してもいいのだろうか。

「父がここの卒業生なんです。五十年以上昔の話ですけど、OBはOBですからね。五分や十分停めるぐらいなら、怒られないでしょう」

じゃあ、とあたしも車を降りた。私立成門《なるかど》小学校、という大きな銅のプレートがある。青い錆《さび》が浮かんでいるから、かなり古い学校なのだろう。

「そこそこの名門ですよ」何度かシャッターを切りながら英也が言った。「明治の終わりに創立されたんだったかな？　乃木希典《のぎまれすけ》が関係してたと聞いたことがあります。よく知ってるわけじゃないんですけど」

「来たことはあるんですよね」

「兄ちゃんが通ってましたからね。わりとしょっちゅう」カメラから目を離した英也がにっこり笑った。「そこに立って、校舎の方を指さしてください。そうそう、いい感じ」

「アイドルカメラマンみたい」

気分はね、と言った英也が、中には入れないなあ、と渋い顔になった。それは仕方ないだろう。今時、どこの小学校でも部外者の立ち入りは禁じているはずだ。

「何度も来てるんですけど」記憶はちょっと曖昧ですね、と英也が言った。「小学校三年の時に、親が引っ越したんです。同じ港区《みなと》ですけど、虎ノ門《とらのもん》の方でね。子供の足だとちょっと遠いから、学校まで行くようなことはなくなりました。兄ちゃんや兄ちゃんの友達ともよく遊んだんですけど、どうしても印象とかは薄くなります」

「英也さんは、どこの小学校に通ってたの？」

「今は名前が変わって、私立塚輿《つかこし》小だったかな？　ぼくが通ってた頃は、創始者の出身地から名前を取って足柄《あしがら》小学校っていったんですけど」

見てみたいかも、とつぶやいた。何の気なしに言ったひと言だったけど、嬉《うれ》しそうに英也がうなずいた。

「車ならすぐです。久しぶりにぼくも行ってみたいな。卒業して二十年以上経《た》つわけですけど、一度同窓会で学校に集まったことがあるぐらいだし……構いませんか？」

もちろんです、と答えた。照れたような笑みを浮かべた英也が、どっちにしてもあの辺りに撮影しておきたい場所があるんです、と付け加えた。

全然オッケー。時間はあるし、ドライブ日和《びより》だし、すごくいい感じ。

小学校の近くに、裕次とよく行ったというペットショップがあった。二人で中を覗き込んで犬や猫を飽きることなく眺めていたそうだ。

ペットブームに乗っかったのか、店舗はずいぶん大きくなったらしい。あの頃の方が良かったな、と英也が昔を懐かしむように笑った。

「もっとこう、アットホームって言うのかな。店のオバサンとかとも距離が近くて、子犬を抱かせてくれたり、おやつをあげてもいいよなんて……今は触らせてくれるのかな？　動物のストレスなんかを考えると、触らせない方がいいんでしょうけど」

「聞いたことあります」

「正しいことなんでしょうけど、つまらなくなったと思いますね……ああ、このコンビニは昔酒屋さんだったんですよ」車で走りながら、英也が斜め前を指した。「昔はおっかないオジさんがいましたよね。あの頃は道路が通ってなくて、空き地が隣にあったんです。そこでキャッチボールとかして遊んでたんですけど、邪魔だってさんざん怒鳴られて……怖かったなあ」

「けっこう、やんちゃな子供だったんですか？」

ぼくはね、と英也がうなずいた。日曜日なのに、不思議なくらい道は空《す》いていた。赤信号に引っ掛かることもない。こんなスムーズなドライブ、あっただろうか。

「ぼくはまあまあガキ大将っていうか、友達と一緒によく走り回ってましたよ。兄ちゃんはどちらかって言えば今でいうインドア派で、部屋で本を読んだり、ゲームしたり、そんなことばっかりだったんです。医者になるぐらいですからね、勉強が好きだったんでしょう」

「英也さんだって、慶応じゃないですか」

「自分の意思じゃないですよ。親が決めたことだし、それだって記念受験みたいなものだったんじゃなかったのかな。たまたま合格して、後はエスカレーターです。何にも考えてなかったなあ」

通りかかったマンションの前で車を停め、昔は文房具屋だったんです、と声を低くした。

「兄ちゃんがここで消しゴムだかボールペンだかを万引きしたことがあったんです。美宇さんには言えない話ですけど」

「そんなことが？」

「友達にけしかけられたとか、そんなふうに聞きました。後に引けなくなる時は、子供にもありますよ。もちろん、よくないことだとわかってたんでしょうけど、勇気がないとか言われて頭にきたんでしょうね」

「どうなったんですか」

「あっさり見つかって、親が呼び出されたんです」おかしそうに笑った英也が、車をスタートさせた。「本人も大泣きして反省しましてね。逆に文房具屋の店長が、かわいそうだからって文具セットをあげたって聞きました。兄ちゃんはいろんな意味で不器用な男なんですよ」

そんなふうにお喋りをしながら、いくつかのスポットで撮影を済ませ、それから虎ノ門の小学校に向かった。どちらかというと規模の小さな学校で、グラウンドも狭い。

ここに通っていたんだ、と思いながらあたしは自分のスマホで何枚か写真を撮った。

「兄ちゃんの結婚式とは関係ないんですけどね」並んで歩いていた英也が言った。「これも何かの縁ということで。ぼくのことも知ってほしいですし」

さりげないひと言だったけど、あたしの足が勝手に止まった。どういう意味ですか？　あたしの思ってる通りでいいの？

知りたいです、英也さんのこと。全部、何でも知りたい。

それから祐天寺へ戻る途中、麻布にあったイタリアンレストランで遅めのランチを取った。英也がよく来る店で、パスタが美味しいという。

福原家関係の人達は、かなりのグルメが揃《そろ》っているようだ。

少し肌寒かったけれど、オープンテラスでウニとトマトのパスタを食べた。ブランケットを借りたので、風がむしろ心地《ここち》よかった。

有名ではないけれど、地元の人が通うような店です、と英也が微笑んだ。食後の桃のタルトが凄まじく美味しくて、ちょっと感動してしまった。プラス三十点。

3

祐天寺に戻り、まず美宇が昔住んでいた辺りへ向かった。さすがに番地までは覚えてなかったけど、だいたいの場所はわかる。

それを伝えて、あとは英也の勘だけで走り、見事に行き着いた時には二人でハイタッチをしてしまった。

あの頃美宇が住んでいた家は、コインパーキングになっていた。子供の時は大きな家だと思っていたのだけれど、今見るとそうでもなかった。三十坪ぐらいだろうか。

確か、美宇は碑文谷《ひもんや》に引っ越してから、ここへ来ていないはずだ。もう家はないと知ったら、どう思うだろう。

いや、何とも思わないのかな。あの子はそういうところがある。

でも写真はあった方がいい。ここに住んでいた記憶は残っているはずだから、懐かしいだろう。

ついでにというわけじゃないのだけど、パーキングにアルファロメオを停めて、しばらく英也とその辺りを歩いた。区画整理があったのか、昔通っていた通学路はなくなっていた。

それでも遊んでいた公園や図書館、コンビニなんかは残っていた。懐かしくなって、何度も声をあげてしまった。英也は楽しそうに微笑みながら、そんなあたしと一緒にいてくれた。

「一番思い出深いのは、この児童公園かなあ」

〝もみのきこうえん〟という看板をあたしは指さした。駅からそこそこ離れているためか、かなり広い。この辺りに住んでいた子供たちの共通の遊び場だった。

「遊具がたくさんある」

煙草を吸ってもいいですか、と英也が公園に入っていったあたしの背中に声をかけた。ずっと我慢してたらしい。

「ジャングルジムか。懐しいなあ、こんなのまだあるんですね」

児童公園は小学生の遊び場だけれど、中学生のあたしたちもよくここに通った。中学校からちょうどいい距離があって、秘密の話をするにも好都合だったからだ。

そうだ、思い出した。あれは中一の終わりだっただろうか。美宇が好きな男の子のことを夢中になって話しているうち、腰掛けていたジャングルジムから落ちて、頭を打ったことがあった。それでも話を止めなかったから、よほど好きだったのだろう。吸っていた煙草を携帯灰皿に押し込んだ英也が、そういう子供っているなあ、と笑った。

「どうしてああなんですかね。夢中になると、訳がわかんなくなっちゃうのかな」

「特に美宇はそうなんです」秘密ですよ、とあたしは囁いた。「何て言うのかな、思い込みが強くて、これって決めたら一直線、みたいな」

「兄ちゃんに対してもそうですもんね。素敵だと思うな」

「間に入るあたしたちは大変」

それは当たってる、と英也が手を叩いた。

「兄ちゃんもそういうところがあるんですよ。何なんだろうなって思うところもあるし、ちょっと羨ましくなる時も……ぼくもああいうところがあったらいいなって思うんですよ」

「英也さんはそうじゃないの？」

「自分でもどうなんだろうって思いますよ。気配りができるといえばそうなんですが、変に冷静だったり、つまんない男なんです」

そんなことありません、とあたしは大きく首を振って彼の顔を見つめた。照れたように笑った英也が、七々未さんはこの公園に思い出とかないんですかと聞いた。

ないことはない。というか、ある。小学校六年生の時、クラスの俊《しゅん》くんに人生初めての告白をされたのがこの公園だった。淡い初恋の思い出だ。

「ずいぶん素敵なことがあったみたいですね」悪戯《いたずら》っぽい笑みを浮かべた英也が近づいてきた。「もしかして、恋バナですか?」

勘のいい人だ。それとも、顔に出てしまっていたのだろうか。ちょっと恥ずかしい。

「甘酸っぱい初恋か」いいなあ、と英也が伸びをした。「ロマンチックな話は大好きです。聞きたいな」

そういうんじゃないですから、と手を振ってごまかした。

「小学生の時の話です。初恋っていうか、好きだって言われただけで……」

「ますます素敵だ」

俊くんの告白について、それ以上話すことはなかった。単なるクラスメイトで、仲はよかったけれど、その半年後に卒業して別々の中学に行くこともわかっていた。曖昧に返事して、それで終わりだった。

でも、あの時の俊くんの顔は覚えている。ちょっと面長で、あまり子供らしくなく、むしろ大人びた表情で告白をしてきた。指先が細かく震えていたのも覚えていた。

そんな話をぽつぽつとした。英也は黙って聞いてくれた。優しい人だ、と改めて思った。

それから美宇が通っていた小学校、あたしも一緒だった中学校を回った。行くべき場所はすべて行ったし、撮影しようと思っていたポイントも押さえた。夕方五時半、全部が終わった。

問題はこれからだ、とお腹の辺りで手を強く握った。ここからの時間のために、あたしは今日ここに来た。

今日、すべてのお膳立てを整えてくれたのは英也だ。彼がここまで積極的に話を進めてくれたから、あたしたちは二人きりで会うことになった。

一度だけ、あたしの方から押さなければならない。彼としても、もう撃つ弾は残ってないだろう。あたしが前に出るしかないのだ。

わかってる。頑張らなきゃいけないのは今だって、全部わかってます。

でも勇気が出ない。神様、お願いです。力を貸してください。背中を押して。

「あの、本当にありがとうございました」

英也が昼に待ち合わせたパン屋の駐車場に車を乗り入れたところであたしは口を開いた。心臓が飛び出てきそうだ。

「何もかもお世話になっちゃって……あたし一人だったら、どうにもならなかったと思います」

英也の口が動きかけたけど、あたしの方が早かった。

「よかったらですけど、お礼をさせてください。知ってる店があるんです。一緒に行ってくれませんか」

一気に言った。うまく言えたかどうかわからないけど、今のあたしにはこれが精一杯だ。

「ありがとうございますとか、そういうの止めましょうよ」英也がちょっと困った表情を浮かべた。「そんなつもりじゃないですし、兄ちゃんと美宇さんの結婚式のためですからね。当たり前のことです」

うなずくしかなかった。その通りだけど、ちょっと哀《かな》しかった。そうなんですけど、それだけですか？

よかったら、食事に付き合ってくれませんか、と英也が優しく微笑んだ。「この近くに、ぼくが昔よく行ってた店があるんです。古い店で、小さな焼き鳥屋なんですけど、そこそこ美味しいですよ」

行きましょう、と返事を待たずに英也が歩きだした。はい、と小さくうなずいて、その後に続いた。

「ああ、それともうひとつ」顔だけで振り向いた英也が、真面目な口調で言った。「ですますで話すの止めませんか。もういいでしょ？」

はい、ともう一度うなずいて並びかけた。見上げると、ちょっと強《こわ》ばった顔になっていた。

いい角度。こんなふうに並んでる男の人の顔を見上げるのって、ホントにいい感じ。何て素敵な人なんだろう、と歩きながら思った。あたしが誘ったのではなく、彼が誘ったという形を作ってくれた。

今も、彼は少しだけゆっくりと歩を進めてくれてる。あたしに歩くスピードを合わせてくれている。

そんなに気を遣わなくていいよ。ここからの時間はぼくたちのために使おう。そう言ってくれている。

プラス八十点を進呈しよう。こんないい男がいるなんて、日本も捨てたもんじゃない。

十分ほど歩いたところにあった鳥しげという焼き鳥屋さんに入った。開店したばかりのようで、他に客はいなかった。

店主は六十代の白髪交じりのおじいさんで、愛想こそなかったけれど、注文したウーロン茶と数種類の焼き鳥を手際よく出してくれた。ウーロン茶しか頼まなかったのは、英也がまだ車を運転しなければならないとわかっていたからだ。店主のおじいさんも、ビールを勧めたりしなかった。

祐天寺という場所にありながら、古民家を思わせる内装、炭を熾《おこ》す小さな音、そして塩加減がちょうどいい焼き鳥。完璧な道具立てと言ってよかった。

「ごめんね、ビールぐらい飲みたかったよね」英也がネギマを食べながら言った。

「つきあわせちゃってる感じで、申し訳ない」

いいの、とあたしは手を振った。嫌いではないけど、どうしても飲まずにいられないほどじゃない。飲む時は飲むけど、無理してまで飲みたいわけではなかった。

それからしばらく話した。英也とは年齢もほぼ同じだ。学年こそ彼の方がひとつ上だけど、同世代と言っていい。

しかも東京生まれ東京育ち、環境も似ている。話は合うに決まっていた。気が合うのは、前からわかっていた。いろんな意味であたしたちは似てる。価値観が一緒だ。

楽しくなって、勧められるまま小さなグラスでビールを飲みながら話し続けた。英也は聞き上手で、話しやすかった。

気がつくと、九時を回っていた。その頃になると、近所に住んでいる主婦とか、数人の学生、女性同士で飲みに来ているグループなどで店は満員になっていた。長っ尻《ながちり》は嫌われる、と笑った英也が立ち上がった。

支払いを済ませ、店を出ると九時半になっていた。とはいえ、高校生ではないのだから、もう一軒ぐらい行ってもいい時間だ。誘ってくれないかなと思ったけど、それってどうなんだろう。

今日、初めて二人だけで会った。これはデートとカウントすべきなのか？　四捨五入すればデートと言っていいだろう。

初デートで、もう一軒というのはどうなのか。つまらないことを考えてるのはわかってる。そんなこと、どうでもいい。流れに任せた方がいい。でも。

もう一軒行きますかと言いたいところだけど、と先を歩いていた英也が振り返った。

「実は、うちの会社が招いているイギリスの映画監督との懇親パーティが今日で、もう始まってるんだ。顔を出さないとまずいんで、今日のところはこの辺でお開きにしよう」

「今から行くの？」

仕事じゃないんだけどね、と英也が唇をすぼめた。

「うちの部署だけじゃなくて、いろんなところの連中が集まる。ブライアン・マックスって知ってる？」

「『マージービートの恋人』の監督？　三回見た。あの映画、大好き」

「彼が来てるんだ。うちも資本参加する映画を撮る予定になってて、その最終ミーティングも兼ねてる。気難しい人でね、懇親会って銘打ってるけど、実はご機嫌取りの会さ」

「そんな人が来てるのに、焼き鳥なんか食べててよかったの？　早く行かないとまずいんじゃない？」

「その辺が下っ端のありがたいところで、最初からいる必要はないんだ。にぎやかし要員なんだよ」

いつの間にか、パン屋さんのパーキングに戻っていた。乗って、と英也が助手席のドアを開けた。

「送ってくよ。三軒茶屋だよね。ブライアンは中目黒のバーにいるから、どうせ通り道だ」

「通り道じゃないよね。むしろ回り道なんじゃ……」

いいから、と彼が肩を押した。それ以上何も言わず、あたしは車に乗り込んだ。申し訳ないと思うけど、三軒茶屋は中目黒とほぼ隣だ。どこか適当なところまで乗せてもらっても、それぐらいはいいんじゃないか。混んでなければ、祐天寺からだと二十分もかからないはずだ。

住所を言うと、うなずいた英也がエンジンをかけた。ナビに入れなくていいのかと思ったけど、だいたいの場所はわかっているのだろう。近くまで行けばあたしがナビすればいいし、マンションの前まで送ってもらうつもりはなかったから、それで構わなかった。

少し混んでるみたいだ、と慣れたハンドルさばきで運転していた英也が脇道に入っていった。男と女ではそんなに能力の差がないと思ってるけど、こういうところは男の人に素直に感心する。あたしもそうだし、一般的な女性ならなかなかこういうことはできないだろう。

運転をしながら、英也はよく喋った。今までの聞き上手から一転して、自分が話すモードにシフトチェンジしたらしい。

ルックスやスタイルについてはもちろんだけど、英也の声もとても素敵だ。落ち着いていて、静かだけど、聞き取りやすくて流れるようなリズムがある。ひと晩中ずっと聞いていたい声。

彼が話していたのは、これからの予定についてだった。裕次と美宇の結婚式まで二カ月を切った。まだブライズメイド、あるいはアッシャーとしてやらなければならないことはたくさんある。

あたしたち全員が働いているので、スケジュールを合わせるのは至難の業だ。どうするかな、と考えているようだった。

うなずきながら、交通標識に目黒区という文字があったことに気づいた。言うまでもないが、祐天寺は目黒区にある。出発したのは駅の近くで、当然目黒区だ。

それはそれでいいのだけど、走り始めてからもう三十分が経過していた。目指しているのは三軒茶屋で、駅は世田谷区だ。いったいどうしてまだ目黒区にいるのだろう。

英也は道をよく知っているようだし、焦っている様子はない。でも、道は合っているのだろうか。

それとも、もしかして迷ってる？　それを悟られないようにしているだけ？　方向音痴なの？　それってマイナス要素だろう。

方向音痴が悪いなんて言ってない。道に迷ってしまうのはよくあることだし、あたしも人のことは言えない。

そうじゃなくて、ごまかそうとしてるのは違うんじゃない？　隠したってしょうがないでしょ。

あの、とあたしはスマホで現在位置を確認しながら言った。このまま直進すれば世田谷通りに出る。右に曲がればそっちが三軒茶屋の駅だ。

「もし、道がわからなくなってるんなら、あたしがナビするから。この通りをまっすぐ行けば――」

わかってる、と英也がうなずいた。でも、とあたしは首を傾《かし》げた。

「何だか、違ってるみたいだけど……」

迷ってる、と彼が言った。やっぱり、そうだったんだ。

「君の家まで最短コースで行けば、二十分で着いただろう。でも、それじゃ何だかあっさりし過ぎてると思って、いろいろ道を変えてみたんだ」

「……どういう意味？」

英也は何を言ってるのだろう。

「言っただろ、そこそこ道は詳しいって。深夜のドライブが趣味なんだ。特にこの辺はよく走るから、方向は把握してた」右手を開いて、何かを投げる仕草をした。「とはいえ、これ以上違う道ってことになると、遠回りするしかなくなる。同じ道を走ったら、君も気づくだろうからね。ここからどうするかなって、さっきからずっと迷ってたんだ」

「だって……マックス監督の懇親会があるんでしょ？　行かなくていいの？」

あんまり行きたくないんだ、と英也が子供のような笑顔になった。

「よく知らない外国人と話したって、楽しくないさ。そりゃ仕事だから行くのは行くけど、早く行きたいってわけじゃない。それより君といる方がよっぽど楽しい」

駄目だよ、とあたしは首を振った。

「仕事は仕事なんだから、そういう切り替えはちゃんとしないと」

「ナナちゃんは正しいことを言うなあ」わかりました、と素早く敬礼した英也がハンドルを握り直した。「おっしゃる通りです。送ったらそのまま中目黒に行くよ。それでいいかい」

よくない、と口の中でつぶやいた。あたしだって、英也とこのままバイバイしたいわけじゃない。でも、仕事は仕事だ。

あたしにはそういうところがある。変に真面目で、融通が利かないとよく言われる。自分の性格が恨めしかった。

そこからは早かった。英也は迷うことなく世田谷通りを右折し、そのままあたしのマンションの前までぴったりつけてくれた。

駅でいいのにと言ったのだけれど、それは押し切られた。似たようなもんだよと言われれば、その通りだ。感謝するしかなかった。

マンションの前に車を停めた英也に、仕事頑張ってねと言うと、サンキュー、と渋い顔でうなずいた。もう一時間以上経っている。懇親会は九時からだと言っていたから、かなりの遅刻だ。

また連絡する、とマンションの駐車場で車をUターンさせた英也が叫んだ。

「まずい、急がないと」

そのままアルファロメオが猛スピードで走り去っていった。本日の得点、九十点、とあたしはメモリーに入力した。

エレベーターで四階まで上がり、鍵を捜しているとスマホが鳴った。ライン。英也からだ。何だろう、今別れたばっかりなのに。

〈今日はサンキューでした！　楽しかったよ。ゆっくり休んでください〉

胸の中にほっこりしたものを感じながら、玄関のドアを開けた。プラス百二十点に訂正、とつぶやきながら、あたしはパンプスを脱いだ。

4

次の日から、あたしと英也は今までより更に頻繁に連絡を取り合うようになった。

理由というか言い訳というか、大義名分があるのは強い。あたしたちはブライズメイドとアッシャーの代表で、披露宴の進行を新郎新婦から正式に任されている。披露宴を成功させなければならない。義務と責任がある。

従って事前の打ち合わせは綿密でなければならない。完璧な理論武装だ。

あたしたちは二人とも、世間並の常識を持ち合わせていた。結婚式と披露宴には段取りというものがある。順番というものもある。

新郎新婦は二人とも社会人で、立場がある。結婚式と披露宴には秩序がなければならない。

そして、美宇の家にも福原家にも、それぞれ考え方、やり方、しきたりがある。バランスもある。その間を取って調整し、披露宴を無事に進行させなければならなかった。

考えてみると、結婚式と披露宴、更に二次会などのイベントも含めると、途方もない労力が必要なのだ。

例えばだけれど、祝辞というものがある。まず、いわゆる主賓が挨拶するわけだけれど、誰でもいいというわけじゃない。社会的なポジションと、新郎新婦との関係性のバランスを考えなければならない。

世間体というものもある。新郎が大学時代の恩師を出してくるというのなら、新婦だってそれなりの人間を出さなければならないだろう。お世話になってる近所の駄菓子屋のオバチャン、というわけにはいかないのだ。

別に見栄を張るとか、そういうことじゃない。円滑に式を進行させていくためには、そうするのが生活の知恵というものだろう。

それは美宇と裕次に依頼されていた、写真や動画を式場のスクリーンに映し出す『スイートメモリーズ』も同じだった。どちらかの写真ばかり続くのもおかしいし、演出的なことまで考えると、順番も考慮しなければならない。

あたしたちは新郎新婦の代わりにナレーションで写真や動画の説明をすることになっていたのだけれど、それだってアドリブというわけにはいかない。その他にも準備や打ち合わせをしなければならないことは山のようにあった。

あたしはまだいい。多少の残業はあるにしても、基本ベースは九時五時のＯＬだ。暇とは言わないけど、時間の調整はつけられる。

問題は英也だった。彼は電博堂という日本最大の広告代理店に勤務するサラリーマンで、その仕事は普通とちょっと違う。マスコミの人達に近いといえばいいだろうか。かなり不規則で、早朝出勤、深夜帰宅、休日出勤なんかもしょっちゅうだ。

所属しているのは広告営業部なのだけれど、社内プロジェクトのリーダーを任され、英語に堪能《たんのう》なことから、もうひとつのチームにも参加していた。海外からの連絡もひっきりなしだし、時差があるから真夜中でも何でも電話がかかってくる。仕事のできる人に仕事は集中するというけど、その典型みたいな人だった。

にもかかわらず、彼はあたしとの連絡を欠かさず、電話、メール、ラインなどもきちんと返事を寄越した。もちろん、今あたしたちがしているのはある意味で仕事だから、報告連絡相談が欠かせないというのはその通りだけど、それ以上のものを感じざるを得ない熱心さだった。

彼、あたしと話したい？　あたしと会いたがってる？　だからこんなに積極的なの？　そうとしか思えないんですけど。

写真の順番を決めるために、会って話さなければならないことはお互いわかっていた。多忙にもかかわらず、彼は常にあたしとの約束を優先した。

多少の遅刻なんかはあったけど、どうして遅れたかについて説明し、きちんと詫《わ》びる。そんなに気を使わなくていいのに、と思ったぐらいだ。

彼が裕次と仲が良いのは、傍《はた》から見ていてもよくわかったし、従兄弟というより兄弟のような関係だと裕次も言っていた。だから一生懸命になるというのはその通りなのだろうけど、それだけとは思えなかった。あたしと会って、話して、食事をしたりするのが楽しいとしか考えられない。

週に二、三回会うこともあった。時には一時間だけとか、そんなこともあったけれど、七時過ぎから終電まで過ごしたこともある。

時には披露宴の話もせずに、お互いのことを話してそれで終わってしまったこともあった。今日は何も進まなかったなあ、という彼の言葉に笑い合って、軽くハグなんかしたりして。

それならそれでいいよね。楽しいし、全然オッケー。

気がつくと、五月に入っていた。結婚式まであと一カ月しかないとわかり、真剣に焦り出したのは五月三週目のことだった。

5

結婚式と披露宴について、可能な限りのことをした、という実感があった。

美宇や裕次、英也と聖雅園に何度か足を運び、式の担当者と打ち合わせをした。料理やデザートのチョイスまでしたのだ。どうしてもと美宇に頼まれて、仲人にも挨拶したし、何人かの親戚にはあたしから祝辞や余興のお願いをした。

でも、それで終わりじゃなくて、やらなければならないことはまだあった。二次会、そしてブライダルシャワーが残っていた。

二次会については、顔の広い英也がコネを生かして中目黒の有名なバルを押さえてくれたので、場所の問題は解決していた。後はそこで何をどうするかだけれど、その相談や手配は五月中に終わっていた。時間がないのはブライダルシャワーだった。

要するに男性でいうところのバチェラーパーティなのだけれど、結婚すればそれまでの人間関係が変わってくる。少なくとも、夫だけで、あるいは妻だけで飲みに行ったり遊びに行くのは、しばらくの間できなくなるだろう。結婚とはそういうものだ。

だから、結婚を控えた新郎が男の友達だけとひと晩飲み明かしたり、あるいはいわゆるオネーチャンのいるお店に行ったりするのがバチェラーパーティだという認識があると思うのだけれど、それは女性だって同じだ。女友達だけで集まり、結婚前にいろんなことをお喋りする。それがブライダルシャワーというイベントだ。

どうしてもやりたい、というのが美宇の希望だったし、美宇ママからも頼まれていた。何でそこまであたしなのかと思わないでもなかったが、断るのも面倒で、恵子、友加、沙織のヘルプ付きなら、という条件で承諾した。

美宇の説得で三人もそれなりに手を貸してくれるということになったのだけど、いったいどうしたものやら。

ブライダルシャワーは女性だけのパーティだ。従って、英也の助けを借りるわけにもいかない。

パーティと言っても、昔からの友人や会社などで親しくしている人を招いて、ソフトドリンクやお酒を飲みながら思い出話をするだけだから、イベントや余興を考える必要はないのだけれど、それにしても場所を捜したり日程の調整をしなければならない。どうしようかと思っていたところに、恵子から場所の心当たりがあると連絡が入った。

「去年できた渋谷のマリアートホテルってあるでしょ？　ロンドンとパリにしかないっていう超高級ホテル。あそこの副支配人を知ってる。スイートルームを借りて、そこでやればいいじゃん」

恵子が勤めているのは外資系の会社で、会長はアメリカ人だ。マリアートホテルの社長とも親しく、そこからコネができたのだという。世の中、何でも人脈だ。

さっそく見に行くと、ハチマンスイートという最上階三十五階に案内された。代々木八幡《よよぎはちまん》の地名からこの名前がつけられましたと説明があったが、要するにペントハウスだった。

約百平米のスイートルームが二つ併設されており、ガーデンと呼ばれている空中庭園に繋がっている。晴れていれば、そこで食事を取ることもできるそうだ。そして中央には十五メートルのプールまであった。もちろんジャグジー付き。

何より、眺めが素晴らしかった。単なるスイートルームだと、大きくても百二十平米ぐらいだろうけど、庭も含めればその三倍以上の広さだ。しかも部屋が二つある。なかなかここまでの大きさはないだろう。

美宇はブライダルシャワーにできるだけたくさんの人を呼びたがっていた。小、中、高校、短大、そして会社関係やその他の友人全員にインビテーションカードを送るという。総数、三百人以上になるだろう。

もちろん、全員が来るわけじゃない。特に親しかった子たちはともかく、卒業アルバムを見ても名前を思い出せない子もいた。そんな子たちが来るはずもない。

誰だってそうだろうけど、クラス全員が友達ってことはない。仲が悪かった子だっている。東京に住んでいない人もいるはずだし、日程が合わない子もいるはずだ。

そこまで考えると、来るのは最大百人ほどではないか。それなら、このスイートルームで十分に対応できる。

チェックインは午後二時と決まっているが、いつ始まっていつ終わるかという形式張ったイベントじゃない。時間の都合がつくところで、みんなやってくることになるだろう。

半数は既婚者だろうし、子供がいてもおかしくない。最後までつきあってくれる人は少ないはずだ。入れ替わり立ち替わり、ということになるだろうから、何とかなるんじゃないか。

さっそくホテルのルームマネージャーと交渉して、六月十日の土曜日を押さえた。ハチマンススイートは案外空いていた。

マリアートはテレビ、雑誌などでも話題になった超人気ホテルだけれど、オープンから約一年が過ぎて、多少落ち着いたようだった。それに、このハチマンススイートは単なる宿泊客には広すぎる。この日しか取れなかったとはいえ、そんなに需要がないのかもしれない。

むしろ面倒だったのは、招待状の作成やドリンク、フードなどの手配だった。二次会の招待客とほぼかぶっていたから、リストそのものはあったのだけれど、それにしたって出欠の確認やら何やらが必要だし、三百枚の招待状に宛て名を書いて発送するのも結構な仕事量だ。

ルームサービスを頼んだり、ホテルに頼んで宛て名を書かせればいいだろうと言うかもしれないが、コーヒー一杯二千円の高級ホテルだ。好き勝手にオーダーしてたら、美宇ママがヒステリーを起こすのは目に見えていた。

マネージャーからは百万円のプレミアムワインを勧められたけど、そんなものを飲んでどうしろというのか。名前も覚えていない人たちのためにふるまうべきお酒じゃないだろう。

かといって、一本七百円のコンビニワインを置くわけにもいかない。フードだって、きちんとした物でなければならないだろう。

そういう手配を美宇はすべてあたしたちに丸投げしていた。あんたはどこのお嬢様なんだ。いつから女王気分？

やってらんないと怒り出したあたしと友加を恵子と沙織がなだめ、それぞれ役割を分担して話を進めていった。あたしと沙織が招待状の手配、恵子はドリンク、フード、そして予算管理。友加はサプライズイベントの仕込みだ。

この辺は親友同士の便利なところで、何も言わなくても通じ合うものがある。誰が何を得意にしているかもわかっているから、それで揉《も》めることはなかった。

ただ、不安だったのは友加の目が何とも言えず不気味な光を宿していたことで、サプライズといえば友加なのは昔からの決まり事だったけど、時々常識が吹き飛んでしまうことがある子だ。

大丈夫かなと心配になったけど、そこは任せなさいと恵子が言うので、それ以上何も考えないことにした。四人しかいないのだから仕方ない。

無茶なことだけはしないでと言ったあたしに、友加は敬礼ポーズで応えた。止めなさいって、ますます不安になるじゃないの。

6

ブライダルシャワーは本来、結婚式の前日に行う風習らしいけど、ホテルの部屋がその日しか押さえられなかったので、これぱかりは仕方ない。美宇にも断りを入れて、お許しをもらっていた。

お祝い事という意識があるのか、招待状の戻りは予想より早かった。三日後、最初の返事があたしの自宅に届き、それから数日の間、何十通もの葉書が送られてくるようになった。郵便局の分室になったようだ。家に帰っては、その仕分けをするのが日課になった。

一週間後の日曜、出欠カードの最終確認をするために、あたしは代官山のカフェで沙織と待ち合わせた。

美宇の親戚については、美宇本人が電話を入れていたので、漏れはないはずだった。女性限定のイベントなので、すぐ酔っ払うオジサンとか、奇声を発して唄う人とか、そういうことを考えなくていいので、気は楽だった。チェックしなければならないのは、友人関係の招待客だ。

トータル二八九枚の葉書を出し、日曜の時点で戻ってきたのは約二五〇人、そして出席しますに丸をつけてきたのは予想通り九十八人だった。まあ、こんなものだろう。あたしと美宇は中学から、そして沙織は高校からの付き合いだ。美宇は小学校のクラスメイト全員にも招待状を送るよう指示していたけど、当然というべきか、その頃の友達はほとんど欠席か返事を寄越さないかのどちらかだった。

時間というのはそういうもので、中学のクラスメイトたちも出席者は少なかった。逆に高校の同級生や部活の先輩後輩などは出席するという者も多く、そうでなくても必ずメッセージなどが添えられていた。

短大の方がむしろ少ない。出席するのは、あたしも知っている子たちばかりだった。そんなもんよね、と返事の葉書をチェックしていた沙織が言った。

「大学だと、同じクラスって感覚はあんまりないもの。サークル関係の子か、よっぽど仲良くしてた子以外は、みんな同じじゃないかな」

そうだね、とうなずいた。友達百人できるかな、と思うのは小学校一年生ぐらいで、なかなかそうはいかない。

同じ教室で学んだ、というだけなら小中高通じて二百人以上になるかもしれないけど、仲が良かった子はその半分もいないだろう。親しく付き合っていたとなると、更にその半分以下かもしれなかった。

会費ということで、三千円を支払ってもらうことになっていた。しかも土曜日だ。

いくらブライダルシャワーといっても、ある程度フォーマルな服を着なければならない。そこまで考えると、意外とハードルは高いのかもしれなかった。

ヨーダが来るって、と沙織が微笑を浮かべた。

「懐かしいな。あの子、アメリカ留学してたんじゃなかったっけ？」

ヨーダというのは中島玲子《なかじまれいこ》といって、高校の同級生だ。かの有名な映画『スター・ウォーズ』に出てくるジェダイの騎士の一人と顔が瓜二つ《うりふた》なので、そう呼ばれていた。

去年だったか一昨年だったかに、戻ってきたって聞いた、とあたしは言った。「バカだよね、白人と結婚してハーフの子供を産むんだって、訳のわかんないこと言って……そういう子ではあったけど」

出席する者、欠席する者、それぞれの名前に、あたしたちは手を止めて笑ったり、ちょっとしんみりしたり、懐かしくなったり思い出話をしたり、そんなふうにしてたら、あっと言う間に数時間が経っていた。

あたしも沙織も同じ思い出を共有している。すっかり忘れていた人や、出来事を思い出すのは、何とも言えない感じだ。結婚式も悪くないかもしれない。

あれ、と沙織が手を止めた。額にうっすらと皺が寄っている。どうしたのと聞くと、そのまま葉書を投げて寄越した。

「涼子《りょうこ》と真帆《まほ》。二人とも出席するって」

マジですか、というつぶやきがあたしの口から漏れた。二人とも高校のクラスメイトだ。

「招待客のリストに載せてたのか。気がつかなかった」出席、の文字に丸がしてあるのを確かめながらあたしは言った。「でも、クラス名簿を使ったんだから、当たり前か」

あの二人が来るとは思わなかったな、と沙織がコーヒーを飲みながら、片方の肘をついた。

「意外って言えば意外」

涼子と真帆はあたしたちのクラスというより、高校の有名人だった。いわゆるイケてる二人組で、カーストのトップにいた。いや、トップというとちょっと違う。別格扱いだった。

高一の夏休み、原宿《はらじゅく》辺りをふらふらしていた二人がファッション誌の編集者に声をかけられ、その一カ月後に読者モデルとして誌面を飾ったエピソードからもわかるように、二人とも美人でスタイルもいいし、オシャレで家もリッチ。そりゃカーストも上になるだろう。

二人は部活なんかにも参加せず、高校生活を満喫していた。あたしたちの高校はどちらかといえばお嬢様学校で、そんなに遊び人がいたわけじゃなかったから、余計に二人は目立った。うちの高校で毎晩のようにクラブに繰り出していたのは、あの二人ぐらいだったのではないか。

二人とも、よくモテる子だった。近くの男子校の生徒が二人を見に来たり、駅前で待ち伏せされたりなんてことはしょっちゅうで、二人の方は同じ年齢の高校生を相手にする気などなく、遊んだりつきあったりするのも、大学生か社会人だったけど、それがまた二人を別格の存在にしていた。

男性関係が豊富だったのは間違いない。高校からというのではなく、中学からそうだったはずだ。

最初に高一のクラスで一緒になった時、それはすぐわかった。女子あるあるじゃないけど、経験のある子とそうじゃない子は、敏感にお互いを察知する。

確か二人は中学は別々だったはずだけど、似たような匂いを感じたのだろう。すぐに仲良くなり、二人だけのポジションを確立した。

あたしたちはぽんやり口を開けて、すげえなあ、と見ていただけだ。二人は明らかに経験値が高かった。

これもまた女子高校生あるあるだけど、話題の中心は一に男子、二にダイエット、三にオシャレ、そんなところだ。世間が思うほど、あたしたちの世界は広くない。話すことも限られている。

その中で、最も重要なのは男の子のことだ。どんな女子でも、たとえオタクで腐女子で、二次元の世界にしか興味がない子でも、やっぱり男子と話がしたい。触れ合いたい。つきあいたい。遊びたい。それはどうしようもなく、絶対の欲求だった。

でも、現実にはなかなかそうもいかない。女子校ならなおさらだ。だから妄想ばかりが炸裂《さくれつ》し、相互作用でどんどん膨れ上がっていく。非リア充であればますますその傾向は強くなった。

それに対して、涼子と真帆はまさしくリア充だった。あの子たちが何もしなくても、勝手に男の子たちの方から声がかかる。

誘われる、遊びに行く、また誰かと知り合う。そんなループを繰り返し、二人はどんどんレベルを上げていった。世の中、格差はあるのだ。

あたしたち五人組は、そんな二人と一線を引いた付き合いしかしていない。というより、接点がなかった。

同じクラスにいるけど、まったく住む世界が違う、そういう感覚だ。それはあたしたちだけじゃなくて、他のクラスメイトもそうだっただろう。

ただ、違っていたのは、あたしたちの中に学校一の美少女と噂されていた沙織がいたことだ。ノーメイク、時々メガネ、地味なファッションの沙織だったけど、実力は底知れないものがあった。バスで声をかけられたり、どこから手に入れたのかメールで告白されたり、そんなことも少なくなかった。

面倒臭いというひと言だけで、沙織は男の子たちをパスし続けたけど、涼子と真帆が一目置いていたのは間違いない。沙織のことをライバル視していたのかもしれなかった。

でも、それを認めるわけにいかなかった二人は、沙織と同じグループの美宇を軽く扱うようになった。一種の代償行為だ。

あの二人だけは呼ばないと思ってたんだけどな、とぽつりと沙織が言った。

「あんまり思い出したくないけど、美宇はちょっと……いじめられてたよね」

そうだった、とあたしはうなずいた。確かに、思い出したくないけど、沙織の言う通りだ。

そんなに酷いいじめがあったとか、そういうことじゃないのだけど、平和にハイスクールライフを謳歌《おうか》していたあたしたちに影があったとしたら、それはあの二人だ。

何で呼んだんだろう、と沙織が首を傾げた。ノーチェックだったねとあたしは顔をしかめて、ココアに口をつけた。辺りはすっかり暗くなっていた。

chapter06

花嫁はエイリアン

1

あたしも沙織も口に出さなかったけど、どうして美宇が涼子と真帆を呼んだのかわからなかった。いじめ、というほどきつくはないけれど、あの二人は美宇のことをはっきりと馬鹿にしていたからだ。

何があったというわけじゃない。二人にとって美宇は道端に落ちている石ころも同じだったから、いじめているとか、そんな意識すらなかっただろう。

ただ、高校の時、美宇のあだ名がピギーになったのは、二人がそう呼んでいたからだ。言うまでもなくピギーはピッグの変形で、要するに子豚体型という意味だった。

正直、今でも名残《なごり》があるのだけど、あの頃美宇はかなりのぽっちゃりさんだった。美宇ママが過保護に育てていたのは否めないところで、空気を読めないところもあったし、オシャレ感覚はほぼゼロだった。読モまでやっていたあの二人が、最下層の住人と思っていたのは間違いない。

あたしたち五人のグループは恵子がお母さんで、沙織が不思議ちゃん、あたしがお節介な世話役で友加が賑《にぎ》やかし、美宇はいじられ役のポジションだった。役割が決まっていると便利で、それぞれが自分の立ち位置に徹した方がもろもろうまくいく。その意味で、あたしたちも美宇をいじって楽しんでいたところがあった。

でも、それは五人の中の付き合い方で、他の誰かが美宇をいじるのは違う。そんな時は全員で美宇を守った。

涼子と真帆がからかうようなことを言っても無視して、関わろうとしなかった。それで美宇が守られていたのは本当だ。

あの子は傷つきやすいガラスのハートの持ち主で、あたしたちがガードしていたから、たいしたことにはならなかったけど、美宇だってバカじゃない。涼子と真帆の悪意に気づいていたはずだ。

それなのに、どうして招待状を出したのか。面倒なことにならなければいいんだけど、とあたしはため息をついた。

涼子は二十五の時に結婚したんだよね、と沙織が言った。

「離婚したの、一昨年じゃなかった？」

そうだったと思うとうなずいて、あたしは招待状の名前を指した。

「真帆はまだ結婚してないみたい。橋本《はしもと》のままだから、たぶんそう」

知らなかった、と沙織が首を振った。あの二人ぐらいだと、結婚とかはどうでもいいのかもしれない。

でも、それで美宇の意図が何となくわかったような気がした。涼子の結婚と離婚、真帆がまだ未婚であることを誰かから聞いて、結局幸せを摑んだのは自分だと誇示したい気持ちがあったんじゃないのか。だからわざわざ招待したのだろう。

高校の三年間、あの二人は美宇のことを軽んじていた。それを恨みに思っていたとか、忘れてなかったとまでは言わないけど、鬱屈した思いはあったに違いない。コンプレックスを解消するために、美宇はブライダルシャワーに二人を呼んだのだ。

何もないといいけど、と沙織がため息をついた。

「久しぶりに会う子もいる。楽しいイベントにしたいし、美宇に不愉快な思いをさせたくないよね」

おっしゃる通り、とうなずいたあたしのスマホが鳴った。英也からのラインだ。ちょっと失礼、とあたしはその場から離れた。

2

「リーダー、機嫌ええなあ」

あたしは顔を上げた。月曜、会社、高宮。最悪のスリーカードだ。

「彼氏でもできたん？」

断りなしに、あたしの机に大きなお尻を乗せて話しかけてきた。降りて、と手を振った。

「朝から馬鹿なこと言ってないで、仕事していただけないでしょうか」

皮肉のつもりだったけど、通じなかったようだ。笑ってるやん、と高宮が指摘した通りで、今朝届いた英也からのラインを読み返していたら、顔がにやついてしまっていた。

高宮を追い払い、改めて英也からのラインを読み直した。今夜、何時にする？　と書いてあった。

英也は彼氏じゃない。とりあえず、今のところは。だけど、このラインって、完全に彼氏じゃない？

あとは時間の問題だ。美宇と裕次の結婚式が終わり、いろんなことが落ち着いたら、そういうことになるんじゃないだろうか。きっとそうだ、という予感があった。

彼はどうやってあたしに気持ちを伝えてくるのだろう。意外とベタなことが好きな人だから、海へドライブに行って、そこで告白してくるのかも。あるいはオシャレなバーとか、もしかしたらディズニーランドのシンデレラ城の前とか。

そういうの、バカにしてたところもあったけど、本音を言えば嫌いじゃない。いいですよ、ウエルカム。受けて立ちましょう。

それとも、あたしたちの世代にふさわしく、さりげなく言ってくるのだろうか。二人で会って、送ってもらって、何となく目を見交わして、お互いにうなずくような。

それならそれで全然オッケー。安い居酒屋で飲みながら、つきあっちゃおうかとか言われたりするとか、それだってありだ。

ああ、妄想が止まらない。何でもいいから、早く早く。何だったらあたしの方から言っちゃおうか。それぐらい気分は盛り上がっていた。

毎日、ラインやメールでやり取りしている。電話もしてる。高校生カップルほどじゃないかもしれないけど、相当な頻度だ。

何が楽って言い訳があるところで、結婚式のことで相談があると前置きすれば、後は何でもオッケーだった。だってしょうがないじゃない、結婚式なんだもの。

はっきり言って、あたしも英也も美宇たちの結婚をダシに使っていた。相談じゃなくても、確認事とか進捗状況とか、何でもメールやラインを送るようになっていた。

一回送ってしまえば、後は流れだ。どこまでもいつまでも際限なく、あたしたちはラリーを続けることができた。

そして重要なのは、これまたはっきり申し上げるけれど、六対四で英也の方からラインを送ってくる事実だ。下手したら七対三かもしれない。ぐいぐい来ている。それはゼッタイだ。

電話に至っては、九対一の割合で彼からかかってきていた。最低でも週に二度は会ってるし、土日に会うことだってある。これで何もなかったら、その方がおかしいだろう。

もちろん、最初のトークテーマは結婚式についてだ。美宇も裕次も実務能力に欠けているところがあり、結婚式と披露宴、そして二次会に関してほとんどをあたしたちに丸投げしていたから、話し合わなければならないことはいくらでもあった。新郎新婦に成り代わって、もろもろ決めていくのがあたしたちの役目だ。

でも、それは前振りのようなもので、ビールを一杯飲んでいる間に、そんな話は終わってしまう。その後はフリータイムで、お互いのことを話したり、近況報告や会社のグチ、そんな感じになった。これはもう明らかなデートではなかろうか。

出会った男女の多くがそうであるように、あたしたちはまだお互いのことをよく知ってるわけじゃなかった。自分のことを知ってほしいし、理解してほしい。二人とも思いは同じだった。

英也はルックスもいいし、背は高いし、スタイルはモデル並みだ。中等部からの慶応ボーイだから、学歴も完璧と言っていいだろう。そして日本最大の広告代理店電博堂に勤務していた。

家柄というとおおげさだけれど、ちゃんとした家の生まれだ。性格も優しいし、文句のつけどころがない。

この一年、あたしが男性と交際していなかったのは、次につきあう男とは結婚式を前提にしなければならないとわかっていたからだ。もう遊び感覚で恋愛をしている暇はない。結婚に結び付かないおつきあいは不毛だ。遠回りしている時間なんてなかった。

年齢、環境、職業、その他すべての状況から考えて、英也はベストの男性とわかっていた。だからこそ、ここからどう動くべきなのか、わからなくなっていた。

今、あたしたちの関係は順調だ。このまま流れに乗っていれば、いずれは確実なゴールが待っているだろう。

でも、焦りもあった。はっきりした言葉がほしい。だけど、急《せ》いては事を仕損じるという。下手に動けば、すべてがぶち壊しになるのではないか。

そんなことになったらダメージは計り知れないほど大きい。立ち直ることはできないだろうし、何より時間が無駄になってしまう。

食事をして、お酒を飲んで、飲み過ぎたふりをしてなし崩しに関係を持つような、そんなことは絶対できない。あたしの方から仕掛けたら、軽い女と思われるだろう。

それはリスクが高過ぎる。

もっとボディタッチするなり、ある意味で軽い接し方をした方がいいんじゃないか、と体の奥で囁く声もしていたのだけれど、それはやっぱり違う。多少時間がかかってもいいから、ここは待とう。我慢しよう。

釣竿《つりざお》を上げるのは、あらゆる確認が済んでからだ。そうするべきだとわかっていたけど、何とかならないか、という思いが膨れ上がってくるのをどうすることもできないでいた。

英也の方から告白してくれないだろうか。矛盾してるようだけど、そんな気持ちもあった。

どこから見ても彼はスマートで、お坊ちゃま育ちだから、強引にどうこうするとか、そんなこと考えられないというのはわかる。本人も言ってたけど、大学時代、社会人になってからも相当モテてたようだから、自分からアクションを起こさなくても、どうにでもなったのだろう。

焦った感じがしないのが彼のいいところで、それはそれで結構なのだけれど、もうちょっと何とかならないでしょうか。手ぐらい握ってきたっていいのに。受け入れ態勢は整ってるんだから。

そこだけがマイナス要素、とラインを返しながらつぶやいた。紳士的というか奥手というか、そういう人なのはわかってる。

でもさあ、時には無理やり抱き締めてほしいとか、女子にはそういうところもあるんですって。その辺をわかっていただけないのは、残念なところだった。

「リーダー、何をぶつぶつ言うてんの」高宮が近づいてきた。「何なん、スマホ抱えて呻《うめ》いて。体の調子でも悪いんか？」

違います、と座り直してスマホをデスクに置いた。こんな奴《やつ》に言われたくない。

「あたしだって、いろいろあるんです。放っといてください」

「ええけど、何からしくないなあって思うで。わからんけど、どーんとぶつかってったらええんちゃうの?」どーんと、と高宮が両手を前に出した。「二分おきにスマホ見てため息ついとったら、仕事にならんでしょ。お願いしますよ」

男と女は違う、とあたしはパソコンに向き直った。十代だったら、高宮の言う通りだろう。当たって砕けたっていい。二十代だってそうかもしれない。

でも、三十二だ。ここで失敗したら、どんな悲惨なことになるか。それどころか、再起不能になってしまうかもしれなかった。

男と女は違う。少なくとも、あんたみたいな能天気男とあたしは違う。

「まあ、わからんでもないですけど」

それだけ言って高宮が戻っていった。調子狂うな、もっとツッコんでくるかと思ってたけど、それで終わり?

つまんない男だとつぶやきながら、提出用レポートのチェックを始めた。

3

六月九日の金曜日、ブライダルシャワーを明日に控えたその夜、あたしは英也と西《にし》麻布《あざぶ》のワインバーで会っていた。秘めた決心があった。

英也は英也で、明日の夜、裕次のためにバチェラーパーティを開催することになっていた。裕次の学生時代の友人や、今勤めている病院の関係者などを集めた独身最後のお祭りだ。

結婚というのは、やはり人生の一大事で、新郎も新婦もあらゆる意味合いで踏ん切りをつけなければならないのだろう。

今夜のワインバーは、あたしが決めた店だった。社内でも有名なグルメ情報に詳しいお局《つぼね》ＯＬ、大学の友達の情報誌ライター、食べログから何から、その他あらゆる情報を収集し、比較検討した結果弾《はじ》き出された店だ。ムードがあるというのが最大優先基準だった。

半個室で、他の席からは見えない。スペースが広く、客同士お互いの話し声が聞こえない。

にもかかわらず、席の中での距離が異常に近く、しかも今夜はカップルシート。ほとんど密室状態という不思議な造りの店なのだ。

アリジゴクの異名を持つ、とサイトの口コミに書かれていたが、確かにその通りだ。ここで英也を巣に引きずり込んでやろう、というのがあたしの結論だった。

いつもそうであるように、まず美宇と裕次の結婚式について話をした。申し訳ないけど、おざなりに触れただけで、心は全然そこになかった。ゴメンね、美宇。

店にお勧めされたカリフォルニアワインを飲みながら、出てくる小皿料理をつついているると、だんだんそれっぽい雰囲気になってくるのがわかった。照明や流れている環境音楽なんかもムードを煽《あお》ってくれている。

お局OLによると、口説ける店ランキングで半年連続第一位を獲得しているそうで、隅々まで演出が行き届いているのは確かだった。

「忙しいのに、相談に乗ってくれてホントに助かってる」あたしは感謝のまなざしを英也に向けた。「いつもありがとう」

とんでもない、と手を振った英也が、ボトルが空になったと微笑んだ。いつもよりペースが早い。

英也くんと会ってると、楽しくて、とあたしは切り込んだ。

「ずっと話してたいなって思うよ」

ぼくもだ、と英也が微笑を濃くした。

「ナナちゃんといると、時間がどんどん経っちゃって、あれ、もうこんな時間なんだって思うことがある。不思議だよね、三カ月前まで名前も知らなかったのに」

人生何があるかわからないね、と英也がつぶやいた。

「兄ちゃんが結婚なんて、いまだにちょっと現実感がないんだ。でも、ナナちゃんと仲良くなれてよかった。話してると落ち着く」

そうだね、とあたしはうなずいた。おお、この展開は、何だか凄まじく思う通りになってないか。いいんじゃない？　いけるんじゃない？

水、もらおうか、と英也があたしの顔を見つめた。

「顔、赤いよ。どうしたの、気分悪い？」

「ううん、逆。すごく気持ちいい」

カップルシートで、あたしと彼との距離は二十センチもない。お尻でにじり寄って、それを更に縮めた。

会社の同僚に、今日の話をしたんだ、と英也があたしを見つめた。

「また会うのかって笑われたよ。そりゃ会うよって言ったんだけどね。バチェラーパーティもあるし、結婚式まであと十日くらいだ。確認しなきゃならないことは山ほどある。会わないと話が進まない」

あたしは体の位置を数センチ戻した。そうなの？　それだけなの？　だから会ってる？

「またかよって言われたって、そういう感じじゃないよね。こうして会うのが普通になってる。ナナちゃんといると楽しいんだ」

十センチまで顔を接近させた。そうです、その通り。その言葉が聞きたかったの。

乾杯、と彼がグラスを持ち上げ、残っていたワインを飲んだ。もうあたしたちは英也くん、ナナちゃんと呼び合う仲だ。後ははっきりと言葉にするか、態度で示すか、それだけだった。

「どうしようかな、もうちょっと飲もうか」

英也がテーブルの上にあったベルに手をやった。ウエイターを呼ぶ時、ベルを鳴らすことになっている。

あたしが、と手を伸ばした。二人の指が触れて、そのまま動かなくなった。

心臓の音が聞こえた。ボクシングのKOシーンのゴングのように、乱打されているといってもいい。作ったようなシチュエーションだった。

誓ってもいいけど、作為はなかった。ホントにあたしがウエイターを呼ぼうと思ったのだ。そしたらこうなった。

今、あたしの手が彼の手の甲の上にある。後は簡単だ。彼が手のひらを返して、あたしの手を握ってくれればいい。

そこから先はなるようになるだろう。店を出た二人がどこへ行くか、それは二人だけの秘密だ。

大丈夫、とあたしは自分自身に確信した。下着は全部ピーチ・ジョンで買ったばかりの新品で、上下の色も揃えてある。ムダ毛の処理は済ませてるし、生理は終わったばかりだ。

ノープロブレム。無問題。さあ来い。時間が止まり、あたしは目をつぶった。

「電話だ」

英也の手が離れた。宇宙一不粋な音に目を開けると、内ポケットから取り出したスマホを耳に当てていた彼が表情を強ばらせたまま立ち上がっていた。

「本当ですか？」つぶやく声に、絶望的な響きがあった。「どうして先方はそんなことを……いきなり過ぎます。やはり王電《おうでん》工業が横槍《よこやり》を入れてきたんでしょうか？」

トラブルの気配が濃厚にした。心配になって、あたしは座り直した。

すぐに、と最後に言った英也がスマホを切り、後ろにかけていたジャケットを取り上げて袖に腕を通した。動揺している。こんな姿を見たことはなかった。

「何かあったの？」

腰を浮かせながら聞くと、まずいんだとだけ言って英也がベルを鳴らした。やってきた店員にカードを渡して、支払いを頼んでいる。どうしたの、そんなにまずい状況なの？

「会社に戻らなきゃならない」済まない、と英也が頭を下げた。「ぼくのチームが担当している案件で、スポンサーが降りると言い出した。今そんなことになったら、損害は億単位だ。何とかしないと――」

「あたしのことはいいから、すぐ行って」

ありがとう、と英也があたしの肩に軽く触れた。本当に彼のことが心配だった。でも、こんな時こそ元気づけなきゃ。

微笑を顔に浮かべた英也が、ナナちゃんがいてくれてよかった、とつぶやいた。

「本当にまずいんだ。一人でいたら、冷静じゃいられなかった。ありがとう、助かったよ」

あの、とジャケットを着ようとしている英也を手伝いながら、勇気を振り絞って声をかけた。

「あたし、待ってようか？　もしかしたら、何か役に立てることがあるかもしれないし……」

「どれぐらい時間がかかるか、全然読めない」ジャケットを着込んだ英也が首を振った。「ぼくのトラブルだ。ナナちゃんにつきあってもらうわけにはいかないよ」

「ううん、あたしが待っていたいの。一緒にいたい」

ブライダルシャワーは明日の四時だろ、と英也がにっこり笑った。

「ぼくも夜からバチェラーパーティだ。準備もある。今日は帰った方がいい」

そうだね、と肩を落としながら、あたしは笑おうとした。心の中は落ち込んでたけど、ここは無理してでも明るく振るまわなければならない。切り替えよう。

「仕事は大事だもん。いいよ、あたしのことは。頑張って」

サインをしてカードを受け取った英也が、店のエントランスへ向かった。

「ありがとう。悪かったね、この埋め合わせはまた今度」

あたしも足早に続いて外へ出た。早く行って、と通りかかったタクシーを止めて、英也を押し込んだ。

「あたしは大丈夫だから。一人で帰れる。気をつけてね」

「ナナちゃんも」

手を振った英也が何か指示して、タクシーが走りだした。麻布十番駅まで数分の距離を歩き、地下鉄に乗った。全身から凄まじいため息が漏れた。

こんなはずじゃなかった。王電工業って、あの有名な電機メーカーのことだろう。もう一生あそこの電化製品は使わない。どうして今日なの？

悲しくて寂しくて、泣きそうだった。どうしてこんなことになってしまったんだろう。あのまま、二人は夜の街に消えていくはずだったのに。

それとも、これが運命だったのだろうか。うまくいかない流れだったのか。

すっかり悲観的になりながら、青山《あおやま》一丁目で半蔵門《はんぞうもん》線に乗り換え、三軒茶屋に着いたのはまだ十時過ぎだった。バッグを振り回しながら、マンションまで歩いた。

今、誰かが話しかけてきたら、そいつをぶん殴る。それぐらい気分は荒れていた。

マンションが見えてきた。自分の足が鉛のように重くなっていた。寂しい。素敵な夜になるはずだったのに。

エレベーターで四階まで上がり、バッグから鍵を取り出した。開けようとした時、スマホが鳴った。

〈ちゃんと帰れた？　送れなくてゴメン。こっちは何とかなりそうだ。明日のために、ゆっくり休んでください〉

歓喜の声を堪《こら》えながら、ガッツポーズを作った。終わりじゃない。まだまだ、これからだ。

ここまで気配りができる人がいるだろうか。いない。いるはずがない。あたしのことを気にかけて、心配してくれてる。

それって、好意を持ってるって言ってるのと同じだ。間違いない、次こそが勝負だ！

音がして、顔を向けた。隣に住んでいるサラリーマンが、ひきつった笑みを浮かべながら見ていた。

すいませんすいませんと何度も頭を下げながら、部屋に入った。背中でドアを閉め、玄関に立ったまま、あたしはラインの返事を作り始めた。

4

翌日土曜日、十分な睡眠時間を取って元気を取り戻し、あたしは渋谷のマリアートホテルへ向かった。昨夜のことは残念といえば残念だったけど、コンディションのことを考えればあれでよかったのかもしれない。ポジティブシンキング。

午後三時、恵子たちとチェックインを済ませ、四人で受付を始めた。最初に最上階スイートルームにやってきたのは、美宇と美宇ママ、そして親戚の女子チームだった。

彼女たちは一時間以上前から、ホテルのラウンジで待機していたのだ。

今日は女性だけのパーティだから、父親も伯父も従兄弟も、親類縁者であっても男性はご遠慮願っている。たまにはこういうのもありだと思う。

男連中がいると、雰囲気がどうしてもガサツになってしまう。スイートルームには美宇の趣味で、バロック音楽が流れていたけど、それもなかなかいい感じだった。

三時半、最初に現れたのは高校の友達、トモとカナだった。あたしたちとも仲が良く、この二人は一緒の大学に行った自他共に認める親友同士だ。

美宇はもちろんだけど、あたしたち四人も悲鳴をあげてしまった。すごい久しぶり。高校卒業以来会ってなかった。懐かしいよ、キミたち。

手を取り合い、ハグし合い、今どうしてるのと話し始めたところに次の客がやってきたりして、受付業務に戻らなければならなくなった。それからしばらく混乱が続いたけど、それでも楽しかった。久々の再会って、それだけで嬉しい。

中には小学校の時の友達とか、今美宇が会社で一緒に働いている同僚とか、あたしたちが知らない人もいたけど、その辺は対人関係に天才的な能力を発揮する恵子が如才なく対応した。思えば、あたしたちのグループはなかなかよくできていた。何があっても対処できるのだ。

もちろん、名前だけしか覚えてない子とか、そんなに深くつきあっていたわけでもない子とかも何人かいた。おかしなもので、そういう女子に限って美宇の顔を見るなり泣きだしたりしていた。

女子校あるあるなのかもしれない。よくわかんないけど、とりあえず泣いてみました、みたいな。

そんなに仲良くなかったでしょうにと唇でツッコんだあたしを、止めなさいと沙織が注意した。こういう時はあれでいいんだから、とおっしゃる。あんたは大人だよ。時間に制限はない。このスイートルームは一泊で取ってるし、広いからスペースは十分にあった。

庭に出たっていいし、プールサイドにはテラス席もある。いたいだけいて、順番に美宇と話せばそれでよかった。

ただ、この後に予定がある人や、長居するつもりが最初からない人もいた。義理で顔を出しただけ、という人もいただろう。

そういう人たちは美宇と美宇ママに挨拶して、それで帰ってしまう。次々に客がスイートルームを訪れていたけど、意外と混雑しなかったのはそのためだった。

事前に発注していたケータリングのサンドイッチや軽食も届いていたし、それ以外にも買ってきた有名店のピザやクレープ、プレゼントの意味でケーキを持ってきてくれた客もいたから、食べ物に関して心配する必要はなさそうだった。ドリンクにしても、コーヒー、紅茶などソフトドリンク、ワイン、シャンパン、ビールなどアルコール類も十分以上に用意していた。

受付はあたしたち四人が交替で担当していたから、そちらも問題ない。午後五時を過ぎた頃には、それほどやることもなくなっていた。

むしろ問題なのは美宇で、ブライダルシャワー開始から二時間も経っていないのに、かなり酔っ払っていた。かなりではなく、めちゃめちゃにというべきかもしれない。甲高い声で笑っていたかと思うと、いきなり泣き出したり、大声で叫んだり、テンションのアップダウンが酷《ひど》かった。いつもより五割増しで酔うのが早い。

まずいね、と恵子がつぶやいた。あたしもそう思っていた。お酒に強い子ではないのだ。とんでもない醜態を晒《さら》してしまう前に、お開きにした方がいいのかもしれない。

その相談をあたしたちが始めたのと同じタイミングで、受付の方から久しぶりい、という甘ったるい声が聞こえてきた。入ってきたのは涼子と真帆だった。

六時半、まさに宴たけなわの時間だった。

5

二人がその時間にやってきたのは、偶然じゃないとわかっていた。あの子たちには動物的な嗅覚がある。ブライダルシャワーがどう進行していくか、おおよそのことを察していたのだろう。

美宇の結婚を祝福しに来るような子たちじゃない。二人が狙っていたのは、自分たちが一番目立てるタイミングだ。そういう二人なんだよね。

涼子と真帆は高校の時と変わらず、女王然としていた。少しメッシュを入れたロングヘアーの涼子、高校の頃と変わらないショートカットの真帆。手入れの行き届いたヘアスタイルから、お金と時間が余っているのがわかった。

派手ではないけど、体にフィットしたドレス姿で、スタイルは昔と変わらず良かった。そこは生まれつきの資質で、二人ともモデル体型なのだ。

そしてパーティ慣れしているから、立ち居振る舞いも自然で、だからみんなの注目を集めていた。本人たちもそれをわかっている。意識して、主役のように周囲に会釈していた。

まず美宇ママに、このたびはおめでとうございますと挨拶をして、幹事を務めているあたしたちにはご苦労様と声をかけた。まるで使用人じゃないと友加が不満を言ったけど、あの二人は場を支配する才能に長《た》けているから、どうにもならない。

日が暮れかけていたこともあり、かなりの人数が出て行ったばかりで、少しスイートルームは落ち着いていた。部屋の右側を涼子が、真帆は左側を練り歩き、高校のクラスメイトとは手を取り合って再会を喜び合い、大学や会社の人達には嫣然《えんぜん》と笑みを浮かべて挨拶していた。

場の空気が変わり、誰が主役なのかわからなくなってしまったけど、止めようがなかった。

あたしたち四人は二手に分かれ、涼子と真帆の動きを見ていた。入ってきた時から、気配に怪しいものを感じていたからだ。

そんなに構えなさんな、とあたしの耳元で友加が囁いた。

「あの二人だって、大人になったでしょうよ。パーティをメチャメチャにしようとか、そこまでは考えてないって」

常識的にはその通りだ。底意地が悪いのは本当だけど、頭が悪いわけじゃない。今日のところは穏便にしていただけるんじゃないか。そう思っていたけど、目を離すことはできなかった。

しばらく回遊魚のように歩いていた二人が美宇の前に出たのは、たっぷり十分ほど経った後だった。スイートルーム中央にセットされたソファに座っていた美宇の隣の中学の同級生コンビを、鼻に皺を寄せただけで追い出し、両脇に腰を落ち着けた。さすがだ。

「おめでとう、美宇！」

涼子が抱えていた花束を差し出し、真帆も手作りのブーケを渡した。ありがとう、と美宇が半泣きで受け取った。相手が誰なのか、わかっているのだろうか。

「本当に久しぶり。高校の卒業式以来？　だよね」

お招きありがとう、と真帆が頭を軽く下げた。来てくれて嬉しいと美宇が答え、三人がしっかり手を取り合った。

親しかったわけではないのだけれど、そこは女子だ。場の空気を悪くさせないためなら、悪魔とだって手を組むだろう。男の人にはない能力だ。

喉が渇いた、と涼子があたしを手招きした。

「シェリーとかある？　カクテルでもいいんだけど、三人分持ってきて」

ドリンクを用意して戻ると、三人はすっかりくつろいで、昔話に花を咲かせていた。心配することはなかったのかもしれない。

友加じゃないけど、高校を卒業して十五年近く経っている。みんなそれぞれ大人になった。

あの二人だって暇じゃないだろう。わざわざパーティをぶち壊すために、ここまで来ることなんてあり得ない。

トレイからグラスを渡すと、ありがと、と真帆が微笑んだ。

「どうなの、ナナ。忙しいの？　フクカネだよね」

そうだよ、と答えた。真帆は大学を出てから、商社で貿易関係の仕事に就いていたはずだけど、それ以上詳しくは知らなかった。

「まだ岸西《がんせい》商事で働いてるの？」

とっくに辞めた、と真帆が細い煙草をくわえて火をつけた。

「今は独立して、コーディネート側に回った。年の半分は海外」

疲れるんだよね、と煙を吐いた。すごいよねえ、と美宇が感心したようにうなずいた。

ちょっと太ったんじゃない、と涼子が横から言った。

「自社商品の食べ過ぎでしょ」

大きなお世話だと思ったけど、十八歳の頃と比べると四キロぐらい増えたのは本当だから、何も言えなかった。

「涼子は変わんないね」

そんなことないよ、と涼子が二の腕をつまんだ。

「何かねえ、やっぱ重力には勝てないよ。どんどん垂れてくるの」

そうは見えなかったけど、そんなもんかもねと当たり障りのない答えを返した。涼子は一昨年離婚して、それからどうしていたんだろう。

「おかげさまで、元ダンから慰謝料をいただいたので、悠々自適の毎日」涼子が口元に手を当てて小さく笑った。「結婚なんてつまんないよね。美宇も……ゴメン、結婚式を控えた花嫁に言うことじゃないか」

最低限の常識は持ち合わせているようだった。美宇は変わらないねえ、と真帆が肩に手を置いた。

「ほら、涼子。触って触って。昔のまんま。いい感じだよ」

「やわらかーい」

二人が代わる代わる美宇の肩や腕、腰回りなんかを触り始めた。中年オヤジのような手つきだ。

その辺から雰囲気がおかしくなっていたのがわかったけど、どうにもならなかった。止めてよお、と体をよじっている美宇を、二人がにやにや笑いながら見ていた。

ねえ、みんな、と立ち上がった涼子がグラスを高く掲げた。

「遅れてきたあたしが言うのもアレだけど、ひと言だけいいかな」

真帆が拍手しながら立ち上がった。この二人のコンビネーションは昔から完成されていた。ざわついていたスイートルームの空気が一変し、視線が二人に集まった。

「ホント、遅れてゴメン。あたしたち仕事とかあって、どうしても抜けられなかったの」

申し訳ありませんでした、と二人がソファに座っていた美宇に頭を下げてから、辺りを見回した。

とにかく、おめでとうって言わせてほしい、と真帆がうなずいた。

「おめでとう、美宇。マイベストフレンド」

「大好き、美宇」

涼子と真帆がグラスを合わせた。そこかしこから、おめでとう、という声が聞こえた。

「美宇、本当に本当におめでとう。よかったね、幸せになってね」

涼子が美宇を立たせて、置いてあったハイネケンのボトルをマイク代わりに差し出した。お立ち台でのヒロイン・インタビューのつもりらしい。

「今日の幸せを誰に伝えたいですか?」

涼子が質問した。やっぱりお母さんかなと美宇が答え、また拍手が起きた。

そのドレスはお母様が着てらしたの、と真帆が質問した。

「母から娘に受け継がれるってパターン？」

違うよ、と美宇が手を振った。前髪、切り過ぎちゃったね、と涼子が言って、みんなが笑った。

もう止めようよ、と美宇が困ったような表情を浮かべた。照れてると思った人がいたかもしれないけど、そうじゃない。美宇も二人の悪意に気づき始めていた。

美宇の着ているドレスは桂貴子ウエディングでレンタルしたものだけど、あの二人がそれに気づかないわけがない。わかっていて、母から受け継いだのかと聞いてる。アンタが着ると今っぽく見えない、という皮肉だった。

髪形にしてもそうだ。似合っていないと暗に言ってる。高校時代から変わらない二人のやり口だった。

「いいじゃない、聞かせてよ」涼子がハイネケンのボトルを持ち替えた。「久しぶりだしさ、いろいろ聞いておきたいの」

みんなもそうでしょ、と真帆が周囲を煽った。聞きたい、と何人かが手を叩いた。

「それにしても、美宇が結婚ですか」涼子が美宇の肩を何度かつついた。「結婚するなんて、思ってなかった」

顔を曇らせた美宇が何か言おうとしたけど、真帆の方が早かった。

「今、日本人の四割が離婚するって知ってた？　特に、三十オーバーだと更にパーセンテージが上がっちゃうんだって」

「美宇はそんなことないって。ねえ、そうだよね」涼子がボトルを振り回した。「心配しなくていいから。旦那さんに従ってれば丸く収まる。あんたはそれでいいんでしょ」

お医者さんだもんねえ、と真帆が言った。二人とも裕次のことを知っているようだ。どうしてだろうと思ったけど、インターネット社会だから、誰だってSNSぐらいやってる。フェイスブックか何かで仕入れた情報なのだろう。

「旦那さんの写真見たよ。すごいね、どうやって見つけたの?」涼子のインタビューが続いていた。「あやかりたいです」

二人が顔を見合わせて笑った。気づいていない人の方が多かったけど、あたしや恵子、友加と沙織は二人の意図がはっきりとわかっていた。

どうしてあんたみたいな子豚ちゃんが、あんないい男をゲットできたのかと言っている。美宇の家は資産家だから、金の力でどうにかしたんだろうと言いたいのかもしれなかった。

オバさんが紹介してくれたの、と消え入りそうな声で美宇が答えた。やっぱりね、と二人が声を揃えた。

「言ったでしょ、真帆。絶対お見合いだって」

「だよね。あたしもそう思ってた。美宇はそうだよね」

そうじゃなければ結婚なんかできるわけない、と言いたげだった。かなり辛辣な口調になっていて、馬鹿にしてることが周りにも伝わっていた。

その辺にしとこうよ、と恵子が間に入ったけど、二人は喋るのを止めなかった。

「結婚の先輩として、あたしからアドバイスがあるの」ボトルをテーブルに置いた涼子が、美宇の両肩を摑んだ。「いい、結婚はね、ガマンだよ。それしかない。わかる？」

あたし、そういうの駄目なんだよね、と真帆が合いの手を入れた。ちゃんと聞きなさい、と涼子が声を大きくした。

「百パーセント、旦那は浮気する。ホントだよ。優しい人だとか、誠実な人だとか、そんなの嘘《うそ》だから。それは覚えておいた方がいい」

結婚なんて、誰だってできるんだよ、と真帆が深くうなずいた。

「家同士のことだからね。周りがどんどん進めてくれて、あっさり決まっちゃうこともある。アンタもそうなんでしょ？　そんな結婚で、愛なんか信じちゃ駄目。特にアンタはね」

どうして、と涙目になった美宇が聞いた。自分で考えたらと言った真帆に、まあまあ、と涼子が割って入った。

「真帆、言い過ぎ。美宇はいい子だから大丈夫だって」でもね、と涼子が美宇の頰に手を当てた。「自分を磨かないと、とんでもない目にあうのも覚悟しておかないとね。

つなぎ止めておきたかったら、料理や家事ぐらいはこなさないと」

はい終わり終わり、と手を叩きながら友加が三人を分けた。その辺で止めといた方がいいとあたしも思った。

涼子と真帆には悪意がある。おそらくだけど、二人とも何かがうまくいっていないんだろう。

涼子は離婚してるし、真帆は未婚のままだ。だから不幸だっていうわけじゃないけど、何かしらコンプレックスがあるのだ。

ブライダルシャワーの招待状を受け取った二人は、美宇のことを思い出し、不満をぶつける対象としてふさわしいと考え、今日ここまで来た。美宇になら何を言ってもいいと思ったのだろう。高校の時と同じ関係性があると考えている。

二人は美宇に訪れた幸せを妬んでいる。悔しいのかもしれない。

十代の頃、二人は何をしても楽しかったはずだ。世界の中心は自分たちだと心の底から信じていただろう。

でも、いつの頃からか、そうではなくなっていることに気づいた。現実との折り合いがつかなくなり、何をしても満足できなくなった。

できることと言えば、不満をぶつけたり、他人の悪口を言うだけだ。その矛先が今日は美宇に向けられた。そういうことだった。

止めよう、と言いたかった。もうあたしたちはみんな三十オーバーだ。そんなことしたって虚《むな》しくなるだけで、何の意味もない。仮にもクラスの女王だった二人が落ちぶれていく様を見ているのは辛《つら》かった。

でも、本当のことを言えば、あたしが動けなかったのは、程度の差こそあれ二人と同じような気持ちが心のどこかにあったからだ。

何をしていてもつまらない。楽しくない。うまくいかない。八方塞がり。

そんな歳《とし》じゃないでしょ、と先輩のお姉様たちは言うだろう。まだ遅くない。間に合う。何でもできる。

そんなことないと、あなたたちは知ってるはずだ。歳を取っても何でもできるなんて嘘だ。そんなにうまくいかないって。

でも、美宇は幸せを摑んだ。この三カ月、彼女を見ていて、ずっと羨ましかった。

そして、ちょっとだけど、悔しいと思ってる自分がいた。

だからあたしは動けなかった。恵子と友加が二人を止めに入ったのは、今、幸せだからだ。

わかったわかった、と涼子が座った。でも真帆はまだ言い足りないようで、前に美宇と同じ料理学校に通ってた時のことを、薄笑いを浮かべながら言った。

「課題のミートローフを作ったら、とても食べられたもんじゃなかった。それを本人に気づかせないために、うちらがどんだけ気を遣ったか知ってた？」

周囲から笑いが漏れた。美宇のエピソードとして、高校二年の調理実習で火事を起こしかけたことがあったのだけど、それを思い出した子がいたのだろう。料理が下手かと言われると、そうでもないと思うのだけど、要領が悪かった。美宇には昔からそういうところがあった。それは一種の可愛《かわい》げで、だから誰が笑っても構わなかったけど、真帆には悪意があった。

「そういえばさ、美宇が片思いしてた男の子がいたでしょ」

涼子の問いかけに、ユウヤでしょ、と真帆がうなずいた。近くにあった男子校の生徒で、その子のことはあたしも覚えてた。

ちょっとやんちゃが入ってて、はっきり言うと不良で有名だったのだけれど、少女マンガ的なところのある美宇が憧れそうなタイプだった。

「あの時さ、ユウヤのアドレス教えてよってせがまれて、あたしたちが教えてあげたんだよね」

涼子が胸を張った。覚えてない、と首を振った美宇の肩を強く叩いた真帆が、ウケる、と笑った。

「そんなわけないでしょうに。美宇、必死だったじゃない。ユウヤのグループのヒロトとうちら仲が良かったからね。うちらに頼むしかなかったんだ。いいんだよ、頼ってきても」可愛い可愛い、と頭を撫《な》でた。「うちらだって鬼じゃない。ちゃんとお膳立てしたでしょ？　デートだってしたじゃん。忘れたなんて言わせない。あんたにとって初デートだったんだから」

覚えてない、と逃げようとした美宇の腕を涼子が摑んだ。

「あたしね、まだヒロトと連絡取ってるんだ。あの頃、ユウヤがずっと怒ってたって。何であんなデブを紹介されなきゃならないんだよって」

「迷惑かけてたんだよ」反省しなさい、と真帆が言った。「ユウヤも困っただろうね。ヒロトやうちらの顔を立てなきゃなんなかった。でも、無理なものは無理だって。優しい子だよ、美宇には何も言わなかったんでしょ？　思い出になったんだから、それでいいじゃない」

「ユウヤはね、あんたのことをジャバって呼んでたんだよ」

涼子の言葉に、ジャバって何、と美宇が涙の溜《た》まった目を向けた。

「ジャバ・ザ・ハット。『スター・ウォーズ』に出てくる蛙《かえる》みたいな化け物、わかる？　あんた、ジャバって呼ばれてたんだよ」

さすがに周りが引き始めていた。涼子と真帆の悪意が、隠しきれないほど大きくなっていたからだ。

もう無理。限界だ。あたしは二人に近づいて、ゆっくり首を振った。何よ、と真帆が前に出た。

「いいじゃない、昔のことなんだから。ジャバって呼ばれてた美宇が結婚するんだよ。こんなにおめでたい話、ないでしょ？」

気づくと、スイートルームの中は静まり返っていた。誰も何も言わない。泣き出した美宇がその場から庭へ走り出た。

待ってと叫んだあたしを追い越して、涼子と真帆が追いかけていった。小学生か、あんたたちは。

プールの縁でさめざめと泣いている美宇の両脇に立った二人が、更に追い打ちをかけるように何か言ってる。いいかげんにしろよ、と飛び出したあたしの肩を押さえたのは沙織だった。

そのまま、みんなが見ている前で涼子と真帆に近づいて、躊躇《ちゅうちょ》せずに体を強く押した。二人が頭からプールに落ちていった。

「何すんだ、バカ！」

「助けて、あたし泳げないの！」

沙織が二人を見下ろしていた。いきなり、爆発音のような拍手が起きた。みんなもさすがに言い過ぎだと感じていたのだろう。

あたしは美宇を抱えて、スイートルームに連れ戻した。泣いているその顔は、マスカラがはげ落ちて凄まじいことになっていた。メイク直そう、と腕を引いた恵子がトイレへ連れていった。

沙織と友加がそれぞれ掃除用のモップを伸ばして、プールに突き出していた。摑まった二人がびしょ濡《ぬ》れのままはい上がってきた。

顔を近づけた沙織が何か囁いてから、無言で出口を指した。悄然《しょうぜん》とした二人が、ぽたぽたと滴《しずく》を落としながら出て行った。

何を言ったの、とあたしは聞いた。あんたマグロなんだってねって涼子に言った、と沙織が微笑んだ。

「真帆には、男のアソコをくわえる時、歯を立てるのは止めた方がいいって」

「凄いことおっしゃるのね」

沙織のキャラから考えて、驚天動地の発言だ。それだけに、二人とも肝を冷やしただろう。

「そう言ってた人を知ってる」

「どういう知り合い？」

いろいろあるの、と沙織が笑みを濃くした。それ以上聞いちゃダメ、ということらしい。

トイレから戻ってきた美宇がぐすぐすと泣いていた。恵子と友加が慰めている。あたし知ってた、と美宇が二人の手を振り払った。

「あんたたちだって、あたしのことジャバって呼んでたでしょ。そうだよね？」

ゴメン、と恵子が頭を下げた。悪かったよ、と友加が詫《わ》びた。

「涼子と真帆があんたのことをそんなふうに話してて、ちょっと面白くなっちゃっただけなんだ。少しの間だけだったし……」

「知ってたよ、そんなの。直接言われなくたって、そんなのわかるって」美宇が鼻を垂らしながら叫んだ。「でも、聞こえないふりをするしかないじゃない。どうしろっていうの？　最悪だよ。最悪の黒歴史」

ゴメン、と恵子が背中をさすった。

「だから落ち着いて。冗談じゃ済まなかったかもしれない。そこは謝る。悪かったってば」

「ここにいる全員、披露宴や二次会でジャバのジの字も言うな」友加が手でメガホンを作った。「一生、ジって発声するな。言った子には天罰が下る。あたしがキレたら何するかわかんないのは、みんな知ってるよね？」

全員が黙り込んだ。友加の性格を知ってる人も知らない人も、その言葉に説得力があるのはわかったようだ。

「泣いたって始まらない。こんなこと忘れよう。二週間後、あんたは花嫁になる。幸せになって、あんな二人のこと見返してやればいい」

そう言った恵子に、できないよ、と美宇が駄々をこねた。大丈夫、と友加がにやりと笑った。

「黒歴史なんか忘れさせてやろうじゃないの」

「どうやって？」

「もっとショッキングな体験をすればいい。あんたのメモリーをバグらせてやる」着替えておいで、と友加が命じた。「ほら、みんなも。時間がある子はつきあって。出るよ」
　どこへ行くつもりなの、とあたしは聞いた。尋常じゃない邪悪な雰囲気が漂ってい
た。あんたもだ、と笑った友加の口が耳元まで裂けたような気がして、思わず体が震
えた。
「さあ、みんな行くよ。タクシー乗り場に集合、急いで！」
　友加の命令に、全員が立ち上がった。何するつもりなの、アンタ。
「ここは友加に任せよう」恵子があたしの肩を押さえた。「何だかわかんないけど、
その方がよさそうだ。あの子のことはわかってるでしょ」
　わかってるから心配なの、とあたしは言い返した。
「どこへ連れてくつもり？　何をしようっていうの？　お母さんや親戚だっているん
だし……」
　つまんないこと言ってるんじゃない、と友加が後ろからあたしの腕をねじ上げた。
「さっさと準備！　三分でフロントに集合！　サプライズの始まりだ！」
「カンベンしてください。だからあんたにサプライズイベントを任せるのは反対だっ
たんだ」
　だけど、抵抗も虚しく、あたしは引きずられるようにして部屋を後にした。

6

「どこに連れてく気なの」

タクシーの車内であたしは助手席の友加に聞いた。あんたは一人で座ってるからいいけど、あたしと美宇、恵子、沙織。後部座席に四人で乗ってるから、身動きもできないじゃないの。

後ろにはタクシーが五台連なっていた。ホテルというのは便利なもので、客待ちの車が何台もいたから、どうにかなった。

その五台には、ブライダルシャワーに出席していた同級生や友人たち、美宇ママや親戚の従姉妹もが乗っていた。トータル三十名の大移動が始まっていた。

「お・も・て・な・し」

友加がふんぞりかえった。古いって、それ。いつあんたはクリステルに名前を変えた？

ずっと泣いている美宇を恵子と沙織が慰めている。気持ち悪いと美宇が言い出し、車内がパニックになった。

降りてくださいとタクシー運転手が顔をしかめたけど、友加は前進を命じた。このまま通過すれば六本木《ろっぽんぎ》ヒルズの前に出る。八時を過ぎていて、道は混み始めていた。

「六本木に行くの？」あたしは持っていたスマホで友加の後頭部を押した。「何なのよ、まったく」

ゴチャゴチャ言わない、とスマホを押しのけながら友加が道を指示した。ヒルズの手前から麻布十番方面へ抜けていく。二百メートルほど走ると、そこが目的地だった。

電柱には元麻布一丁目と表示があったけど、いわゆる流行発信地、オシャレの町、麻布ではない。どちらかといえば薄暗い感じだ。

ついてきていた五台のタクシーが停まり、三十人の女たちが降りてきた。放心状態の美宇ママが、不安そうに辺りを見回していた。

「ついてきて」

引率者のように手を振った友加が、道沿いに建っていた大きなマンションのエントランスに入っていった。小さいけれど上品なデザインの看板に、コートスクエアという店名があった。有名な隠れ家フレンチレストランだ。

何も食べたくない、と美宇が呻いた。

「そんな気分じゃないって」

「誰がフレンチなんか食べるって言った？」

友加が店の脇にあった階段を降りていった。カルガモの親子じゃないけど、ついていくしかない。かなり急な階段を一歩ずつ降りると、音楽が聞こえてきた。

美宇ママが耳を塞いだ。音楽というと聞こえはいいけど、ヘビーメタル的な、あるいはパンキーなサウンドだった。

地下一階に着くと、大きなドアが正面にあり、その横に二人の黒人が立っていた。ちょっと待ってよ、友加。あんた、あたしたちにどうしろと？

友加がプリントアウトされた紙を渡して何か言った。人の良さそうな笑みを浮かべた黒人がドアを大きく開くと、凄まじいボリュームの音楽が中からあふれ出してきた。

何なの、と恵子がつぶやいた。入って入って、と友加が命令した。照明が眩《まぶ》しい。十人ほどの女性が、テーブルでドリンクを飲んでいた。

クラブ？　違う、そうじゃない。ここは——

曲が一転して、アメリカンロックとしか形容しようのないリズムに変わった。同時に照明が点滅を繰り返し、スポットライトが場内をぐるぐる回り出した。

英語七割、日本語三割のアナウンスが流れた。ウエルカム・トゥー・リビエラハウス、と叫んでいる。まさか、と沙織が顔を上げた。

「ここって、あのリビエラハウス？」

イエス、と友加がサムアップした。回転しているピンスポットが照らしたのは、真正面にあるステージだった。

ナレーションと共に出てきたのは、ボタンダウンのシャツとジョギングパンツだけを身につけている若い白人だ。場内から歓声が上がった。ジョニー、という悲鳴も聞こえた。

どこから現れたのかわからなかったが、白のスーツを着た黒人女性が席に案内してくれた。美宇と美宇ママを座らせた友加が、ようこそリビエラハウスへ、と会釈した。

ここは何なの、と美宇ママが辺りを見回した。見ちゃダメ、と美宇が叫んだ。

でも、もう遅い。ステージ上の白人がシャツを胸元まではだけ、客席の女性たちが恍惚《こうこつ》とした表情で見つめていた。

リビエラハウスはたまに深夜のバラエティなんかで紹介されている元麻布の観光名所で、要するに男性ストリップの店だ。聞いたことはあったけど、来たことはない。友加が準備していたサプライズとは、この店のことだったのだ。

白人が前ボタンをひとつずつ外し、完全に肌を露出した。そのまま、いわゆるストリップティーズで腰をグラインドさせ、焦《じ》らしながら片袖ずつ脱いでいく。

照明がストロボのように炸裂《さくれつ》し、肉体だけがクローズアップされた。凄まじいボリュームの音楽、そして女たちの嬌声《きょうせい》。

後ろにいた美宇の友人たちが、一斉に唾を呑《の》む音が聞こえた。聞こえるわけがないのだけれど、完璧なタイミングでシンクロしたということなのだろう。全員の目がステージに釘付《くぎづ》けになっていた。美宇ママもだ。

上半身裸になった男性が踊っている。筋骨隆々とはまさにこのことだ。逞《たくま》しく発達した胸筋、太い上腕、そして六つに割れた腹筋。

ライトの陰影が筋肉の線を強調していた。また全員がごくりと唾を呑んだ。

ステージに四人の男が現れた。既に彼らはビキニパンツ姿だ。白人、黒人、アジア人。

共通しているのは、イケメンであること、そしてマッチョなこと。ビキニの面積が異様に小さく、股間の膨らみがはっきりわかった。

最初の白人はジョニーという名前のようだ。どうやら彼が一番人気らしい。

自信たっぷりの顔で場内を睥睨《へいげい》していたが、ジョギングパンツに手をかけると、客の女たちがシェイクした瓶ビールのキャップを外してジョニーに向けた。あっと言う間にジョニーの体がビールまみれになった。

それが合図なのか、お決まりなのか、ジョニーがジョギングパンツを脱ぎ捨てて腰を思いきり振った。四人の男たちがそれに合わせて踊り始める。超モッコリ。超下品。でも超ステキ。

五人の男たちがそれぞれステージをねり歩き、そのまま客席に降りてきた。逃げ惑う客もいたけど、ほとんどが自分からジョニーたちの方に手を伸ばしていた。

サービスタイムと叫んだ男たちが、客の女性たちにハグをした。悲鳴、泣き声、叫び声。

そしてジョニーがあたしたちの席に近づいてきた。ビキニパンツ一丁のマッチョな白人が笑いながら接近してくると、半端ない迫力があった。

ハッピーウエディング、とジョニーが叫んでいるところを見ると、彼は美宇の結婚について聞いているのだろう。友加が店に頼んでいたのだ。そういえば、テレビのバラエティ番組でも、独身最後の夜を楽しむお客様のためのイベントがあると言っていたっけ。

こうすんの、と友加が取り出した千円札をジョニーのビキニパンツに押し込んだ。バンザイ、と叫んだジョニーが激しく腰を突き動かす。まさにゲスの極み。

あたしと恵子も友加の真似《まね》をして、千円札をビキニパンツに突っ込んだ。タッチミー・ソフトリーと言いながら、ジョニーがますます激しく腰をくねらせた。

辺りを見回すと、フロアは阿鼻叫喚《あびきょうかん》の大騒ぎになっていた。そこかしこで女性客がダンサーを追いかけ回し、体にべたべた触れている。オサワリオッケーとアナウンスが流れ、そのたびに歓声が上がった。

あんたも、と友加が促した。おずおずと美宇が千円札を差し出し、ジョニーがビキニパンツをずらした。

美宇が布の割れ目に千円札を挟み込み、バカだねーと笑った。あたしたち全員も笑っていた。

それから二時間、リビエラハウスで大騒ぎして、大量のアルコールを飲んだ。赤信号、みんなで渡れば怖くない。

一人が常識のリミッターを外せば、後は雪崩《なだれ》現象が起きる。次々に酔い潰れた女たちが倒れていき、興奮のボルテージはマックスになっていった。

延長はいかがなされますか、と白スーツの黒人女性が近づいてきた時、あと一時間と叫んだのは美宇ママだった。ママはジョニーのビキニパンツに一万円札を突っ込んでいた。ブルジョアだなあ。

結局、日付が変わる寸前まで店にいた。美宇のクラスメイトたちはタクシーや終電で帰っていき、あたしたちはホテルに戻り、スイートルームで雑魚寝《ざこね》した。夢も見なかった。

翌朝目覚めると、あたしのスマホに数十通のメール、ラインが入っていた。昨日の子たちからだった。

楽しかった、ありがとう、そんな文字が続く中、あたしの時も幹事を頼めないか、と送ってきた子もいて、思わず笑ってしまった。あたしの時も友加に頼んでみようか、そう思った。

chapter07

あとＸ㎝の恋

1

　怒濤《どとう》のブライダルシャワーが終わった。脱力のあまり、それからしばらく人として活動停止状態に陥っていたのだけど、数日のリハビリ期間を経て、ようやくいつものリズムを取り戻していた。

　ここまでくると、あたしなんかより主役である美宇と裕次の二人の方がリアルな焦りを感じ始めていたようで、今まではあたしと英也におんぶに抱っこに肩車状態で、すべて任せっきりにしていたのだけれど、結婚式場からは予行演習ということなのか、式次第の説明講習があったというし、何か問題があった時に恥を掻くのはご本人たちだから、今までの甘ったるいムードから脱却して、現実を真正面から見つめる覚悟を決めたようだった。

　そのためもあったのか、十五日になって美宇から招集がかかった。明日、仕事が終わったら、どうしても打ち合わせがしたいという。

会社はどうにかなるので、それはいいのだけれど、この期に及んであたしといった い何の打ち合わせがしたいのか、それがさっぱりわからなかった。

ブライダルシャワーは終わっている。残されたイベントは結婚式、披露宴、二次会の三つだけど、式そのものについては、あたしたちはブライズメイドとして参加するだけで、進行にはほとんど関係しない。それは聖雅園が仕切ってくれることになっていた。

瑣末《さまつ》な部分では、あたしたちにも役目がある。例えば、式の前に結婚指輪を預かっておくのは、メイド・オブ・オナーであるあたしの役割だ。

だけど、小学生じゃあるまいし、これはラブコメ映画でもない本物の式だから、忘れちゃった落としちゃった、というようなドタバタ劇になるはずもなかった。

実際には、聖雅園の担当者が指輪を保管してくれている。現場での受け渡しだから、なくなったということになればそれは盗難事件で、警察が捜査すべき事態だろう。

披露宴に関しての準備は万全で、何の問題もない。そのためにこの数カ月、あたしと英也は、休みを潰して働いてきた。

披露宴の席順やスピーチの順番も確認してるし、余興や例の〝スイートメモリーズ〟で使う写真や動画の編集も終わっている。司会はあたしと英也の担当だけれど、さすが聖雅園で、進行台本も出来あがっていた。

すべての人名、会社名、役職などにもルビが振ってあったから、極端に言えば読み上げていけばいいだけだ。どうにでもなるだろう。

二次会についても同じだ。場所の手配は英也が済ませていたし、特別なイベントをするわけでもない。

プレゼントのグラスには、二人が着るウエディングドレスとタキシードから型を取ったミニサイズの紙を切り抜いて貼るということになっていたけど、それは恵子たちが毎晩夜なべをしていた。すべての問題は解決済みだった。

この期に及んでというのはそういう意味で、この状況で何を打ち合わせしたいのか。また何か思いついて、それを押し付けようとしているのか。

だけど、さすがに時間がなかった。世の中、出来ることと出来ないことがあるのは、いくら美宇と裕次のバカップルでもわかっているだろう。

よくわからないまま、仕事を終えて表参道のカフェに向かった。カフェといっても、アルコールも出るし食事もできる店だ。

入ると、美宇と裕次が奥の席から揃って手を振っていた。いい年して、手を繋《つな》いだまま振るのは止めた方がいいんじゃないでしょうか。

「いよいよ、あと十日です」何か飲みませんか、と裕次がメニューを開いた。「何というか、ようやく実感が湧《す》いてきましたよ」

ひどい、と美宇が拗ねた顔になった。

「あたしなんか、もうずっとドキドキしてるのに」

「冗談だ。ホントはぼくもそうだよ」

「裕次さんったら」

誰か助けてくださいと思いながら、とりあえず食前酒のキールをオーダーした。店員が来たこともあって、さすがに手を放した二人が座り直した。

ドリンクがテーブルに届き、乾杯をしてから、打ち合わせって何なのと聞いた。無粋で申し訳ないと思ったけど、本題に入っていただきたかった。あたしもそんなに暇じゃないのだ。

いろいろ確認したくて、と美宇が言った。わからないでもないけど、電話で済まなかったのだろうか。

ここまで、ブライズメイドとしてあらゆる調整を重ねてきた。ナナに一任する、と言質《げんち》は取ってたけど、何しろ結婚式だ。いいかげんなことはできない。要所要所で報告はしていた。

選択肢を作って、どちらかを選んでと言ったこともあるし、仮決定だけしておいて、それでよかったのかと確認したこともある。報告、連絡、相談は欠かしていない。平成のOLとして、当然の心構えだろう。

最終確認ということなのかもしれないけど、それならなおさら電話でよかったんじゃないか。そう思いながらも結局あたしがここにいるのは、この席に英也も来ることになっていると聞いたからだった。

ブライダルシャワー、そして同じ夜に行われたバチェラーパーティの後、英也と連絡を取っていなかった。二日酔いが三日抜けなかったせいだし、それ以上に結婚式まで十日となってしまった今、相談することがなくなっていたためでもあった。

英也がここまで本来の仕事を二の次にして、結婚式のために時間を割いていたことは、本人からも聞いていた。そのしわ寄せが来て、月末までとんでもない量の仕事が残されている、ということもわかっていた。

邪魔しちゃダメでしょ、そんな時は。だからメールもラインも送るのを止めていた。とはいえ、今夜は顔を出すというのだから、それならあたしも来なければならない。でも、英也はまだ来ていなかった。仕事が詰まってると連絡があったそうで、しばらく待つしかないのだろう。

美宇と裕次は一時間ほど前から飲んでいたらしい。ワインのデキャンタがほとんど空になっていた。七々未さんも来たことだし、と裕次が白ワインのフルボトルを注文した。

一緒に頼んだ二、三品の前菜がテーブルに届けられ、それをつまみながらしばらく近況報告をした。確認事があるなら今聞くと言ったのだけど、スルーされた。急ぎではないようだ。

「裕次さん、ナナに誰か紹介してあげてよ」

頬を真っ赤にした美宇が、裕次の手を軽く叩いた。どうも最近酔っ払うのが早すぎないか。余計なお世話だと思ったけど、口の中でエスカルゴが引っ掛かって、止められなかった。

「七々未さんの会社はあのフクカネでしょう？　大企業だし、社員だってたくさんいますよね。男性と知り合う機会は、いくらでもあるんじゃないですか？」

裕次が不思議そうに首を傾けた。今、この人は病院に勤めていて、医師や看護師などスタッフはだいたい百人前後だと聞いたことがあった。

病院としては大きい方だと思うけど、フクカネは会社法上の大企業で、本社だけでも社員数は三千人を超えるし、全国の支社や関連企業なども含めれば一万人規模の大会社だ。だから男性と知り合うチャンスは多いでしょうと彼がおっしゃるのはわからないでもないが、世の中そんなにうまくいかない。会社の規模がどんなに巨大であっても、所属しているのはそれぞれの部署だ。

どんな会社だって、百人の人間が働いている部署はめったにないだろう。そこまで膨れ上がっていたら、二つに分けたり組織変更をする。効率を考えたら、絶対その方がいい。

あたしがいる企画部もその事情は変わらなかった。正確に言えば第一企画部第一企画課で、そもそも企画部は三部制だ。トータルで約百二十人いるけど、第一企画部は四十人、そして第一企画課はその半分の二十人。男性はそのうち十人だ。

とはいえ既婚者が七人、未婚の三人のうち二人は、入社二年目の二十三歳だった。こちらとしては年下でもまったく構わないのだけれど、向こうが拒否するだろう。つまり、日常的に接する機会のある適齢期の男性は一人だけしかいなかった。

これはどこの部署でも似たようなもので、三千人いれば社内恋愛もそれなりにはあるのだけれど、割合で見たら一割にも満たなかった。男女が常時同じ仕事に就いている部署ならともかく、個人で動くことが多い部署になると、ゼロということも珍しくない。そして企画部企画課こそ、まさにそういう部署だった。

社外で付き合いがあるのは、ベテランのバイヤーばかりで、年齢は二十歳近く離れている。大半は結婚しているし、していないのは変わった性格の人ばかりだ。

出会いのチャンスがありそうでないのは、もしかしたらどこでもそうなのかもしれない。大学の友人たちもそんなことを言っていた。

沙織のようなマスコミに勤める者でも同じだというから、これは日本という国の構造的な欠陥なのではないか。そりゃ晩婚化、少子化も進むだろう。

「ナナはですね、そこそこモテてたんですよ」なぜか丁寧語で美宇が説明した。「十代の頃なんか、二人の彼氏と同時に付き合ったりして」

そんなことないです、とあたしは慌てて打ち消した。

「二股なんかしてません。美宇が言ってるのは、一人の人と終わりかけていた時、もう一人からアプローチされたってことで、勘違いしてるんです」

「でも、もう一年以上男がいないのです」美宇が言った。イライラするな、その口調。「何とかしてあげてください。もういい歳《とし》なんだから」

あんたと同じ三十二歳じゃないかとテーブルを叩きたかったけど、さすがに堪えた。自制心自制心。

どうなんだろうな、と裕次が腕を組んだ。病院の医者であるとか、出入りする製薬会社の人達の顔を思い浮かべているのかもしれないけれど、もっと身近にいるでしょうに。ほら、あなたの従兄弟の彼ですって。

「むしろ、ナナさんの条件を先に聞いた方がいいのかな」裕次が二、三度首を振った。「それで当てはめていくのが、早いと思うんですが」

そんなこと言える立場じゃありません、と笑ってごまかしたつもりだったけど、紹介する責任がありますからと言われたら、答えるしかない。そうですね、とあたしは額に指を押し当てた。

「条件って言えるかどうかわからないんですけど、最低限、正社員として働いてる人がいいなあ、とは思います」

正社員、と裕次が紙ナプキンにボールペンで文字を書いた。

「収入とかはどうなんです？」

「多いに越したことはありませんけど、そんな高望みしてないですよ」

正直、最近のＯＬならみんなそう思っているんじゃなかろうか。ひと昔、いやふた昔前には、三高を条件として挙げる女性が多かったという。高収入、高学歴、高身長。

それを否定しているのではない。それならそれで大変結構だと思う。

だけど、絶対条件ではなくなっていた。そういう時代はとっくに終わっているし、それがわかる年齢になっていた。

「定収入があればいいんです。仕事に時間を取られて、家庭のことが二の次になるぐらいなら、むしろ収入は条件としてかなり下かもしれません」

きれいごとではなく、本心からそう思っていた。あたし自身働いているし、そここの収入もある。

生活のすべてを夫に頼るみたいなスタンスはあり得ない。二人で働けばそれでいい。

「逆に、これだけは嫌だ、みたいなことは？」

「普通のことしか言えないですよ。暴力とかは絶対無理ですし、ギャンブルなんかもしてほしくないですね。お酒とか煙草も、ほどほどだったらいいんですけど……」

それは条件と言えないだろう。好んで波瀾万丈《はらんばんじょう》な結婚生活を求める女なんて、めったにいない。

「裕次さんがどう思ってるかわからないですけど、そんなに欲張ったことを言うつもりはないんです。ルックスとか身長とか、昔はこだわったかもしれませんけど、今は全然。だから、つまらない結論になりますけど、優しい人であればそれでいいんです」

ナナに変な人を紹介されたら困ります、と美宇がグラスのワインを一気に飲んだ。

「裕次さん、あの人のこと考えてるでしょ。医局長の……」

「真部《まべ》さんだろ?」真っ先に思い浮かべたよ、と裕次が得意そうに笑った。「たまにいるでしょ、いい人過ぎて女性に縁がない、みたいな……ぼくなんかぺーぺーの時から世話になりっ放しだけど、あんな優しい人は見たことないな」

「ダメだって、あんなオジサン」酔いが回ったのか、美宇がだらしなくソファにもたれかかった。「四十五とかでしょ? 背も低いし、ニヤニヤ笑うだけで何か気持ち悪いし……。もっといい人、いると思う。ナナにふさわしい人が」

だけど七々未さんの条件にはぴったりだけど、と裕次が言った。ダメだって、と美宇がその手を叩いた。

「ナナはね、あんまり年上だと駄目なの。世話好きだから、年下でもいいぐらい。プラスマイナス三歳ぐらいかな?」

かもしれない、とあたしは答えた。美宇、もうちょっと頑張ってよ。

「若い医局員とか、研究医とか……あ、でも研究医はちょっとね。大学に残ってる人って、お給料そんなに高くないし」

「痛いところをつくね」兄貴がそうだ、と裕次が苦笑した。「ぼくも大学病院で働いてた時は薄給だった」

「裕次さんなら、美宇はそれでもいいんです」急にしおらしくなった美宇がうなずい

た。「美宇は裕次さんと結婚したいの。お医者さんだからとか、そんなことどうでも
……ゴメン、今はナナの話だよね。やっぱりある程度収入があった方がいいでしょ？」

「そんなにこだわってないってば」

「あと、社会的なポジションっていうか、医者とか弁護士じゃなくても、それなりの会社じゃないとねえ」美宇があたしの肩をつついた。「そりゃ、上を見たらきりがないっていうのもホントだよ。アラブの大富豪とか、そんなの望んでないよね。でもさ、何にもないよりはあった方がいいでしょ？」

ストップ、とあたしは両手を広げた。

「美宇、飲み過ぎ。もういいって。白馬の王子様が迎えに来てくれることなんてないって、わかってる。今のあたしはプラスが多いより、マイナスが少なければそれでいいの。あんたが羨ましいよ」

裕次に目をやった。男性として、何か飛び抜けた魅力があるかと言われると、何とも言えないけど、優しい人柄なのは間違いない。いい人だと思える。そして美宇のことを本当に大事にしているのも、見ていればわかった。

羨ましいと言ったのは本音だ。振り返ってみれば、美宇よりあたしの恋愛ライフの方が充実していたかもしれない。でも、今自分自身を見つめて浮かび上がってくるのは、寂しさだけだ。何だかんだで一人ぼっち。

「本当に美宇はラッキーだよ」無理やり笑みを作って、二人を見た。「裕次さん、美宇のことをお願いしますね、幸せにしてあげてください」

もちろんです、と裕次が胸を叩いた。どうもリアクションが昭和っぽい人だ。

「でも、七々未さんも、まだまだこれからじゃないですか。幸せを摑んでください。美宇や恵子さんのような友達もいるわけですし、これからはぼくもその輪に入れてもらえますよね？　そうしたら、ぼくの友達もあなたの友達です。おっしゃる通り、大企業といってもフクカネもひとつの会社ですから、その中でどうこうというのは難しいかもしれません。ぼくは職種が違いますけど、人間関係を広げていく役には立てるんじゃないかなって思いますよ」

ありがとうございます、と素直に頭を下げた。美宇はホントに運がいい。こんな優しい人を夫にできるのだから。

「英也さんはどうなのかな」

不意に美宇が言った。さすが親友、ポイントをよくわかってらっしゃる。

「感じのいい人だなって、ずっと思ってたの。ナナに似合ってない？　彼女いないって言ってたよね。裕次さんの方から、うまく話してもらえないかな」

どうだろうなあと首を傾げた裕次が、あいつはワーカホリックだから、とキッシュをフォークで細かく刻んだ。

「今回はすごくよくやってくれたよ。感謝してる。だけど、結婚式だから特別なんで、そうじゃなきゃ飲みに誘っても二回に一回は断られるし、来たとしたって死ぬほど遅刻だ。これは医者として言うんだけど、そのうちあいつは体を壊すよ」

だから言ってるんじゃない、と美宇が手に触れた。

「そういう人には奥さんが必要でしょ？　つまり、体調管理をする人が……ナナはそういうこと、ちゃんとできる子だよ」

でしょ、とあたしの顔を覗き込んだ。まあ、そうかなと答えた。いやいや、と裕次が顔をしかめた。

「聞いてるでしょ？　自分の仕事以外のことでも、頼まれたら引き受けてしまう。断れない性格だし、そういうのが好きなんですよ。恋愛には向いてないし、ましてや結婚なんてとてもとても。もっといい男を紹介しますから」

そうかなあ、と美宇が不満そうに頭《かぶり》を振った。

「かもしれないけど、恋愛も結婚も二人の問題でしょ？　それでお互い納得できるなら、別にいいんじゃないかなあ」

駄目だよ、と裕次が肩をすくめた。

「ホントに向いてないんだって。根っからの独身主義者だしね。ヒデはお奨めできないな」

でも、と美宇が唇を尖《とが》らせた。頑張って、とあたしはテーブルの下で拳を強く握った。

結婚に向いてない、というのはわからなくもない。仕事熱心で、ろくに休みも取らないような人だ。結婚を積極的に考えたことがないというのは本当だろう。だけど、英也だっていい年齢だ。一生独身というわけにもいかないんじゃないか。一番仲がいいと自他共に認める従兄弟の裕次が味方になってくれれば、話は早いだろう。

それからしばらく美宇が粘ってくれたけど、裕次は笑うだけで曖昧に答えを濁すだけだった。それどころか、他の医者の名前を出して、今度会ってみませんかという。誰にも会うつもりなんてない。英也に話してくれれば、それで事態は進展するのに。

あら、という声が背中でした。同時に、目の前の美宇が素早く立ち上がって、直立不動の姿勢で深く頭を下げた。振り返ると、見覚えのある初老の夫婦がそこにいた。裕次の両親だった。

「どうしたの、裕次さん」母親が笑いながら言った。「今日はデートだったの？　まあ、七々未さんもご一緒？」

こんばんは、とあたしも立って挨拶した。新婦の親友として、それなりに礼儀を見せなければならないだろう。

「お母さんこそ、どうしたの」裕次が店員を呼んで、椅子を持ってきてくださいと頼んだ。「今日は家にいるって言ってなかったっけ」

そのつもりでしたけど、と母親が隣にいた夫を指した。

「この人がどうしても外で食事したいっていうから、おつきあい。でも偶然ね、あたしたちもこの店は久しぶりなの」

「お母様、よろしかったらご一緒にどうぞ」運ばれてきた椅子のセッティングを手伝いながら、美宇が言った。「お食事はお済みになりました？　お父様もお座りくださ い。飲み物はどうされます？」

甲斐甲斐《かいがい》しい態度に、この子も大人になったと感心した。嫁としての役割を完璧に果たそうとしている。

昔から知ってるあたしとしては、ちょっと無理があるんじゃないかとも思ったけど、本人の努力を否定するつもりはない。頑張れ、と心の底からエールを送った。

若い人だけの方がいいんじゃないかしらと言った母親に、もう話は終わってますから と美宇が椅子を勧め、どうぞどうぞとあたしも援護射撃した。姑に対して気を遣っている美宇への応援でもあったし、ここはあたしたちだけで、と言えるような雰囲気ではなかった。

それなら少しだけお邪魔しようかしらと母親が腰を下ろし、父親もそれに従った。メニューを開いた美宇がフードの説明を始めた時、裕次のスマホが鳴った。着信したラインを確かめていたが、何だよ、と鼻を鳴らした。

「ヒデからだ。仕事が終わらないってさ。あと二時間は会社を出られないだろうって」

「残念ね、久しぶりにお会いしたかったのに」美宇がため息をついた。「ナナも来てるから、話を進めるチャンスだったんだけど」

話を進めるチャンスって何かしら、と母親が聞いた。適当にごまかしているところに新しくオーダーしたワインが届いて、乾杯と裕次がグラスを掲げた。

それから一時間ほど付き合って、あたしはお先に失礼した。英也が来ないのであれば、家族団欒《だんらん》の席にいる意味はない。

結婚式のこと、よろしくお願いしますねと母親が最後に頭を下げ、美宇もそれにならった。お任せくださいと答えて店を出たのは十時過ぎだった。

それにしても、美宇は何のためにあたしを呼んだのだろう。地下鉄の階段を降りながら、首を傾げた。確認したいことがあると言っていたのは、何だったのか。

まあいい、たいしたことじゃないのだろう。そうつぶやいてホームに降り、入ってきた半蔵門線に乗って三軒茶屋に帰った。あとは結婚式当日を待つだけだ。

2

三軒茶屋のマンションに帰ったのは十一時近かった。何となく中途半端な気分のまま、バスタブに湯を張った。

落ち着かない理由はわかっていた。今夜、英也に会えなかったからだ。仕事だとわかっていたけれど、顔が見たかった。

なぜなのだろう、と歯を磨きながら考えた。どうしてイライラしているのか。

忙しい人だとわかってる。もう結婚式に関して、当日まですべきことはない。今日、彼の顔を見なければならない理由はなかった。

あたしたちはお互い大人だ。毎日会わずにいられない高校生カップルとは違う。いい距離感を保ちつつ、都合が合えば会ったり、その程度で十分だろう。

それが常識というもので、心を乱す理由なんかない。わかっているのに、どうしてこんなにイライラしてしまうのか。

バスタブにカモミールのバスソルトをたっぷり入れたのは、少しでも平常心を取り戻すためだった。心の安定、それこそが三十オーバーの女性に求められるものだろう。リラックスリラックス。

リンゴに似た淡い香りを吸い込んでたのだけれど、お風呂に入っている場合じゃないと気づいて、スマホを取り上げた。呼び出したのは美宇の番号だ。もしもーし、という眠そうな声がした。

「どうしたの、ナナ。珍しいじゃん」

電話を直接かけることは、めったになかった。ラインの発明と進歩のおかげで、たいがいの用件はラインで済ませるようになっていた。

しかも、ついさっきまで会っていたのだ。十一時半というこの時間に電話がかかってくれば、どうしたのかと思うのは当然だろう。

「たいしたことじゃないんだけど……家？」

今帰ったところ、と美宇が答えた。ベッドに寝転がっているようだ。シーツなのか、布がこすれる音がした。

「あー、疲れた。結局、最後まで向こうの親と一緒でさ。神経使うんだよね」

「しょうがないでしょ、裕次さんのご両親なんだし」

夫の親、特に母親と嫁との間には、独特の緊張感がある。嫁姑のトラブルは、いつの時代も変わらない。

美宇にとっては、圧倒的に不利な戦いだ。こちらからは一切攻撃できない。専守防衛に徹するしかないのだから、気疲れするのはどうしようもないだろう。

「どこの家だってそうだよねえ」それはわかってる、と美宇が言った。「お義母《かあ》さん、すごく優しいしさ。いろいろ教えてくれて、助かってるんだ……それで何？　今話さないとまずいの？　あたし、眠いんですけど」

「相談っていうか……聞きたいことがあるの」あたしの声が、自分でもよくわからない理由で低くなっていた。「英也さんのことなんだけど」

うん、と美宇が返事をした。そうだろうね、というニュアンスが声音に混じっていた。付き合いが長いと、だいたいのことは伝わってしまうものだ。

「英也さん、本当に彼女とかいないのかな」

あたしが聞くと、そうなんじゃないの、と美宇が欠伸しながら答えた。

「裕次さんはそう言ってたよ」

「本当に本当なのかな。ちょっと信じられないっていうか」

あたしの中に、大いなる疑問が膨らみ始めていた。前に四人で話した時、英也には特定の彼女がいないと裕次がからかい半分に言っていたのは覚えていたし、本人も否定しなかった。

あの時のやり取りから察するに、いわゆる彼女、恋人の類いがいないというのは、そうなのだろうと思っていた。

だけど、冷静に考えると、それっておかしくないか。神崎英也のスペックは尋常じゃないほど高い。学歴、職業、ルックス、どれを取っても百点満点だ。そんな男がなぜ売れてないのだろう。

電博堂は日本最大の広告代理店だ。正確には知らないが、関連企業まで含めたら、社員数は数万人を超えるかもしれない。女性社員が一万人いてもおかしくなかった。英也は三十二歳で、まさに結婚適齢期だ。

電博堂の女性たちは何をしているのだろう。指をくわえて見てるだけ？　そんなはずない。特定の彼女がいるから、仕方なく諦めているだけだと考えるのが自然ではないか。

彼女がいないと思ってたから、こっちも攻めていけたけれど、もしかしたら裕次が聞いてない恋人がいるのかもしれない。最近、英也は連絡してこなくなっているけれど、それは彼女がいるからなのではないか。

それがあたしのイライラの原因だった。そんなことないと思うけど、と美宇が言った。

「ナナに隠す理由なんてないでしょ？　同じ会社とかならともかく、はっきり言って他人なんだもん」

そこはおっしゃる通りだ。だからこそわからなかった。

あたしと英也は完全にプライベートの関係しかない。会社の同僚には言えない彼女がいたとしても、あたしには言えるはずだ。

「美宇には言っておかないとって思ってたんだけど、あたし……英也さんのことが気になってるわけよ」

見てればわかるって、と美宇が小さく息を吐いた。

「似合ってると思うよ」

「チャンスじゃないかなって、正直思ってるところもある」照れ隠しの半笑いを浮かべながらあたしは言った。「これぐらいの年齢で、結婚してない男はそんなにいないでしょ？　いたとしても、そりゃそうでしょうね、みたいな人しか残ってないわけで」

カスばっかだよね、と美宇が容赦のない合いの手を入れた。

「ホントにそうだよ。不思議だよね、いい男って、何だかんだ言って二十五、六で売れちゃうよねえ。女の方もわかってるからさ、早いうちにゲットしちゃおうってことなんだろうけど」

それが世の中というものだ、とあたしたちは同時にため息をついた。

「こっちも三十二だからさ、妥協っていうと言い方が悪いかもしれないけど、多少条件を緩くしなきゃいけないのはわかってる。だけど、どこまでってことになると……そしたら、彼が現れた。あんな優良物件が残ってたなんて、奇跡だよ。出会えただけでラッキーだし、ホントに彼女がいないんなら、それって神様が与えてくれたチャンスなんじゃないかって」

「今までちゃんと聞いてなかったけど、ナナがそこまで前向きだっていうんなら、裕クンとも話すよ。言ってもいいでしょ？」

ちょっと待って。まだ心の準備ができていない。

「そっか、そうなのかあ」美宇が嬉しそうに笑った。「ナナがそこまで言うんなら、勝算ありってことだよね」

絶対ってわけじゃないけど、とあたしは答えた。でも、冷静に客観的に考えて、英也があたしのことを憎からず思ってるのは間違いないんじゃないか。

「自分ではそう思ってる。美宇と裕次さんに、ブライズメイドを頼まれたのは四月だったけど、最近は彼と毎日のように連絡を取り合うようになってる。メール、ライン、電話。もちろん、しょっちゅう会ってた。それって、なかなかでしょ」

同意、と美宇が言った。彼の仕事が忙しいのはわかってる、とあたしは話を続けた。

「うちの部署も電博堂と付き合いがあるからね。三十代の現場職が一番激務だって、みんな言ってる。ある意味、超巨大なブラック企業だよねって……裕次さんとは兄弟同然に仲がいいっていうから、結婚式のことを頼まれて張り切るのはわかるけど、それにしたってそんな多忙な人が毎日連絡してきて、会って話そうとか言うのは普通じゃないと思うんだ。週に三回会ったこともあるんだよ」

聞いてない、と美宇が不機嫌そうな声になった。

「報告してよ。そんなにしょっちゅう会ってたの？　裕次さんは知ってるのかな」

「あんたたちの結婚式のために会ってたわけだけど、あたしと会うのを迷惑に思っていないのは確かだと思う。むしろ楽しんでたし、喜んでた。思い込みじゃないのって言われたらそうかもしれないけど……」

「そうは思わない。ナナは恋愛になると冷静なのは知ってるもん」美宇が優しい声で言った。「そういうとこ、あるでしょ。自分だけで盛り上がったりしないよね」

「だから……どうしたらいいと思う？」

中一で知り合った美宇に恋愛相談をしたことは、かつて一度もなかった。これが初めてだ。恋愛関係については、あたしの方が常に相談を受ける側だった。それは美宇も認めるだろう。

だいたい、キャラとして、あたしは相談するタイプじゃない。美宇からは数え切れないほどアドバイスを求められてきたけど、あたしの方からは一回もなかった。

でも、今回は人生が懸かっている。溺れる者は藁《わら》をも掴むという。ヘルプしてくれるとしたら、美宇しかいない。いったいここからどうすればいいのだろう。

マジでわかんないよ、と美宇が答えた。

「そんなに英也さんのこと知ってるわけでもないし」

「うん」

「でもさ、前に出てみたら？　いつだって、ナナはあたしにそう言ったでしょ？　中学の時も高校の時も。当たって砕けたっていいじゃんって、背中を押してくれた。あれがなかったら、男の人とつきあえなかったかもしれない」

美宇に限った話ではなく、女子は誰でも恋愛について臆病だ。中学生でも高校生でも、自分の方からは言えない。男の子の方から告白してほしいと願ってる。

美宇は誰よりもその意味で女らしい子だから、なかなか相手に気持ちを伝えることができなかった。それじゃいつまで経っても彼氏ができないと言ったのはあたしだ。こっちから言わないと局面が進まない場合があるのは、女性なら誰でも経験があるだろう。

「毎回うまくいったわけじゃない」中三のバレンタインは最悪だった、と美宇の声が暗くなった。「学園祭で知り合った男の子にチョコ渡せってナナが言うからあげたけど、ゲラゲラ笑われて……あれは死ぬほど恥ずかしかった」

「ゴメン。無理かもとは思ってたんだ。でも、何もしないよりはいいかなって。慰めたでしょ？」

そういう問題ですか、と美宇が小さく笑った。でもうまくいった時もあったじゃない、と高二の時に美宇が初めて付き合ったイカリくんのことを言った。

そうだったねえ、と美宇が一転して明るい声になった。

「続かなかったけど、あの時は楽しかったな。思えば、ナナには世話になったよね。紹介してくれたり、間に入ってくれたり……感謝してます。ナナが強引に繋いでくれなかったら、それっきりになってた人もいた。だからじゃないけど、アドバイスするよ。自分から言ってみなって。その方が絶対いいと思う」

「そう思う？」

「思う思う」

あたしたちは声を潜めて笑い合った。かつて、あたしが美宇の恋愛を引っ張っていたけど、時は巡り、今度は立場が逆になった。

三十二年生きてると、そんなことも起きる。人生の妙なのだろう。

「わかった。ちょっと頑張ってみる」

頑張んなよ、と美宇が言った。それで話は終わった。

バスルームに戻ると、湯はすっかり冷めていた。カモミールの香りだけが残っている。もったいないと思いながら、あたしは湯を入れ替え始めた。

3

六月二十二日、木曜日。午後八時。

銀座《ぎんざ》四丁目にあるブラッスリー・セトウチという店であたしは神崎英也を待っていた。一応、くくりとしてはフレンチレストランということになるのだけれど、どちらかというと気軽な感覚で入れる店で、指定したのもあたしだった。肩肘張った雰囲気にしたくなかった。

にもかかわらず、全身が緊張していた。ひとつには着ている服がいつもよりかっちりしたスーツだったためで、どうしてこんな服を選んでしまったのかと後悔があった。

結婚式を明後日に控え、最後の確認をしましょうと英也に連絡を取った。月末で仕事が忙しいようだったけど、彼はすんなり時間を空けてくれた。

それもあって、オフィシャルな話し合いに相応《ふさわ》しい服を着なければならないという意識が働き、めったに着ない淡いブルーのスーツを選んでしまったのだけど、失敗だった。何か締め付けられるような感覚もそうだけれど、老けて見えるんじゃないかという不安の方が大きかった。もっと若々しい装いにするべきだったのに。

後悔の念を抱きながらアペリチフのキールに口をつけていると、五分ほど遅れて英也がやってきた。彼の方はいつもと変わらないグレーのスーツ姿だった。

「仕事、大丈夫なの？」メニューを開きながらあたしは言った。「ゴメンね、忙しいのに」

「どうにかなるんじゃないかな」

快活に笑った英也が同じキールを頼んだ。前菜を二つ、それぞれメインを決めてオーダーし、それで少し落ち着いた気分になった。

ドライトマトのアヒージョを食べながら、英也が別に頼んでいたブルゴーニュワインをグラスに注《つ》いだ。どこから切り出せばいいのかわからないまま、あたしは一杯目のワインを飲み干した。

「おいおい、ピッチ早くないか？」英也がグラス越しにあたしを見た。「何か飲んでたんだろ？」

喉が渇いちゃって、と訳のわからない言い訳をしながら、またグラスに手をかけた。飲むしかない。酔ってしまった方が話しやすいだろう。

前菜の鴨肉《かもにく》のテリーヌを食べながら、とりあえず当たり障りのない話題を出した。明後日に控えた結婚式について、お互いお疲れさま、そんなことだ。本当にそうだな、と英也がうなずいた。

ここまで約三カ月、あたしと英也は協力してこのプロジェクトに全身全霊を捧《ささ》げてきた。休みを何回潰したかわからないし、多少なりとも出費もあった。

オナーである以上、そこは仕方ないと割り切っていたけど、苦労をわかり合えるのはあたしたちだけだ。思い出話は尽きなかった。

それなりに順調な滑り出しだった。予定通りでもあったのだけれど、違っていたのはあたしのアルコール摂取量だった。

気がつくと、ボトルのほとんどを一人で飲んでいた。そこまで心理的に追い詰められていたということなのかもしれない。

今日、ここで決着を付けよう。それがあたしの決意だった。そのためにはお酒の力でも何でも借りる。必要なら悪魔に魂を売ってもいい。

英也はそんなあたしに優しかった。気持ちはわかるよと言って、追加のワインを頼んでくれた。

「友達の結婚、しかも親友ともなると、そりゃ寂しくもなるよね」

そうなの、とあたしはそのワードに乗っかることにした。

「男の人とは感覚が違うと思う。女性だと、結婚しちゃうとなかなか出歩くわけにいかないでしょ？　ましてや子供ができたりしたら……結局、独身同士で集まるしかなくなっちゃう」

確かに、と英也がうなずいた。

「男はその辺、あんまり関係ないかもしれないな。結婚したからって、いきなり付き合いが悪くなる奴はめったにいない。家庭は大事だけど、それはそれ、これはこれってことだね。正しいとか間違ってるとかの話じゃなくて、それがリアルだと思う」

おっしゃる通り、とあたしはワインをお代わりした。

「何だかんだ言ったって、友達のほとんどが結婚しちゃった。あたしのグループは沙織と美宇がまだだったから、どうにかなってたけど、美宇が結婚したら、そうもいかなくなるんだろうなって」

「だろうね。そこは仕方ないんだろうけど」

「沙織は出版社のデザイナーでしょ？　スケジュールが不規則で、誘ってもなかなかタイミングが合わない。しょうがないってわかってるから、それはいいんだけど……今までは美宇がいたから、その時は二人で会えばよかった。でも、これからはそれも無理なんだよね」

本当にそう思っているところがあった。一年ぐらい前まで、あたしも彼氏がいたから、休みは彼と過ごせばよかったけど、別れてから休日の過ごし方がわからなくなっていた。

三十歳までは、高校の友達とか大学のサークルの同期なんかを呼び出せばよかった。全員のスケジュールが合うことはなかったけど、誰かしら空いていたから、どうにでもなった。

もちろん、会社での友人とか知り合いもいる。前はそういう人達と遊ぶこともあった。女同士だったり、男女一緒ということも珍しくなかった。

定番だけどディズニーランドやドライブ、キャンプやバーベキュー、クラブやイベントやカフェ巡り。グループの中で彼氏彼女が生まれれば、それもきっかけになった。三十歳までは。

目に見える線が引かれているわけじゃないのだけど、やっぱり三十という数字には魔力があるのだろう。それぞれが恋をしたり結婚して、落ち着いていった。

あたしもそのつもりだった。でも、運なのかタイミングなのか、何かがうまくいかなくて、結局一人のまま今に至っていた。

それでも、何人か友達は残っていた。どうにかなるだろうと思っていたら、いきなり美宇が結婚すると宣言した。

今日まではその対応に追われてドタバタが続き、何も考えてなかったけど、結婚式が終わってしまえば美宇は奥さんになる。今まで通りにいかなくなるだろうという実感があった。

だから寂しいのか、というとちょっと違う。ホントはずっと寂しかった。誰かと一緒の時間を過ごしたい。そう思ってた。

そんな話を酔いに任せて言った。メインの鳩《はと》料理、デザートを食べ、コーヒーを飲みながら、更に話し続けた。口が止まらなくなっていた。

失敗してる、とわかってた。こんな愚痴ばかり並べ立てるような女、英也じゃなくても嫌になるだろう。飲み過ぎたのかもしれない。

でも、英也は優しかった。要所で相槌《あいづち》を打ちながら、ただ話を聞いてくれた。その後もコーヒーを飲みながら、あたしたちは時間を過ごした。

気がつくと、深夜十二時近くなっていた。他に客は誰もいなくなっていた。閉店時間だ。

帰ろうか、と英也が言った。どうしようかな、とあたしはつぶやいた。

「帰れるけど……帰りたくない」

電車はまだぎりぎりある。でも、今夜は帰りたくなかった。英也と一緒にいたかった。

「まだ仕事が残ってるんだ」英也が時計を見た。「社に戻らなきゃならない」

タクシーを呼ぶから、それで帰ればいいと優しく微笑んだ。お仕事ですか、とあたしは立ち上がった。足がふらつき、よろめいた体を英也が支えてくれた。

「ナナちゃん、大丈夫か？　さすがに飲み過ぎだろう」

酔っ払ってしまいましたあ、とあたしは敬礼ポーズを取って、へへへ、と笑った。

「送ってほしいなあ。ダメかなあ」

これがあたしの精一杯だ。通じなかったら、英也は男じゃない。

「仕方ないな。三軒茶屋か」タクシーをお願いできますか、と英也が店員に言った。

「いいさ、三軒茶屋まで送ってから東銀座に戻るよ。ナナちゃんの頼みじゃ断れない」

ありがとう、とうなずいた。伝わったのだ。安心して、彼の肩に体を預けた。

4

店の前からタクシーに乗り、三軒茶屋へ向かった。

道はそこそこ混雑していた。あたしは目をつぶったまま、英也の体に寄りかかっていた。

「寝てればいい。近くまで行ったら起こすよ」

英也がそれだけ言って、口を閉じた。そうだ、もう言葉なんていらない。

外堀《そとぼり》通りから六本木通りに入った。もう渋谷区だ。渋滞を抜けて、タクシーのスピードが上がった。

大きく車体が揺れたのは偶然だったけど、そのチャンスを逃さず、あたしは彼の手を握った。動きはない。

しばらく沈黙が続いた。三軒茶屋の駅が見えてきたのは、十分ほど経った頃だったろうか。もうすぐだよ、と英也が囁いた。

「太子堂《たいしどう》の手前でいいんだよね」

うなずいて体を起こした。手は繋いだままだ。バックミラーに運転手の顔が映っていた。

「二つ目の信号を右折してください」

道順を指示すると、運転手がウインカーを出した。あたしは窓を開けて、外に顔を出した。

「どうした？」

ちょっと酔ったかも、と口に手を当てた。わざとじゃなく、本当にちょっと気分が悪くなっていた。

いや、どうなんだろう。ちょっと小芝居が入っていたかもしれない。自分でもよくわからなかった。

慌てたように運転手がブレーキを踏んだ。そこがあたしのマンションの正面だった。ベタだとわかっていたけど、車を降りてそのまま車道にしゃがみこんだ。英也があたしの腕を取って、大丈夫かと聞いた。

「大丈夫じゃないかも……部屋まで送って」

しっかりしてくれ、とあたしの肩を支えた英也が、マンションのエントランスに入った。エレベーター、と囁いた。

「四階だから」

英也がボタンを押すと、すぐ扉が開いた。彼の首に腕を回すような格好で、そのまま乗り込んだ。エレベーターが上がり始めた。

「すぐだから、ここで吐かないでくれよ」冗談めかした言い方で英也が言った。「それだけは勘弁してもらいたいな」

大丈夫、とあたしは腕に力を込めた。その方がいい、と英也が背中に手を添えて立たせてくれた。

エレベーターが停まった。こっち、と指で誘導した。彼が半ば背負うような形で、通路を進んでいく。

「鍵は？」

バッグ、と手探りでキーホルダーを取り出し、ドアを開けた。入って、と囁いた。

「お隣さんとかに見られたら……」

後ろ手でドアを閉めた英也が、そのまま壁のスイッチに触れ、明かりをつけた。

部屋はきれいに片付けてあった。どうなってもいいように、出る前に掃除を済ませていた。

「甘えるなよ」英也が苦笑した。「どうする、座るかい？」

「ううん。あっちに」

寝室のドアを指した。英也だって中学生じゃない。一人暮らしの女の部屋が、どういう造りになってるかぐらい、わかっているだろう。

うなずいた英也が、あたしの手を摑んで寝室へ運んでいき、ベッドに寝かしつけてくれた。ありがとう、と手を握ったままあたしはうなずいた。ちゃんと着替えた方がいい、と英也が言った。

「スーツが皺《しわ》になるよ」

ぼくは会社に戻る、と一歩下がった。あたしは上半身を起こした。何言ってるの？

「言っただろう、仕事が残ってるんだ。戻らないと――」

両手で彼の顔を挟んだ。行かなくてもいいでしょ。戻らなきゃいけないのかもしれないけど、今じゃなくてもいいよね？

「駄目だよ」彼が首を振った。「戻らなきゃならないんだ」

顔を両手で挟んだまま、彼の目をじっと見つめた。英也は何も言わなかった。

そのまま、顔を近づけてキスした。唇の感触。

英也の手がゆっくり動いて、あたしの肩に回った。そのまま、覆いかぶさってくる。体が横になった。

「飲み過ぎだ」やれやれ、と英也が苦笑いを浮かべた。「このまま眠った方がいい」

それだけ言って立ち上がった。待って、とあたしは抑えた声で呼びかけた。

「どうして？　ううん、仕事があるのはわかってる。でも、今戻らなくても……」

そうじゃない、と英也が背を向けた。

「……何かを期待させたのなら、ぼくが悪かった。謝る」

「謝るって……どういう意味？」ベッドから降りて、彼の背中にすがりついた。「何で謝るの？　どうして？　どこに行くの？」

「会社だ。戻らなきゃならない」

英也があたしの腕を摑んで、体から離した。わかった、とあたしはうなずいた。

「じゃ、待ってる。仕事が終わったら戻ってきて。それならいいでしょ？」

違うんだ、と英也が頭を何度も振った。違うって、どういう意味？

「待って、お願い」あたしは彼の前に回り込んだ。「それは……つまり、あたしとじゃ無理ってこと？　そうなの？　あたしのこと、そんなふうには見てなかった？」

そうだ、と唇からつぶやきが漏れた。嘘でしょ、とあたしは叫んだ。

「そんな……あたしのこと、何とも思ってなかったなんて、そんなはずない。あんなに毎日連絡を取り合って、しょっちゅう会ってたじゃない。ずっと楽しかった。あなただってそうでしょ？　そうじゃなきゃ、あんなに会う必要ないはず」

楽しかったよ、と彼があたしの肩に手を置いて、そのままそっと押した。

「ナナちゃんと一緒にいると楽しい。話も合うし、素敵な人だと思う。でも、それだけなんだ」

「それだけって……」

「君はとてもいい人だ。優しいし、友達のために一生懸命になれる。もっといい男が必ず現れるよ。保証する」

「そんなこと言わないで……行かないでよ」

友人としてなら、と囁いた英也の唇が、かすかに震えていた。

「ナナちゃんと出会えてよかったと思ってる。君はベストフレンドだ。でも……駄目なんだ」

「駄目って、あたしじゃ駄目なの？　だったら何で──」

彼があたしの体を押しやって、部屋から出て行った。あたしの足は動かなかった。

ゴメン、という声がして、玄関からドアが閉まる音が聞こえた。英也は行ってしまった。

何が起きたのか、わからなかった。両目から涙が溢《あふ》れ出した。

chapter08

それでも恋する祐天寺

1

どれぐらいそうしていただろう。ベッドに横たわったまま、指先ひとつ動かさず、ただ呼吸だけをしていた。

したいわけじゃないのに。ていうか、息なんか止まってしまえばいいのに。

半径一キロ以内にいる人が、全員目を覚ますぐらいに凄まじいため息をついてから、あたしは起き上がった。玄関のドアをロックしていないことに気づいたからだ。

どこまでいっても現実的な自分の性格にほとほと愛想を尽かしながら、鍵を閉めてチェーンをかけ、そのまま玄関にしゃがみこんだ。

酔っ払っていたように振る舞っていたのは、自分と英也のためにその方がいいと思ったからだ。酔ってなし崩しでエッチして、そうでもしなければ二人の関係がこれ以上進まない気がしていた。

ふだんよりピッチは早かったけど、伊達に十年ＯＬをしていたわけじゃない。気持ちひとつで酔いを醒《さ》ますことぐらいできた。今はメチャメチャに酔っ払いたかったけど。

のろのろとベッドに戻り、脱ぎ捨てていたジャケットを拾い上げ、ポケットを探った。出てきたのはスマホだ。時間、ＡＭ１：46。関係ない。パスワードを押して、電話の画面を呼び出した。

番号に触れると、ツーコールで相手が出た。こんな時間に起きてる子ではないから、電話がかかってくるとわかっていたのだろう。

あたし、と呼びかけると、うん、という返事があった。知ってたの、と単刀直入に聞いた。

何、いきなり、と美宇が言った。

「どうしたの、ナナ。酔ってる？」

飲んでるけど酔ってない、と答えた。それから丸まる二分沈黙が続いて、知ってたの、とあたしはもう一度聞いた。

「英也がゲイだって、知ってたんでしょ」

そんなことない、と美宇が早口で言った。

「はっきり聞いたわけじゃないし、英也さんと喋ったことだってほとんど……二人だけで話したことは、一度もないんだよ」

「裕次さんに聞いたんでしょ」

だからそうじゃなくて、と美宇がしどろもどろになった。

「どんなに親しい従兄弟で、兄弟同然だからって、何でも話すと思う？　別に悪いことでもないんだし、身内に犯罪者がいるとか、そういう話ならまた別だけど、個人的なことをわざわざ言う必要ないでしょ。そりゃ匂わせるようなことは言ってたけど、本当かどうか裕次さんだって知ってたわけじゃないんだし」

「でも、わかってた。そうだよね」

美宇は答えなかった。聞いていなくても、教えられていなくても、わかってしまうことがある。今回がまさにそれだった。

「あんた、どういうつもり？」大恥掻いた、とあたしは壁に枕を叩きつけた。「何で彼を紹介したの？　しかも励ましたり煽《あお》ったり……どうしてこんなことしたのよ。夢だけ見させて、ハシゴ外すような真似《まね》して……それでも友達？」

ゴメン、とほとんど聞き取れない声がした。ふざけんな、ともう一度枕で壁を叩いたら、中の羽毛が飛び出して凄まじいことになったけど、それぐらいであたしの怒りは収まらなかった。

「ふざけんなよ、どうしてくれんの？　あんた、何がしたかった？　陰で笑ってたの？　あたしの気持ちを弄《もてあそ》んで楽しかった？　ゼッタイ勝てないゲームに必死になってるのを見て、バーカって思ってたわけ？」

そういうんじゃない、と美宇が言い訳を始めようとしたけど、それはあたしの心の火にガソリンを撒《ま》くのと同じだった。

「バカにしてたんでしょ？　何でこんな……酷《ひど》いよ、酷過ぎる。シャレになってない」

「ナナ、ごめん。ホントに――」

うるさい、と枕を振り回した。羽毛が部屋に降り注いだ。

「この三カ月、あんたのために頑張った。休みだってお金だってあんたのために使った。三カ月だ。その間に出会いのチャンスだってあったかもしれない。どうしてくれんの、返してよ！」

それは言い掛かりだったけど、本音の部分もあった。あたしは結婚したい。本気でしたい。恋愛がしたくないわけじゃないけど、遠回りしている時間はなかった。

英也との結婚を真剣に考えていた。条件だとか、仕事とかルックスだとか、そんなことじゃない。彼とだったらうまくやっていける、そう思ってた。信じることができた。

出会ってから三カ月、彼のことばかり考えていた。二人の将来を毎晩シミュレーションして、毎日寝不足になるほど、真面目に考え続けていたのだ。その相手が、絶対結婚できない人だったなんて。

英也のことを、本当に好きになっていた。ここから立ち直るまで、どれぐらい時間がかかるかわからない。

美宇、酷いよ。どうすんの、一年経てば一年分不利になる。また結婚が遠のく。あんた、責任取れんの？

美宇は何も言わなかった。どれだけあたしの心が傷ついたか、それがわかって怖くなったのかもしれない。

そのままグループラインに入り、結婚式には出ないと宣言した。ブライズメイド？　オナー？　そんなの知ったことか。

夜中の二時を過ぎていたけど、すぐに沙織から電話があった。出れば、何があったか話さなければならない。話したくない。

電源をオフにして、ベッドに突っ伏した。今すぐ、地球が爆発すればいいのに。

2

いつの間にか眠ってしまい、目が覚めたのは翌日金曜の午前十時だった。知らないよ、会社なんか行ける気分じゃない。無断欠勤してやる。何か文句ある？

二度寝して、昼過ぎに起きた。ザマミロ。

汗まみれで気持ちが悪い。シャワーに飛び込んで体を洗い、念入りにメイクして、一番お気に入りの服を着て、そのまま外に出た。

マンションの前で、通りかかったタクシーを止めた。行く当てもないまま乗り込み、とりあえずまっすぐとだけ言った。何もかもがどうでもよくなっていた。

タクシーの車内でスマホの電源をオンにすると、しばらく画面をぐるぐるアニメのキャラクターが回り続けた。電話の着信やメール、ラインなどが何十件も入っていたのがわかった。

九十九パーセント、あらゆることがどうでもよくなっていたけれど、最後に残った一パーセントの理性で会社に電話した。出たのは高宮だった。どうしたんや、と珍しくまともな声がした。

「電話したんやで」

それは着信履歴でわかっていた。高宮から二通のメールが入っていたのも見ていた。今病院、と言い訳を口にした。

「八度五分も熱が出て……連絡遅くなってすいません。とりあえず病欠と課長に伝えておいてください」

高宮が何か言ったけど、無視して電話を切った。タクシーが代官山辺りを通りかかっていたのに気づいて、ヒルサイドテラスの手前で降りた。
二、三度行ったことのあるオープンカフェ「モンスーン」のテラス席に陣取り、七千円のカリフォルニアワインと六千円のパーティプレートを頼んだ。五人前ですがと店員が言ったけど、それで結構ですと答えた。

しばらくして届いたワインと、テーブル半分ほどを占める大皿を前に、あたしは優雅な遅めのランチを始めた。

今では珍しいが、モンスーンはテラス席での喫煙ができるとわかり、店員に買ってきてもらったセーラム・ライトを吸った。十年ぶりのニコチンで、頭がくらくらした。

チェーンスモーキング状態だったから、周りの客たちが迷惑そうにしていたけど、そんなの関係ない。ここがオランダだったら、迷わずマリファナをオーダーしていただろう。それぐらいどうでもいい心境だった。

三時間ほどでフルボトルを一本空け、パーティプレートの料理を半分食べた。その間スマホに続々とメール、ライン、そして電話が入っていた。マナーモードにしていたから無音だったけれど、スマホの画面には連絡を取ってきた人達の名前が残っていた。

会社関係の電話が数本、転送されてきた取引先からのメールがいくつか、後はすべて恵子、友加、沙織からのメールもしくはラインだった。どれも本文は読まなかった。

何を言ってきているかはわかっていたし、確かめるのも面倒だった。説明したくないし、慰めてほしいわけでもない。こっちはダークサイドに堕《お》ちたいだけなのだ。

夕方四時、美宇から電話があった。謝罪の言葉なんか聞きたくないし、今さら話すこともない。放っておいたら、いきなりスマホの画面が真っ暗になった。充電が切れたのだ。

昨日、会社を出てから、スマホはつけっ放しになっていた。マンションに帰ってからも、充電していない。そこまで頭は回らなかった。

丸一日放置して、しかも何十件も電話やメールが入っていたのだ。電源が切れるのは当然だろう。

別にそれでよかった。連絡を取りたい相手はいないし、話したい人もいない。

追加で頼んだもう一本のワインが空になったのは、日没とほぼ同時だった。五、六時間で二本のボトルを飲み干し、完全にできあがってしまったあたしを、客だけでなく店員も困ったような目で見ていることに気づいて、とりあえず店を出た。

自分の部屋に戻る気はしなかった。戻って何があるというのか。

今ナンパされたら、どこまでだってついていくだろうし、宗教の勧誘だったら迷わず入信しただろう。でも、そんなことはなかった。声をかけてくる者さえいなかった。

何も考えず、歩き続けた。歩いていないと、思い出してしまう。すべての思い出がのしかかってきて、押し潰されそうになる。わかっていたから、ひたすら歩いた。

どれぐらいそうしていたのか、自分でもわからない。気づくと、祐天寺の町に入っていた。あたしが立っていたのは、卒業した高校の正門前だった。

もう辺りは真っ暗になっていた。夜八時、通りには誰もいない。祐天寺というのはそういう町だ。

いったいあたしの人生は何だったのだろう、とため息をついた。それなりに頑張って、それなりの大学に進み、それなりの会社に就職して、それなりに恋愛して、それなりにうまくやってきたと思っていたけれど、そんなことはすべて無駄だった。

　何ひとつうまくいかなかった。それがあたし、西岡七々未だ。

　無意味だったとつぶやきながら、昔通っていた通学路を歩いた。卒業して十年以上経っているけれど、学校というのはそんなに変わらない。通学路もそうだった。

　懐かしくて、涙が浮かんだ。あの時、あたしは幸せだった。何も怖いものはなかった。

　若かったからだ。十代だったからだ。負けを恐れず、毎日戦えた。

　今は違う。三十を過ぎ、知恵や世間体を身につけ、常識を学び、身を守る術《すべ》を覚えた。そう思っていたけれど、あの頃と比べると百倍千倍、もっとつまらない人生になっていた。

　何かをする前に考えるようになり、メリットとデメリットを小賢《こざか》しく計算し、損することはしなくなった。仕事はもちろん、恋愛だってそうだ。

　自分にとって得なのか損なのか、彼はあたしにいったいどれだけのことをしてくれるのか。それによって自分も彼に対してどこまでするか線を引き、絶対にマイナスにならないように努め、少しでも彼がプラスにならないことをすれば怒り、責め立て、時には別れた。

　すべてがそうだった。人間関係も、友人と一緒にいる時も、いつだって計算していた。

それで失うものは減ったが、得たものはほとんどなかった。損しないのであれば、得しなくても現状維持で十分だと考えるようになったからだ。

間違っていたとは思わない。選択は正しかった。進学も、就職も、男選びも。少なくとも、はっきり負けたことは一度もない。だけど、手の中にあるのはとんでもなく虚《むな》しい何かだけだった。

駅に続く道を進んでいくと、路地があった。奥に小さく光る看板が見えた。懐かしさで胸がいっぱいになった。

ロングタイム。略してロンタイ。十五年前、あたしたちが説教されたあの店が、まだ潰れずそこにあった。

狭い道に面したドアに手をかけると、カウベルが鳴る音がした。今時、こんな店があるだろうか。

導かれるように入っていくと、内装は少し変わっていたけど、カウンターやテーブルのレイアウトはほとんどあの頃のままだった。あの日、五人で座ったあのテーブルも同じだ。

空いていたその席に座ると、若い店員がメニューを持ってきた。当たり前だけど、あの時と違う人だった。近くにある大学に通っているバイトなのだろう。

夜九時になっていた。お腹《なか》が空《す》いていることに気づいて、チキンドリアを頼んだ。

あの時もそれを食べていたっけ。

ついでに、あの時大学生たちが頼んでいたウイスキーの銘柄を言ってみた。一番安い、スーパーブレンドというお酒だ。

ウイスキーですか、とバイトの子が意外そうな顔になった。一人でふらりと入ってきた女性客がボトルでウイスキーを注文するというのは、めったにないことなのだろう。

よほどの変わり者か、アル中のどちらかと思ったのかもしれないが、ウイスキーが飲みたいと頼むと、それ以上何も言わず下がっていった。

店のドアにPM5－AM5と書いてあったのは見ていた。午前五時までやっているのだ。帰る気はまったくなかったから、ちょうどよかった。

今日はこの店で飲もう。朝まで飲もう。徹底的に潰れるまで飲もう。そして、すべてをなかったことにしよう。

週が明けたら会社に行って、何もかも一からやり直そう。何もかも忘れよう。全部忘れてしまおう。

そのためにも、ウイスキーをオーダーしたのはベストな選択に思えた。ワインなんかよりアルコール度数が高いから、酔うのも簡単だ。

バイトの子がウイスキーのボトルと水、そして氷を持ってきた。十分後、運ばれてきたチキンドリアを食べながら、あたしは一人だけのパーティを始めた。

誰でも経験があると思うのだけれど、生ビール一本で意識を失うほど酔ってしまうこともあるし、日本酒一升飲んでもまったく酔わない日もある。

その時の体調、コンディションなどフィジカルな要素が大きいのだろうけど、今夜のあたしがちっとも酔わなかったのは、メンタルな理由によるものだった。

三時間飲み続けたにもかかわらず、意識ははっきりしていた。酔い潰れるどころか、ずっと英也の顔がマンガのふきだしのように、頭の上に浮かび続けていた。

3

そうだ。あたしは彼に思いっきりの恋をしていたのだ。

その気持ちは、彼がゲイだとわかった今も変わらなかった。彼がゲイであることは、何も悪くない。恥ずかしいことでもない。マイノリティかもしれないけれど、だからといって責められる筋合いはまったくない。

人が人を愛することに、常識から外れているとか、正しいとか間違ってるとか、そんなの余計なお世話だ。わかってる。よくわかっております。

何ひとつ問題ないのだけれど、あたしにとっては大問題だった。どんなに彼のことを好きになっても、愛しても、彼が振り向いてくれることはない。こんな哀しい恋バナがあるでしょうか、神様。

もちろん、英也のことを男性として好きで、恋をしていた。でも、それ以上にあたしにとっては人間的に素敵な人だった。

あんなに話が合う男の人はいなかった。趣味もそうだし、笑いのツボも同じだった。年齢や育った場所が似ているせいもあったのだろうけど、それを言ったら小学校の同級生の男子たちは全員恋愛対象になってしまう。そうじゃなくて、もっと根本的な何かが同じ気がしていた。

そして、それは彼も同じだったはずだ。もしあたしたちが同性だったら、ベストフレンドになっていただろう。同じ種から生まれた二つの木。

だけど、そんなことといくら考えても無意味だった。彼は男性で、あたしは女性で、性が違う。そうである以上、ベストフレンドにはなれない。最初から無理な二人だったのだ。

自己嫌悪で胸が一杯になった。彼は何ひとつ悪くない。どうにもならないことだったのだ。

ため息をついてから、ボトルに残っていたウイスキーで最後の水割りを作った。深夜二時になっていた。

スマホの電源は切れたままだ。あたしの話し相手になってくれるのは壁だけで、向こうもすっかり飽きたらしく、何も言葉を返してくれなくなっていた。

店には女性ボーカルのジャズが流れ、他に客はいない。何もかもに疲れていた。三十二にもなって、こんな形でしか憂さを晴らせないなんて、あたしは何てガキなんだろう。

帰ろう、と思った。タクシー代ぐらいは残っている。足りなければコンビニでも何でも入って、下ろせばいい。

祐天寺から三茶はそれほど遠くない。最後の一杯を飲んだら家に帰ろう。シャワーを浴びて、すべてを忘れてしまおう。

「ほら、言ったでしょ」ドアが開き、女の声がした。「だから、最初っからここへ来ればよかったんだって」

「そうは言うけど、陽船《ようせん》公園の方が近かったんだし、ちょっと見てみようかって言ったのあんたじゃない。なくはないって言ったの忘れたの？」

「ケンカしないで。とにかく座ろうよ」

三人の女があたしを取り囲んだ。恵子、友加、沙織。あんたたち、どうしてここにいるの？

「傷心の女友達が何考えてるかぐらい、想像がつく」一人で飲むなよ、と空のボトルを振りながら恵子が目を丸くした。「夢見る夢子のあんたがどこで何してるか、見当はついた。昔の思い出の地を巡ってるんだろうって」

あたしは金太郎《きんたろう》だって思った、と沙織が懐かしい名前を言った。

「高校の時、みんなでよく行ったお好み焼き屋さん。でも、あそこは十時で閉店だから、違うってわかった」

「池尻《いけじり》かな、とも考えたんだよね」友加が店員を呼んで、手際よく何品かの食べ物をオーダーした。「あんた、大学二年の時、半年ぐらい同棲《どうせい》してたでしょ。タモツだよ、あんたが過去最大級にデレデレしてたアイツ」

そうでもない、とあたしは首を振った。嘘はつくな、と恵子が言った。

「でも、あのアパートも取り壊されてたよ。残念でした……あたしの本命は陽船公園だった。あんたがヨシダくんとファーストキスをしたあの公園」

止めてくれ、とあたしは立ち上がった。三人が腹を抱えて笑った。

「マジで止めろ。吉田のことは黒歴史だ。封印してたのに」

あたしの人生にはいくつかの汚点があるのだけれど、吉田のことは本当に忘れたかった。女子高生あるあるで、ちょっと不良がかった男の子に憧れる時期がある。

吉田は無免許でバイクを乗り回すような男の子で、乱暴で馬鹿で不潔と三拍子揃った本物のアホだったのだけれど、彼を更生させるのはあたししかいないという訳の分からない思いにかられ、三カ月だけ付き合ったのだ。

「そうは言うけど、ファーストキスだからね。でも、あそこでもなかった。いよいよこの店しかないってことになって来てみたら、案の定ってわけ」

友加があたしの肩を叩いた。何を飲もうと言った恵子に、そりゃこれでしょ、と沙織が空になったスーパーブレンドのボトルを指で弾《はじ》いた。

ニューボトル二本と店員に指を立てた恵子が、言いたいことはよくわかる、とうなずいた。

「怒るのは当然だ。美宇が悪い。英也がゲイだってわかってたんなら、それは言っておくべきだった」

許してやれなんて言ってない、と友加が手を振った。

「だけど、美宇にも言い分があるんじゃないかな。それはそれで聞くべきだと思うんだよね」

無言で立ち上がった沙織が店のドアを開いた。そこにいたのは美宇だった。

入って、と沙織が手を引くと、ゴメン、とつぶやいた美宇が足を踏み入れた。

五人でテーブルに座った。図ったように、あの時と同じ位置だった。あたしの右が美宇、左が友加、正面に恵子、その隣に沙織。

運ばれてきたスーパーブレンドの蓋を開けた友加が、全員のグラスに注いだ。コンビネーションは抜群で、沙織が氷をほうり込み、恵子が水を入れてマドラーでかき回した。

「あの日に乾杯」

友加がグラスを高く掲げた。待ってよ、とあたしは美宇に向き直った。

「どうして、彼のことを言わなかったの？」

美宇は何も答えなかった。ゲイが悪いなんて言ってない、とあたしは言葉を継いだ。

「友達にも二人いる。あんたらも知ってるトキトキはすごいいい子だ。それはそれでいい。でも、ゲイと結婚はできない」

わかってる、と美宇がうなずいた。エッチできないもんね、と沙織が言った。

「それも含めてだけど、男と女の関係にはなれない」あたしはテーブルに肘をついた。

「わかってたら、こんなことにはならなかった。英也さんはすごくいい人だし、尊敬してる。もっといい関係になれたかも……紹介するならするで、やり方ってものがあるでしょ。どうして言ってくれなかったの？」

ちゃんと説明しなさい、と恵子がひと口水割りを飲んだ。それは、と言いかけた美宇が口を閉じた。言いなって、と友加が丸めた紙ナプキンを投げ付けると、だから、と表情を強《こわ》ばらせた。

「ナナには……感謝してる。ありがとうって、思ってた」

何の話、とあたしは聞いた。

「結婚式のことだったら、そういうんじゃないから。こういうのは持ちつ持たれつっていうか――」

そうじゃなくて、と美宇が首を振った。

「ナナとは中学の時、初めて会ったでしょ。中一の入学式。クラスも同じだった」

そうだよ、とうなずいた。あたしは自分から話しかけたりするタイプじゃないから、と美宇が頰を撫でた。

「教室でどうしていいかわかんなくて、席でじっと座ってた。声をかけてくれたのがナナだった」

そうだったっけ。正直、覚えてなかった。美宇がそんなに積極的な性格じゃなかったのは本当だけど、あたしだってどんどん行く方でもなかった。

最初のうち、猫をかぶっておくのは、今でもそうだ。あたしから声をかけたんだっけ？

「……だったと思う」美宇がうなずいた。「最初はともかく、その後はナナが引っ張ってくれたのはホントだよ。あたしは引っ込み思案で、あの頃は今よりもっと社交性がなかった。ナナがいなかったら、クラスに馴染《なじ》めなかったかもしれない」

そうかな、としかあたしは言わなかった。美宇が言ってるのは、半分正しくて、半分違う。

あたしだって、そんなに前に出たいわけじゃなかった。キャラだって違う。

でも、相方になったのが美宇で、あたしよりもっと消極的なのはすぐわかったから、あたしが行くしかなかった。女子は誰だってそうだけど、状況でキャラを変えられるのだ。

むしろ、あたしの方が美宇に感謝するべきなのかもしれない。リードする役割になったあたしは、そのおかげで社交性を身につけた。女子だけじゃなく、男子にも自分から声をかけて、友達を作った。

その中の何人かとは、今も連絡を取り合っている。そうさせてくれたのは美宇だった。

「二人だったり、グループだったり」いろんなことしたでしょ、と美宇が微笑んだ。

「あの頃、あたしは男の子が苦手で、いくら言われても中学の時はほとんど話せなかった。だけど、高一の時にアッシくんを連れてきてくれて、盛り上げてくれて、それでつきあうようになった」

いたねえ、アッシ、と友加が大声をあげた。何を思い出したのか知らないけど、ここは黙っていてほしい。

「ずっと後だけど、好きだったオギノくんと話すきっかけを作ってくれたのもナナだった。ナナがいなかったら、ずっと話せなかったかもしれない」

ありがとう、と美宇が頭を下げた。感謝してほしい。あの時は苦労したんだから。

「卒業して、ナナは四大に行って、あたしは短大へ行って、別々になったけど、しょっちゅうあたしを誘って合コンとか連れ出してくれた。短大は女子ばっかりだったから、ああいうことがないと何もないまま卒業したかもしれない。初めてちゃんとつきあったタッチーも、ナナの紹介だったよね」

「それがいけなかったって？」

そんなことはないだろう。美宇だって望んでいたし、頼まれたこともあった。

協力したのは一度や二度じゃない。うまくいったこともあったし、ダメだった時もあったけど、それはしょうがない話だ。

「余計なお世話だった？」

そうは言ってない、と美宇が首を振った。

「だけど、ナナがあたしを合コンや何かに引っ張り出す理由はわかってた」

「理由？　そんなこと言われても……人数とか、場所とかいろいろあって、あんたがいいかな、ぐらいのつもりで――」

違うよ、と美宇が目の前のグラスを摑んで、一気に飲み干した。

「あんたがあたしを連れてったのは、自分よりちょっと劣る女の子が一緒の方が、自分の得になるからだ」

沙織が頭を抱えた。そんなことないとあたしは言ったのだけれど、美宇はそのあたしのグラスをまた一気飲みした。

「それが悪いとか、そんな話じゃない。誰かが言ってたけど、合コンは戦場だ。そうであるなら、少しでも有利に戦いたいのはみんな同じだよね。ナナだけじゃない。誰だってそういうところがある」

今日連れてきたのは、あたしの一番カワイイ友達、と美宇がしおらしい声で言った。

「そんなふうに期待を煽っておいて、実際には自分よりちょっとでもルックスの劣る子を連れてくる。あたしがその役目だった。男の子はみんなあたしを見て、それならナナの方がいいかって思った。そう思わせるために、あんたは動いた。それが作戦だそんなことないよ、とは言えなかった。誰でも覚えがあるはずだ。今日紹介する子はカワイイよ、そんなふうに言ったことのない女子はいないだろう。

言い訳するわけじゃないけど、ホントにそう思っているところもある。今日紹介する子はカワイイよ（あと七キロ瘦《や》せたら）（少なくともパーツだけ見たらマジでカワイイって）（唇だけなら石原《いしはら》さとみ級）（もうちょっとオシャレな服を着れば）（ホント、性格はマジカワイイんだって）。

カッコ内に適当な言葉を補えば、どんな子だってお嬢様になれる。その魔法にかかる男の子がいるのも嘘じゃない。少ないかもしれないけど。

沙織がそんなことしたって、何とも思わない、と美宇が斜め前を見た。

「友達じゃないけど、涼子や真帆みたいな子もそうだ。ホントにキレイな子だったら、こっちも認めるし、諦めもつく。だけど、ナナはそうじゃない。あたしに言わせれば、あんたとあたしは五十歩百歩、目くそ鼻くそなんだ」

あんたが必要としていたのは、あたしという引き立て役だ、と美宇が静かな声で言った。そうじゃない、とあたしは大きく首を振った。

「そんなこと考えてなかった。そこまで性格腐ってないつもり」

わかってる、と美宇がうなずいた。

「もっと腐ってる子はいくらでもいる。ナナはそんな子とは違う。でも、もっと悪いかもしれない。無意識でそう思ってたんだから」

それは被害妄想なんじゃないか、と友加が腕を引っ張った。違う、と美宇がテーブルを強く叩いた。

「悪気があったわけじゃないのはわかってる。ナナのことを信じてるよ。底意地が悪い子じゃないのは、あたしが一番よく知ってる。だけど、あたしだって気づくよ。ナナが紹介してくる男の子って、ナナの中ではいらない人ばっかりだった。ナナが欲しいって思わない人」

みんな、何も言わなかった。美宇が言ってることが全部正しいわけじゃないけど、当たってるところもあった。それぞれ、思い当たることがあったはずで、その意味で正しかった。

はっきり言って、自分がいいなって思ってる、要するに好意を抱いている男性を、友達に紹介する女なんていない。関係性が成立してしまえば話は別で、そうなったらむしろ積極的に紹介するだろう。これはあたしの男だから、触らないでね。そう宣言しなければならないからだ。

だけど、そうなる前に、これがあたしの狙ってる男だから、なんて言ったりはしない。それが女の本能だ。

「あたしだって、それぐらいわかる。ナナが親切心で男の子を引き合わせてくれてたのは、本心からだって思う。本当にあたしのためを思って、紹介してくれてた。だけど、いつだって劣等感っていうか」何だかなあ、と美宇がため息をついた。「あんたはあたしを引っ張って、リードして、お姉さんのつもりだった？　気分良かった？　でもあたしの方は——」

待ってよ、とあたしもグラスに作った水割りを一気に飲んだ。

「それって、あんたの側にも問題あったよね？　いっつも隅っこの方でうじうじしてさ。前に出てこないんだから、あたしが引きずり出すしかないじゃない」

わかってるよ、と美宇が濃い水割りを作って、顔を真っ赤にしながら飲み干した。

「だから感謝してるって言ってるじゃん。ナナはさ、性格の悪い子を連れてくることはなかったし、ぶっちゃけありがたいなって思ってたよ。でもさ、一度ぐらいあたしが上になったってよくない？」

マウンティングですか、と恵子がつぶやいた。女の精神的なポジション取りは、どんな年齢でも変わらない習性だ。

どっちが上でどっちが下か、どっちが主でどっちが従か。無意識の場合もあるし、意識的な場合もある。どっちにしても、どんなに親しい関係であっても、その呪縛から逃れられる女はめったにいない。

「そんなことにはならないんだろうなって思ってた」半泣きになりながら、美宇がウイスキーのボトルに手を伸ばした。「だけど、千載一遇のチャンスが巡ってきた。裕クンだ。高学歴、高収入、高身長、とんでもなくカッコいいなんて言わないけど、いずれクリニックの院長になることも決まってる。こんな相手は二度と現れない」

そんなの関係ないってわかっていても、夫の職業でランクづけをするのも、女性ならではのことだ。夫によって、女たちのランキングは入れ替わる。それもまた事実だ。

そうじゃない女性がいることも知ってる。でも、あたしたちはそんなに立派じゃない。

「あんたよりあたしの方が先に結婚する。しかも、スペックは最高級で、性格もいい。見せつけてやりたかった」

グラスに半分ほどウイスキーを注いで、そのまま飲んだ美宇が、噎《む》せて吐き出した。負けました、とあたしは降参のポーズを取った。

それでわかった。最初から美宇はそのつもりだったのだ。

思えば、ウエディングドレス選びの段階から、あたしたちを立ち会わせたのも、そういう腹積もりがあったからなのだろう。女友達を集めてアドバイスがほしいと言うのも、考えてみればおかしな話だ。

その後も同じだった。もちろん、友達に結婚式の司会を頼んだり、二次会の仕切りを任せるのは、誰だってそうするから不思議じゃないけど、美宇の場合、常識の範囲を遥《はる》かに超えたオーダーをしていた。本来なら、親族であるとか、式場がするべきことを、あたしたちに振ってきていた。

何かと言えば呼び出して、どうなってるのか進捗状況を報告させたり、時には確認だけのために呼ぶこともあった。そういう時、必ず裕次が一緒だったのは、美宇の中に見せつけてやりたいという思いがあったからだ。あたしの心の中で、線が一本に繋がっていた。

「それはいいけど、英也さんを紹介したのは違うんじゃないかな」そこだけは、はっきりさせなければならなかった。「あんたはあたしの弱みを知ってた。結婚願望が過去最大に大きくなってることを。紹介が悪いなんて言ってない。だけど、結婚できない相手っていうのは、やっぱマズいでしょ」

最初は知らなかったの、と美宇がうなだれた。

「それはホント。ナナに引き合わせた時点では、一度しか会ったことなかったし……わかるわけないじゃない」

そりゃそうだ、と吹き出した友加を沙織が叱った。ここは笑うところじゃないだろう。

それは美宇の言う通りだろうね、と恵子がうなずいた。

「初対面の人に、あなたストレートですかゲイですか、とは聞かないでしょうよ」

「……何となく、あれって思うところはあった」美宇が皿に盛られていたポップコーンを口に押し込んだ。「だけど、本当にそうだってわかったのは、一カ月ぐらい前。裕クンと話してて、ああそうなんだって……だけど、もうナナには言えなかった。英也さんのこと、マジで考えてるってわかってたし、今さらそんなこと言ったら余計傷つけるんじゃないかって」

そこは言うべきだったね、と恵子が言った。まったく、とあたしもうなずいた。

「ホントに最悪だった。過去最大に傷ついた」

悪かったたって思ってる、と美宇が素直に頭を下げた。そんなことされたら、こっちも強いことは言えない。

それにしても、と友加があたしたちを交互に見つめた。

「美宇、気持ちはわかるけど、やっぱりそれじゃ七々未がかわいそうかなって思うよ」

わかってる、と美宇がうなずいた。

「だから……本当のこと言うよ。あんたたちだから話す。言ってなかったことがあるの」

どうぞ、と三人が一斉に手を出した。

4

あのね、と照れ隠しの笑みを浮かべた美宇が口を開いた。

「あたしと裕クンのことなんだけど」

のろけは止めなさい、と恵子が言った。そんなんじゃない、と美宇が首を振った。

「あたしがどうして裕クンと結婚することになったのか……ていうか、どうして彼みたいな男が今まで結婚してなかったか、不思議じゃなかった？」

そうなんだよね、と遠慮なく友加が言った。

「そこはぶっちゃけよくわかんなかった。何、あの男もゲイなわけ？」

違うよ、と否定した美宇が、もっと悪いかもしんない、と顔をしかめた。

「裕クンは……本物のマザコンなんだ」

「マザコン？」

あたしたち四人はまったく同じタイミングで叫んだ。しかもタチが悪いの、とますます美宇の顔が暗くなった。

「あの人、三十五だよ。それなのに、まだお義母《かあ》さんと一緒の部屋で寝てる。下手したら同じベッドかもしんない」

マジかよ、と友加がつぶやいた。本当だとしたら、相当な重症だ。鳥肌が立った、と恵子が呻いた。

「それだけじゃない。魚を食べる時は骨を取ってあげる。お風呂で頭を洗ってもらってる」耳かきも爪切りもお義母さんの役目、と美宇が指を折って数えた。「服もお義母さんが買ったものしか着ない。帰宅時間が五分でも遅れると電話がかかってくる。そりゃ凄いんだから」

ヘンタイだ、と恵子が言った。それ以上だ、と沙織がうなずいた。

「あのお義母さんは、口では理解のあるようなことを言う」疲れる、と美宇がこめかみを指で押さえた。「早く結婚しなさいとか、そんなことも……でも、彼が交際していた女性との関係をことごとく妨害して、潰してきた。だいたい、お義母さんが認めた相手じゃないとつきあえないんだし」

「自分で認めても、仲を引き裂くわけ？」友加が首を捻った。「そりゃずいぶん倒錯してますな」

あんたはどうしてうまくいってるの、と恵子が聞いた。利佳子オバサンの紹介だから、と美宇が答えた。

「お義母さんとオバサンは昔から仲が良くて、あの人もオバサンのことだけは信頼してるの。あたしは身元がしっかりしてるし……だけど、気に入られたとは思ってない。あの人は息子に近づく女がみんな嫌いだし、気に入るはずがない」

いつの間にか、あの人呼ばわりになっていた。でも結婚までこぎつけたわけだよね、と恵子が言ったけど、美宇はうなずかなかった。

「それだって、理由があった。お義父《とう》さんが医者を辞めるから、クリニックを裕クンが引き継がなきゃならなくなった。今までは若先生だったけど、これからは院長先生ってことになる。院長が独身じゃまずいって考えた。そういう世間体はすごい気にするの」

「だからあんたで手を打った？」

そういうこと、と美宇が寂しそうに笑った。

「手を打ったっていうのは、本当にその通りなんだろうなって思う。あの人はあたしを見て、この女なら自分がコントロールできる、支配できるって踏んだ。否定できない。あたし、反抗したり逆らったり、そんなことできないもん。したこともないし」

だよね、と友加がうなずいた。何でも言うことを聞く健気《けなげ》な嫁、と美宇が歌うように言った。

「あの女が欲したのは、そういう嫁だった。都合がいい女だってわかった。だから結婚を許した」

「そうだったんだ……それで、毎回打ち合わせの席に母親が同席してたんだ」

あたしの言葉に、正解、と美宇が手を叩いた。

「見合いの席で出会って、その後デートを何回かしたけど、毎回あの女がもれなくついてくるんだよ。こっちだって、どういうことなのかわかるって。でも、背に腹は代えられない。裕クンはホントにいい人だし、いい人過ぎるから、あの女に逆らえないまま、三十五年結婚できなかった。マザコンぐらい目をつぶればいい。こんなチャンス二度とない」

「結婚したかったから、我慢してるってこと？」

沙織が揃えた指をテーブルに載せた。そういうんじゃない、と美宇が微笑んだ。

「裕クンがお医者さんじゃなくても、家が病院とか、そういうことは抜きにして、いい人だってわかってる。彼のこと、これでも結構好きなんだ。マザコンでも何でも、あたしが我慢すればいいんだから、やっていける。だからプロポーズされた時は本当に嬉《うれ》しかった。彼と結婚できてよかったって思ってる」

それならいいんだけど、と沙織が笑みを浮かべた。ナナにブライドメイドのオナーを頼んだのは、と美宇が話を続けた。

「フツーに考えて、ナナしかいないっていうのはホントだよ。一番長くつきあってるのはナナだし、任せられるってわかってた。でも、それだけじゃなかったのも本当で……幸せなあたしの姿を見せつけてやりたかったところもあった。最低な話だけど」

そうでもない、と恵子が静かな声で言った。友加と沙織もうなずいている。女なら、程度の差こそあれ、そんなふうに思うことはあるのだ。

「ひと月前、裕クンから英也さんがゲイだってそれとなく聞かされた。みんなが言う通り、その時ナナに話すべきだった」ゴメン、と美宇が頭を下げた。「でも、何ていうか……心のどこかに、ザマミロって気持ちもあった。結婚に発展しない恋愛をどうにかしようとしているナナのことを笑ってた。あたしにはそういう汚いところがある」

そんな言い方止めな、と友加が言った。

「それが汚いってことになったら、きれいな女なんていない。お互いを比べることで、あたしたちは関係性を作ってるんだもん」

そうかもしんないけど、と椅子に正座した美宇がテーブルに頭をつけて謝罪した。きっちり一分間、そのままの姿勢でいた。

「ナナ、ゴメン。謝る」うつむいたまま美宇が言った。「許してほしい。そして、改めてブライズメイドのオナーをお願いします。一番仲が良くて、一番自分らしくいられて、わかりあえるのはナナだもん。恵子も友加も沙織もそうだ。あたしたちは仲間だって思ってる。でも、やっぱりナナに一番祝福してほしい。あんたが祝ってくれないんなら、式は挙げられない」

美宇は土下座しそうな勢いだった。どうすんの、と恵子が囁いた。

「ここまでさせて、結婚式に出ないなんて言える？」

女の友情って、ないようであるよね、と友加が天井を見上げた。ナナ、と沙織が微笑んだ。

「いいんじゃないかな。ナナだって、美宇の結婚は嬉しいでしょ」

「友情も大事だけど、恋愛だって重要だ」あたしは首を振った。「そんなにあっさり、いいんだよ美宇ってハグするわけにはいかない。傷ついたんだ。ちょっと時間がほしい」

悠長なことを言ってる場合か、と恵子が時計を見た。

「もう土曜だ。結婚式は今日の正午なんだよ」

少しぐらい考えさせて、とあたしはグラスを手にした。その瞬間、美宇が大きな声で言った。

「みんなも言いたいことを言ってよ。この店は朝五時までやってる。とことん飲んで、とことん話し合おうじゃないの。今日が本当のブライダルシャワーだ」

眠いんですけど、と友加が目をこすった。

「もう夜中の三時だよ。早く帰って寝ないと、結婚式にクマだらけの顔で出るわけにもいかないでしょ」

顔とかそんなのどうでもいい、と美宇が友加の肩を突いた。

「誰が見てるってわけでもないんだし、気にしなくたっていいでしょうよ」

冗談も言っちゃいけないのかと目を丸くした友加に、あんた子供大丈夫なのと恵子が聞いた。ノープロブレム、と友加が指を振った。

「何のために娘を中学生にしたと思ってんの？　こんな時のためでしょうに」

それってどうなの、と沙織が笑った。マジメな話だ、と友加が言った。

「うちの子はわかってる。時には母親が自分の家族より大切な何かのために走り回ることがあるって。そういうふうに育ててきた。ひと晩ぐらい母親が家を空けたって、あの子が家のことは全部やってくれる」

「かもしんないけど……心配じゃない？」

全然、と友加がテーブルに肘をついた。

「あたしはその辺の親と違う。子供のことを信じてる。何でかって？　あたしはね、自分のことを信じてるんだ」両手を伸ばして、全員の頭をぽんぽんと叩いた。「失敗をした。後悔もある。うまくいったことより、うまくいかなかったことの方が多いかもしれない。だけど、あんたたちがいる。それで全部丸く収まる。間違いばかりだったかもしれないけど、間違いだけじゃなかった」

麗しきかな友情、と沙織が言った。ことさら冗談めかした言い方だったけど、今日に限ってすごく利いた。それはみんなも同じだったろう。

世界で一番大事なのは子供だよ、と友加が優しい笑みを浮かべた。

「そして二番目は友達。順位は一生変わらない。だけど、子供のために友達のピンチを放っておく母親にはなりたくない。子供だってそんな母親に育てられたくないよ。今、いなきゃならない場所はここだ。娘もそれはわかってる。だから心配いらない」

ダンナは三番目でいいのか、と恵子が聞いた。両方の指を折って数えていた友加が、そういうことにしておこう、と答えた。

「全部、ぶっちゃけよう」メニュー持ってきて、と恵子が片手を挙げた。「とことん話そうじゃないの。あたしだって言いたいことがある。溜《た》まってるものもあるんだ」

シャンパンを、と沙織がオーダーした。それからワインも、と美宇が両手を挙げた。何ならウォッカとテキーラも、とあたしは叫んだ。

「結婚式に乾杯」立ち上がった友加がグラスを掲げた。「すべての花嫁に。花婿は……どうでもいいや」

乾杯、とあたしたちはグラスを合わせた。ガールズトーク開始の合図だった。

5

閉店時間を一時間過ぎた朝六時、店を追い出された。それでも喋り足らずに、近くにあった二十四時間営業の居酒屋に飛び込み、ガールズトークの延長戦を行った。

どれぐらい飲み、食べ、何を話しているのかさえわからなくなっていた。トーキングハイ、という状態があるとすれば、あたしたちはまさにそれだった。

思い出話は尽きることなく、笑い、泣き、怒り、そしてセンチメンタルな気分に思う存分浸った。眠ってしまった友加、トイレに入ったまま一時間戻ってこなかった美宇、様子を見にいった沙織。

あたしと恵子は芸能人の不倫問題とこの国の未来という高尚なテーマで議論していたのだけれど、隣のボックスで飲んでいた大学生のグループがいいかげん帰ろうぜと言い出した声を聞いて、0・1パーセント残っていた理性を取り戻した。

「今、何時?」

「九時」

マズい、と恵子が椅子を蹴り倒して立ち上がった。あたしも同じだ。眠っていた友加の頭を一発はたいて、トイレに駆け込んだ。

便器を抱き締めたまま動かない美宇、その頬を叩いていた沙織に、ヤバいとひと声叫んで二人を引きずり出した。支払いを済ませた恵子と友加が店の入り口で待っていた。

エレベーターに乗り込み、目を覚ませとあたしは怒鳴った。何なんだよと寝ぼけて逆切れした友加を、恵子が羽交い締めにした。沙織が完璧に酔い潰れている美宇を背負っていた。

「今、九時十二分」あたしは時計を確認した。「目黒聖雅園チャペルでの結婚式は正午からだ」

マジか、と恵子の腕を振り払った友加が自分の腕時計に目をやって、あと三時間ない、と顔を青くした。

「即家に帰って、即着替え、即聖雅園集合」恵子が開いたエレベーターのドアを手で押さえた。「友加、七々未、タクシー捕まえてきて。あたしと沙織で、この酔っ払った花嫁を連れていく」

合点、と飛び出した友加が立ち止まり、道路の街路樹に向かって吐き始めた。頼むよ、勘弁してくれよ。

あたしは国道に出て、千手観音より忙《せわ》しなく手を動かし、どうにか五台のタクシーを止めることに成功した。まず美宇、そして家が遠い順に恵子、友加、沙織が乗り、最後に自分も乗り込んだ。美宇は大丈夫だろうかと思ったけど、今さらそれを言っても始まらない。

四台のタクシーが方向転換して、それぞれ走りだした。コマーシャルのような光景だった。

「すいません、三軒茶屋へ」急いでください、とあたしは頼んだ。「お願いです。人の命が懸かってるんです」

「何があったんです？」

運転手がハザードをつけて、車をバックさせた。三軒茶屋は逆方向で、Uターンしなければならない。

「聞かないでください。間に合わないと、子供が……」

そりゃ大変だ、と運転手がアクセルを踏み付けた。急発進したため、体がシートに押さえつけられた。どう解釈したのかわからないけれど、緊急事態と思ったらしい。

嘘をついたわけじゃない、とあたしは自分に言い訳をした。これから美宇と裕次の間に生まれてくるかもしれない子供が、生まれてこないことになってしまうかもしれないでしょ？　少子化時代だ。可能性は大事にしないと。

どう考えてもスピード違反だろうという速度で、タクシーが走っていた。こんな結婚式の朝があるだろうか。大変なことになってしまったとあたしは頭を抱えた。

chapter09

史上最強のウエディングプラン

1

午前十一時半、あたしは恵子、友加、沙織と揃いのドレスを着て、控室の前に立っていた。桂貴子デザイン、余計な装飾が一切ないイエローのドレスだ。

カナリアのアカペラグループかよと友加が囁き、みんなちょっとだけ笑い、そして厳粛な表情を作った。

全員が目黒聖雅園に集まったのは、ついさっきだった。それぞれの自宅に桂貴子ウエディングから届いていたカナリアカラーのドレスに着替え、電車、バス、タクシー、自分の車とさまざまな交通手段を使ってここまで来ていたけれど、来ただけ誉《ほ》めていただきたい。

寝てないし、アルコールは抜けてないし、シャワーすら浴びてないし、気分は最悪だった。他の三人も同じなのは、顔を見ればわかった。

集合時間は午前十一時だったのだけれど、クリアしたのは恵子と沙織だけで、あたしは十五分遅刻、友加に至っては今着いたばかりだ。それでもとにかくブライズメイドが勢揃いしたのだから、勘弁してください。

目配《めくば》せをしてドアをノックすると、細く開いた隙間から美宇ママが顔を覗かせた。怒りを通り越して、放心状態だ。花嫁が結婚式当日に朝帰りしたら、そういう顔にもなるだろう。

あなたたちと言いかけたけど、諦めたように首を振って、入ってと囁いた。あたしを先頭に、四羽のカナリアが控室に忍び込んだ。

「おはよう」

呼びかけたあたしたちに、ウエディングドレス姿の美宇が椅子の背にもたれたまま片手を上げた。新橋《しんばし》駅、終電に乗っているところを起こされたけれど、自分がどこにいるのかもわからないまま呆然としているサラリーマンのような風情だった。

着付けの女性とヘアメイクのお姉さんが、ステキですよと同時に囁いて下がっていった。ここではそれ以外の言葉を使ってはいけないのだろう。たとえ花嫁がべろんべろんに酔っていようと、顔がむくんでいようと、何であろうと。

「うん、キレイだ」恵子がうなずいた。「似合ってる。日本一の花嫁姿だよ」

日本一かどうかは別として、その言葉は嘘じゃなかった。美宇のフォルムはかなり丸いのだけれど、見事に欠点をカバーし、シンプルでありながらゴージャスという、奇跡のような姿がそこにあった。さすが桂貴子センセイ。

「マジでいい感じ」友加がドレスに触れた。「美宇、おめでとう」

時間が、と沙織が囁いた。本当なら美宇は二時間前に入っていなければならなかったのだから、大遅刻だった。

それでもここまで間に合わせたのだから、どれだけ聖雅園のスタッフが優秀なのかわかるというものだ。ヘアメイクも決まっていた。

ドアがノックされ、入ってきた担当者がお急ぎくださいと声をかけた。進行はギリギリで、すぐにでも式場に移動してほしいという。六月大安の土曜日で、予定が詰まっているのはわかっていた。行こう、とあたしは言った。

「歩ける?」

あんたたち、と虚ろな声で言った美宇ママがが頭を抱えた。後にしてください、後に。

体を起こした美宇が、顔をしかめた。目が左右に泳いでいる。あたしは非常時に備えて家から持ってきていた洗面器を差し出した。

抱え込んだ美宇が、大きく口を開けた。以下省略。

2

結婚式が始まった。荘厳なパイプオルガンの音色が響いている。恵子たち三人は既に式場に入っていた。あたしと美宇はチャペル脇の小部屋で待機していた。

ここからの段取りは事前に練習もしていたし、特別難しいわけじゃない。あたしの役目は、チャペルのヴァージンロードで待っている美宇パパのところまで美宇を連れていくことだけだ。

距離、十メートル。ひとつも問題はない。美宇が意識を失いかけていることを除けば。

「目を覚ませ、寝るな、死ぬぞ」

あたしは美宇の頬を叩いた。冬山登山じゃないのだけど、気分はそういうことだった。

気持ち悪い、と美宇が呻いた。もう少しだから我慢しなさい、とあたしは手袋をはめた手を握った。

「あんた、花嫁の顔じゃないよ。笑いなさい。スマイル」

薄化粧の美宇が弱々しく微笑んだ。ドアがノックされ、お願いしますという声が聞こえた。

あたしは美宇を立ち上がらせて、体を支えた。あんた、重くないか。ゆっくり歩いて、と美宇が囁いた。

「おかしいの、ドレスが小さい。どこか破れる予感がする」

そんなことになったら、目も当てられない。腕をがっちりホールドして、十メートルの距離を慎重に歩いた。チャペルの扉が開き、そこで美宇パパが心配そうな顔で立っていた。

三分かけて数メートルを歩き切り、美宇を引き渡した。お急ぎくださいと囁いた係員の合図で、聖歌隊が賛美歌を歌い始めた。

「マジで吐く」助けてナナ、と美宇が父親に寄りかかりながら小声で言った。「そうじゃなきゃ殺して」

助けられないし、殺すこともできない、とあたしは首を振った。

「でもここで吐いたら、マジで殺すかもしんない。結婚式を血の海にしたくなかったら、気合で何とかして」

形容不能な呻き声を上げた美宇を、美宇パパが支えて歩きだした。ヴァージンロードの先頭に立っていた二人の子供が、カゴから色とりどりの花びらを撒き始める。チャペルにいた数十人の人々が立ち上がって、入ってきた花嫁とその父親に視線を向けた。

本来の役目として、あたしは先回りして神父と花婿が待っている祭壇に行っていなければならなかったのだけど、とても放っておける状況じゃない。父子の傍らについて歩いた。何かあったら、あたしがフォローしないと。

既に祭壇には恵子たちブライズメイド、そして英也たちアッシャーが並んでいた。不安そうな顔のブライズメイドたちと、当惑しているアッシャーたち、加えて数十人の招待客が見守る中、美宇、美宇パパ、そしてあたしはしずしずと歩を進めた。聖歌隊の声とパイプオルガンの音が大きくなった。

足元が定まらない美宇の脇の下に、美宇パパが頭を突っ込むような形で支えていた。歩いて、とあたしは後ろから囁いた。

「ダメ、ムリ」

ヴァージンロードの中央で、美宇が足を止めた。非常事態だ。あたしは見えないように膝で美宇の大きなお尻を蹴った。

七々未ちゃん、と美宇パパが倒れかけた娘を支えた。貧血です、とあたしは美宇の腕を取った。

「緊張してるんです。夢の結婚式だもの、無理ありません」

美宇パパに美宇の右手を抱えさせ、二人で引きずるようにして祭壇に押し上げた。口を大きく開けて見つめていた裕次に、おめでとうございますと囁いて美宇を託した。男でしょ、しっかりしなさい。

そのままあたしは目を見開いている神父の耳元で、妊娠七カ月ですと囁いた。囁いてばっかりだ。

「急いでください。ここで産まれるかもしれません」

ホンマでっか、と神父が額を押さえた。なぜ関西弁？

でも、理解は早かった。美宇と裕次を並ばせた神父が微笑みながら、異常な早口で二人の名前を呼び、それぞれに結婚の意志を確認し、指輪の交換を命じた。トータル約三十秒。

結婚指輪を渡したのは英也だった。震える手で受け取った裕次が、美宇の左手の薬指にはめた。大丈夫なのかい、と英也があたしの耳元で言った。

「何だか、美宇さんの様子がおかしいみたいだけど……」

「緊張してるんです」花嫁はみんなそうです、とあたしは答えた。「大丈夫、どうにかなりますよ」

それならいいんだけど、と微笑んだ英也が下がった。この前のことなどまるでなかったような顔をしていた。それが大人の対応だろう。

惜しいなあ、とあたしはつぶやいた。いい人なんだよ、ホントに。ちょっと人と違うだけなんだよね。

「では、誓いのキスを」

神父が厳かな声で言った。裕次が美宇のベールを上げた。

3

つつがなく結婚式が終わり、三十分のインターバルを経て、披露宴が始まった。それからの約三時間について、あたしの記憶はおぼろだ。

司会を務めたのはあたしと英也で、進行そのものは問題なかった。聖雅園の指導の下、進行台本は事前に準備されていたし、何か忘れたことがあってもスタッフが全部フォローしてくれる。なるほど、結婚式は有名な式場でやるべきだ。

もちろん、小さなトラブルはいくらでもあった。主賓である大学教授の挨拶が支離滅裂で、その上二十分以上続いたこと、裕次の兄が大号泣して式の進行がストップしたこと、美宇の三人の姪《めい》っ子が歌った曲がグズグズだったこと、お色直しの時に美宇が飲み物をこぼして、ドレスが汚れたこと。

でも、そんなのは本当に些細《ささい》なトラブルで、全体の進行は問題なかった。司会を務めていたあたしは緊張と二日酔いと寝不足で、何も食べることができなかったけど、有名な聖雅園のフレンチに誰もが満足げな笑みを浮かべていた。

あたしと英也による「スイートメモリーズ」、つまり美宇と裕次の馴《な》れ初《そ》めからプロポーズに至るまでの写真と動画のイベントもうまくいった。三カ月の苦労が報われたのだ。だからどうしたって話だけど。

そして、最後に美宇と裕次がそれぞれの両親、お互いの両親に短い手紙を読んだ。それもなかなか感動的だった。

確かに、式が終わってから友加が言っていたように、美宇から裕次の母親への手紙は、なかなか挑発的というか、これから始まるであろう嫁姑の戦いにおける宣戦布告的なニュアンスもあったのも本当だけれど、たぶんあの母親は美宇の密《ひそ》やかな敵愾心《てきがいしん》に気づいていないだろう。それならそれでいいのではないか。

とはいえ、これですべてが終わったわけではなかった。むしろブライズメイドとしての仕事はこれからかもしれない。二次会が待っていた。

あたしたち四人は、控室でカナリアカラーのドレスをそれぞれ二次会用の服に着替えた。午後六時、中目黒のバルに集合、と恵子が言った。今四時だから、あと二時間ある。

あたしたちは椅子に腰を降ろした。それぞれ疲れていた。同じタイミングで全員がため息をついた。

結婚式は疲れる、と友加が呻いた。

「もうブライズメイドとか、こういうの止めよう。いいでしょ？」

視線を向けられたあたしと沙織は首を振った。冗談じゃない、あたしたちは義務を果たした。次は権利を行使する番だ。

「まあまあ、その辺はその時に考えよう」いつものように恵子が話を丸く収めた。

「とにかくマジで疲れた。ちょっと休もう」

横になりたいと沙織が言ったけど、そうもいかない。この控室もそろそろ出なければならないし、二次会はあたしたち四人も働かなければならないのだ。

もうひと踏ん張りしますか、と友加が男のように膝を叩いた。アッシャー軍団がバルに先発してくれた、とあたしはうなずいた。

「準備はしてくれるっていうから、そこはお任せしよう」

「ナナ、それにしても司会お疲れ」だらしなく足を広げたまま、友加が椅子を使って背中を伸ばした。「うちらも疲れたけど、あんたほどじゃない。グッドジョブ」

ナイスファイト、と恵子があたしの肩を叩いた。とんでもございません、とあたしは頭を下げた。無事に終わってよかった、と沙織がうなずいた。

「正直、今朝はもうダメだって思ってた」

世の中どうにかなるもんだ、と言った恵子があたしと沙織を交互に見て、あたしのところで視線を止めた。

「あたしと友加の次は……あんただって思ってたよ」

あたしもだ、とうなずいた。順番はそういうことだったはずだ。おかしいなあ、どうして美宇が先なのか。

あんたは何で結婚しないの、と友加が体を傾けながら沙織に聞いた。

「別に……巡り合わせが悪いんじゃない？」

沙織が答えた。わからないわあ、と恵子が肩をすくめた。

「向いてる向いてないの話じゃないよ。結婚ってのはタイミングもあるし、こうしようって思ってたけど全然違ってくることだってある。そんなのは普通だ。だけど、沙織は人気もあるんだし」

ぶっちゃけ美人だし、とあたしは言った。ありがとう、と嫌みなく沙織が微笑んだ。

「マスコミは婚期が遅いっていうけど」友加が体勢を元に戻した。「それにしたってねえ……向き不向きだけで言ったら、あんた向いてんじゃない？　何で結婚しないのよ」

何でだろうね、と沙織が首を捻った。高校時代から、この子はそのルックスで有名だった。近くの男子校の生徒たちが、しょっちゅう正門の前で待ち構えていたぐらいだ。

派手ではないけれど、控えめで清楚《せいそ》で、もしかしたら男子人気が一番高いタイプかもしれない。アタックしてくる男の子はおおげさでなく百人以上いただろう。あたしたちも何度も紹介を頼まれたり、手紙やプレゼントを預けられたり、思い出は尽きない。

にもかかわらず、沙織の深い恋愛話は聞いたことがなかった。高校の頃はもちろん、大学で進路が分かれて数カ月に一度ぐらいしか会わないような感じになった時も、全員が最近の恋愛事情について報告しなければダメというルールがあったのに、そういう相手がいないと沙織が言ったことは何度もあった。

「てかさ、あんた、恋愛に醒めてない？」友加が沙織の肩を平手で叩いた。「何なの、モテ女の余裕？　忠告するけど、そろそろ手を打った方がいいと思うよ」

沙織は何も答えなかった。何かあるのだろう。昔からそうだった。

それを感じている男の子たちからは、一層ミステリアスな存在として、ますます人気が高くなっていったのだけれど、この子だけは何を考えているのか、まったくわからないことが今日に至るまで何度もあった。というわけで、次はナナだと友加が踏ん反り返った。

「まあまあ、今回のヒデヤさんのことは忘れよう。世の中、そういうこともあるって。いい女は挫折に負けない。歯を食いしばって立ち上がれ」

エールを送られたけど、しばらくは難しいだろう。はっきり言って、やっぱり彼のことが好きだ。オーバーサーティの女にここまで想いを寄せられるのだから、いかにいい男かという話だった。

「そりゃまあ、そうだね。ルックスもいいし」シュッとしてたし、と恵子がうなずいた。「何ていうか、当たりがソフトだよね。忘れられなくなるのも無理ないっていうか……ま、ソフトなのは別の理由があったからなんだけど」

それは言うな、とあたしは手でバツ印を作った。みんなが笑った。

「でも、昔から言うように、失恋から立ち直る最高の薬は新しい恋だよ」次行こう、と友加が言った。「頑張る気力はまだ出てこないかもしんないけど、そこは気の持ちようだから。前向きになれって」

そうそう、と恵子がうなずいた。無理して頑張らなくてもいいけどね、と沙織が微笑んだ。

「ナナまで結婚しちゃったら、本格的にあたしは独りぼっちになっちゃう。それはちょっと寂しい」

「だったら二人で頑張れって」立ち上がった友加があたしと沙織の肩を抱いた。「どっちでもいいよ、結婚してもしなくても。こだわる歳でもないでしょ？　みんなわかってることだけど、しなくたってそんなに困らない。どうしても困ることがあったら、いつでも呼びなよ」

男の友情は死んだ、と恵子が難しい顔で言った。

「これからは女の友情がメインストリームになる。間違いない」

どうしたの、とあたしは苦笑した。

「結婚生活に疲れた？」

ちょっとニュアンスが違うけど、と恵子が言った。横で友加がうなずいていた。

「何ていうかね、迷いというかボンノウといいましょうか……四十は不惑っていうじゃない？　あれは本当かな。三十二じゃ迷いっぱなしだけど」

闘いの日々なんだ、と説明した。わかったようなわからないような話だった。

そろそろ行かないと、と沙織が時計を見た。五時になっていた。最後のお務めに行きますか、とあたしたちは立ち上がった。

4

二次会の会場は中目黒のバルで、英也が見つけてくれた店だった。美宇と裕次の新郎新婦は、合わせて三百人以上を招待していた。

出席の通知が届いていたのはその半分で、あたしたちもそのつもりでいたのだけれど、やっぱり来ちゃったみたいな人も結構いたので、集まったのは二百人を超えていた。かなりの盛況だ。

事前の打ち合わせで、二次会をメインで仕切るのは裕次の後輩の医局員と決まっていた。恵子と友加は結婚しているから、そこまでの時間はなかったし、あたしは披露宴の司会で疲労困憊《こんぱい》することは予想済みだった。残るのは沙織だけど、この子は死んでも前に出ないとわかっていた。

そういうわけで、あたしたちは一歩も二歩も引いていた。裏方としてアシスタントの仕事はするけれど、表に出るのはアッシャーたちだ。昨夜は一睡もしていないし、三十を超えるとオールというのもキツい。休ませてください。

会場の隅にあった椅子席に座り込んで、あたしたちはちびちびワインを飲んでいた。

だいたい、人を呼び過ぎだと友加が文句を言った。

「二百人超えなんじゃないの？　フルハウスだ満員電車だ。息もできない」

そこまでのことはなかったけど、動きにくいのは本当だった。本来二次会というのは、親しい人を招いて行うものだと思うのだけれど、美宇も裕次も何かを勘違いしていて、名前を知ってる人たち全員にインビテーションカードを送り付けていたから、誰が誰の知り合いかさえよくわからなくなっていた。

二次会は出会いの場でもある。男女それぞれが新しい相手を見つけるための社交場なのだけれど、普通なら誰かがその場を飛び回って仕切ってくれるものだ。

でも、人が多すぎてそれどころじゃなくなっていた。これじゃつまんないと恵子が言ったけど、その通りだろう。

「いや、あたしと友加はいいよ。旧交を温めるぐらいでちょうどいい。でも、あんたと沙織は出会いがないとつまんないでしょ」

今回はもういい、とあたしは首を振った。それどころじゃなく、疲れと酔いで気分が悪くなっていた。

「考えてみたら、この三カ月動きっ放しだった。やっと終わると思うとほっとする」

沙織があたしの肩をつついた。顔を上げると、すぐ目の前に英也が立っていた。お疲れさま、と立ち上がって頭を下げた。

「本当に……西岡さんこそ、疲れたでしょう」

英也が左手に持っていたワイングラスを渡してくれた。自分はビールの中ジョッキを持っている。神崎さんこそ、とあたしはグラスを目の高さまで上げた。お互いに名前で呼び合うことはなかった。

「とにかく、今日で終わります。何とかなってよかった……ぼくもこれ以上ってことになると、本業に差《さ》し支《つか》えるんで、さすがにそれは厳しいなと」

あたしもです、とうなずいた。二人とも、ですますで話していた。そういう関係に戻ったということなのか、それともそんなものだったのか。

「まだ全部終わったわけじゃないですけどね」英也が白い歯を見せて笑った。「三次会の案内、見ましたか？」

もちろん、と答えた。数日前、美宇と裕次の連名でメールが届いていた。三次会ありますよ、とチェーン居酒屋の場所が記されていた。

「神崎さんは行くんですか？」

どうかな、と英也が苦笑した。

「兄ちゃんには絶対来いよと言われてるんですが、さすがにちょっと……」

あたしはグラスを持ち直した。さすがに、と言った英也の横顔に、とんでもなく苦い何かが混じっていた。

疲れました、という意味ではない。幸せな二人を見ているのが辛《つら》い、ということなのだろう。

なぜそうなのかは、考えるまでもなかった。英也は絶対に絶対に報われない想いを抱いているのだ。

「兄ちゃんが結婚するなんて、思ってませんでした」どうしてそんな風に思ったか、自分でもわかりませんけど、と英也がビールをひと口飲んだ。「そんなはずありませんよね。いい年齢です。普通に考えたら、結婚しない方がおかしい」

あたしはうなずいて、グラスに口をつけた。ちょっぴり辛口のワインだった。

「でも、もしかしたらって……兄ちゃんがぼくのことを気付いてくれるんじゃないか。そんな夢みたいなことを考えていたのは本当です」

結婚するって聞いた時の淋しさは、わかってもらえないでしょうねと微笑んだ。あたしは何も言わなかった。

「誰かに、一緒にいてもらいたかった」英也が遠い目で言った。「そばにいて、兄ちゃんの話ができる相手がほしかった。誰でもいいわけじゃなくて、少しでいいから、わかってくれる人が必要でした」

それがあたしだった、とうなずいた。英也が深く頭を下げた。

「すみませんでした。誤解させてしまいましたね。全部僕の責任です。勝手なわがままであなたを引っ張り回し、相手をさせてた。でも、ひとつだけ言い訳をさせてください。あなたと一緒にいると、本当に楽しかった。自分の想いや過去の思い出を整理できた。あなたは優しくて、素敵な人です。どれだけ感謝しているか……」しばらくあたしを見つめていた英也が、もう一度頭を下げて、その場から離れて行った。三人があたしを見て、何か言おうとしたけど、結局何も言わないまま口を閉じた。伝わるものがあったのだろう。

ＭＣ席から、ビンゴ始まります、と大声で言っているのが聞こえた。代わり映えしないねえと言いながら、友加がどっこいしょと声をかけて腰を上げた。

5

二次会は粛々と始まり、粛々と進行し、粛々と終わろうとしていた。もともと、美宇も裕次もイベントや余興について積極的ではなかった。ビンゴ大会やお店からサプライズケーキのプレゼントがあったりしたけど、それはあくまでもアクセントに過ぎない。

裕次の後輩なのか、若い感じの男の子たちが何人か女の子たちに話しかけてたりしたけど、平均年齢三十オーバーの会だ。それほど頑張ってる感じでもなかった。

逆に言えば、落ち着いた和やかな空間だった。英也の目は確かで、バルの料理はどれも美味《おい》しく、お酒もいい感じだ。アッシャーの一人に呼ばれたのは、そろそろお開きの時間だねと話していた時だった。

それは最初から予定していたことで、美宇と裕次は二次会に来てくれた人達に対して、心ばかりのプレゼントを贈ると決めていた。二人で焼いたというクッキーと、記念に作ったミニチュアのペアグラスだ。

グラスには、式での二人の衣装をモチーフに切り抜いた紙のドレスとタキシードが巻かれている。恵子と友加が毎晩せっせと作ったものだ。

あたしたちがおおせ付かったのは、二次会の会場から出て行く人達に、その二つを渡す役目だった。普通、それは新郎新婦両人から手渡すものではないかと思ったのだけれど、それは任せて招待客となるべく長く話したいという美宇のリクエストだそうで、最後までいいように使ってくれるよね、あんたって。

「誰がクッキーなんか食いたいかね」

男性用、女性用で仕様の違うクッキーの仕分けをしながら、友加が文句を言った。

ゴチャゴチャ言わない、と沙織が手を動かしながら言った。

「これが最後のご奉公だと思えば、腹も立たないでしょ」

立つよ、と友加が口を尖らせた。

「前から思ってたんだ。二次会のプレゼントなんて、新郎新婦の自己満足で、こっちはいい迷惑だっつーの。素人の焼いたクソまずいクッキーをもらったって、ちっとも嬉《うれ》しくないでしょうに」

アンタの結婚式でも配ってたじゃない、と恵子がにやにや笑った。

「実家の犬にあげたけど、鼻も引っかけなかったよ」

「美味しいとか美味しくないとか、そういうことじゃないでしょ？　記念の品なんだから」

あんたはどうしていつもいい人の側に廻《まわ》るんだ、と友加が沙織の肩を突いた。

「クッキーって！　いつまで取っておけるものでもないし、あげるわけにもいかない。食べればまずいし、最悪だよ。今から言っておくけど、あんたたちの時はこの風習を廃止していただきたいですね」

　みんなで文句を盛大に言い合いながら、仕分け作業を終えた。二つに分けた袋を持って店の出入り口に行くと、では最後に新郎新婦からご挨拶を、という英也の声が聞こえてきた。最後は自分で仕切らなければならないと思ったのだろう。

「その前に幹事からひとつ連絡が……二次会終了後、九時から通りを渡ったデメオビル二階の〝クロコダイルガーデン〟でご案内通り三次会を……まだ飲み足りない、話し足りない、お祝いの言葉を言いたい、そんな皆様のご来場をお待ちして……会費は三千円で……」

　自分は行かないんでしょ、と恵子がつぶやいた。

「それとも気が変わったのかな？　義理堅い人だね」

　本日はわざわざお出《い》でいただきましてありがとうございます、と裕次が話し出した。マイクを通じて、美宇がすすり泣く声が聞こえた。

　特別なことを言ってるわけではないのだけれど、二人の人柄が伝わってきて、あたしたちもしみじみした気分になっていた。

　要領よく、一分ほどでスピーチを終えた裕次が美宇の腕を取って、ありがとうございましたと揃って頭を下げた。拍手、そしてクラッカーの音。おめでとうという声が重なった。

「では皆様、出口へどうぞ」最後まで、英也は自分の仕事をしっかりとこなしていた。「新郎新婦より、心尽くしのプレゼントがありますので、受け取っていただければと思います。よろしければ三次会へもご参加ください」

「さて、うちらも最後のお務めだ」友加が沙織を引っ張って、出入り口の外に並んだ。

「あんたらはグラスをよろしく。まったく、結婚って大変だよ」

　その通り、とあたしと恵子は並んで、台の上に積み上げられていた箱を両手で持った。英也の先導で、美宇と裕次が幸せそうな笑みを浮かべて出て来るところだった。

6

　結婚式の二次会で、会場を出る時の挨拶は難しい。頭を下げるだけでは通り一遍だし、話し込むわけにもいかない。ハグしたり、泣いたり笑ったりというのも、後ろで待っている人達のことを考えると、憚《はばか》られるものがある。

　それは今まで出席した結婚式や二次会で何度も経験していた。真っ先に出たのでは、帰りたがっているのかと思われかねないし、グズグズ残っているのも迷惑だろう。こういう時のマニュアルはないものか。

美宇も裕次も、なるべく長くそれぞれが招待した客と話したいと思っていたようだけれど、そこは常識というものがある。しかも、とにかく人の数が多かった。まだ会場には百人以上の人が残っていたから、一人十秒でも二十分近くかかるだろう。

英也をはじめ、アッシャーたちが交通整理をしてくれたから、それなりに列は進んでいた。だらだらしていたら、ホントに三十分必要だったのかもしれないけど、全員が出て行ったのは十五分後だった。

残ったのは美宇と裕次、そして英也と三人のアッシャー、それからあたしたちブライズメイドの四人だった。

今回、あたしと英也を除くと、他のメンバーは一度顔合わせこそしていたけど、裏方に徹していたから、それほど親しくなったわけではない。特に話すべきこともなかった。

お疲れさまでしたという雰囲気だけはあったものの、知り合いでもないので、関係性は薄い。どうもどうもと訳のわからないことを言い合いながら、彼らは裕次と、あたしたちは美宇と、それぞれ軽いハグを交わした。

「ありがとう!」美宇があたしたち四人の頬にキスをした。「本当にありがとう!」

どういたしまして、と恵子が笑った。沙織も笑っている。余ったクッキーどうすんの、と友加が事務的な口調で言った。

「先に帰った人とかには渡せなかったからね。出席リストがあるから、グラスは送ってもいいかもしんないけど、クッキーはもうキツいんじゃないかな」

　みんなで食べようと美宇が言ったのだけど、ご辞退申し上げた。味がどうこうじゃなくて、量があり過ぎる。どうもこのカップルは何でも多ければいいと思っているのか、全部で約五キロほどのクッキーを作っていたのだ。

　あたしは裕次を囲んでいるアッシャーたちに目をやった。男同士ということなのか、乱暴に肩を叩いたりして、祝福していた。その輪から抜け出したのは英也だった。

　裕次を見つめて、すぐ視線を逸《そ》らした。まったくの偶然だったけれど、あたしと目が合った。

　ゴメン、と唇が動いて、頭を軽く下げた。そんなことない、とあたしも首を振った。あなたは何も悪くない。ひとつも悪くなかった。

たぶん、あたしも悪くない。期待したり、妄想を膨らませたり、そんなことはあったけど、別に悪いことじゃない。

　もう一度頭を下げた英也が、ゆっくりとした足取りで店の外に出て行った。もう二度と彼に会うことはないのだろう。

　残念でもあり、懐かしくもあり、でも何となくこれでよかったと納得している自分がいた。

「ナナ、行こう」恵子があたしを呼んだ。「店員が睨んでる」

予定の時間を三十分以上オーバーしていた。睨んでいるというのは冗談だけど、さすがに出なければならないようだった。

「三次会、来るでしょ」来てよ、と美宇が言った。「二次会じゃ全然話せなかったけど、三次会は人数も減るだろうし」

「どうすっかねえ」疲れたよ、と友加が首を左右に曲げた。「うちらもいい歳だからさ、寝てないともうダメ。ぶっ倒れそうだ。あんただってそうでしょ。新婚旅行、明日から行くのに、どうすんのよ」

美宇と裕次は三次会に出て、そのまま都内のホテルに泊まり、明日朝九時の飛行機でイギリスへ行くと聞いていた。なかなかのハードスケジュールだ。飛行機で爆睡する、と美宇が笑った。

「ホントに来てよね。待ってるから」

アッシャーたちが拍手しながら、裕次を店の外に引っ張り出した。お見送りしよう、と恵子、友加、沙織の順で美宇に軽くハグし、二人を送り出すことにした。

最後に、飛びつくようにしてあたしの肩を抱いた美宇が、お店にプレゼント預けてあるからと耳元で囁いて、そのまま裕次の後に続いた。

「何だって?」

友加が近寄ってきた。さあ、とあたしは首を振った。いったい何のことだろう。

7

恵子がレジで会計をしていた。計算が合わないのか、店の人と紙に何か書きながら首を捻っている。

あたしはカウンターに行き、プレゼントがあると聞いてるんですがと言った。黒服を着た中年の店員が渋い微笑を浮かべて、棚からそこそこ大きな紙袋を取り出した。

「新婦から、お預かりしておりました」仕事柄なのか、礼儀正しい口調だった。「いらなかったら、捨てても構わないと伝えてほしいと……その場合はこちらにお戻しいただければ、責任を持って処分いたします」

受け取った紙袋は、その大きさの割りに意外と軽かった。どうしたどうした、と友加と沙織が横から覗き込んだ。

「わかんない。美宇があたしにって」

店員たちが後片付けを始めていた。もう少しだけなら、ここにいてもよさそうだ。テーブルに戻って、紙袋を開けた。

「何だ、こりゃ」

「……ゴスロリ？」

出てきたのは服だった。アンジェリーナ・ジュリエット。あたしたちはアンジュリと呼んでいた。

黒を基調としたトップスとボトムスは、ややセクシーなイメージで、襟や袖にとんでもない大きさの真っ白なレース、そしてフリルやリボンがついていた。

「懐かしいというか……こんなの、絶滅したと思ってた」友加がトップスを広げた。

「まだこういうゴスロリ服を着てる人いるの？」

いないわけじゃない、と沙織が微笑んだ。

「うちの会社のファッション誌でも、たまに取り上げてる。ヴィジュアル系のバンドなんかだったら、まだ通用するんじゃない？　さすがに女の子だと、減ってると思うけど」

「いつの時代だっつーの」こんなの着たことない、と友加が首を捻った。「十年ってことはないよね。二十年前？　それじゃ二十世紀の遺物じゃん」

やっと終わったと戻ってきた恵子が、真っ黒のトップスとボトムスを見て眉を顰めた。

「何、今度は仮装パーティ？　勘弁してよ、いったい美宇は何考えてるわけ？」

そんな話、聞いてないと三人が肩をすくめた。こういうファッションって、バンドだよねと言い出した友加に、沙織がカタカナの名前をいくつか挙げた。

それがきっかけになって思い出したのか、それぞれが曲名や見に行ったライブの話を始めた。あたしはそっと手を伸ばしてリボンに触れた。

あれは中一の秋だった。何でそうなったのか覚えてないけれど、夏休みが明けて学校に戻ると、なぜか周りの子たちがみんな子供に見えた。

十二歳、中学一年生だから、二つに分ければはっきりと子供なのだけれど、自分だけは違うと思っていた。自分だけが特別。ここはあたしがいるべき場所なのか。毎日そんなことばかり考えていた。

それは一種の精神的な麻疹《はしか》のようなもので、男女問わず遅かれ早かれ、そんなふうに思う季節がやってくる。あたしの場合、それが少し早かったのかもしれない。きっかけも何もないのだけれど、やたらクラスの子たちに対して攻撃的になっていた。

でも、そんなことをしても意味がないってわかってたから、上辺《うわべ》だけは合わせて、裏で自分の殻を作り、そこに閉じこもるようになった。思い出すだけで恥ずかしい。尖っていた方がカッコイイと思い込んでいただけで、若気の至りとはああいうことを言うのだろう。

よく言えば感受性の強い十二歳だったということになるのだろうか。でも、周りがみんな馬鹿に見えたり、誰にも理解されないと思ったり、そんなのはよくある話だ。

自分だけが特別な人間だという錯覚。それがあの頃あたしの中にあった思いだった。

中学は制服で、普通の公立校だったし、まだ中一だったから、みんなおとなしく先生や親に言われた通り制服を着ていた。オシャレな着こなしとか、考えていなかったわけじゃないけど、お金もないし、下手に着崩したり、スカート丈を短くすれば怒られるとわかっていたから、誰も何もしていなかった。そういう文化にみんなが目覚めていったのは、中二になってからだったろう。

あたしも勇気がなかったから、ブレザーの袖を詰めたり、指定メーカー以外のソックスを履いたり、リボンを変えたり、そんなことはできなかった。

でも、制服はダサいって思ってた。もっとダサいと思ってたのは、それもわからず、何も手を加えようとしない周りの女の子たちだった。

本当はそんなことなかった。みんなだって、同じようなことを考えていた。

でも、親とか先生とか、あるいは先輩とかに何か言われたら面倒臭いとか、変にクラスで目立ちたくないとか、そんな理由があって何もしなかっただけだ。あたしもそうだった。

誰かが先に立ってくれたら、とみんな思っていただろう。実際、中二になって一人がブラウスをストライプの入ってるものに変えたら、翌日にはみんな真似していた。つまりは誰も度胸がなかっただけの話だった。

中一の秋、そんな状況に一人で腹を立てて、あたしは他の子たちとの間に壁を作った。結果、少しだけ浮くことになった。

でも、それが心地《ここち》よかった。子供なりのプライドということなのだろう。若いってバカだ。でも、あの時はそうじゃなきゃならなかった。

昼休みとか、ランチが終わると女の子たちはいくつかのグループに分かれて、それぞれにお喋《しゃべ》りを楽しむ。男の子のこと、テレビや芸能人のこと、趣味の話題、部活。あたしはそんな子たちに背を向けて、本や雑誌を読んでいた。正直なことを言えば、ホントはあたしだってみんなの輪に加わりたかった。男の子の話とかしたかった。

だけど、そんなことをしたら、自分の心が死んでしまうような気がして、どうしてもできなかった。思春期の女子は複雑だ。

今になって思い返すと、顔が真っ赤になるぐらい恥ずかしい。青春の汚点だ。

「それ、カワイイよね」

近寄ってきた美宇があたしの横に座ったのは、そんな時だった。

昨日の夜中、話していた最初の出会いについて、美宇は少しだけ思い違いをしていた。中一で同じクラスになり、あたしの方から声をかけたのはその通りだ。新しい環境に興奮していたあたしは、一学期の間中ずっと、誰彼構わずそんなふうにしていた。誰でもそうだと思うけど、友達を増やしたかったし、その方がいいと思っていた。

一、二カ月経った頃、クラスの中にいくつかグループができていた。あたしもそのひとつに入っていたし、美宇も誘って一緒に遊んだりしていた。自分でも言っていたように、美宇は積極的な性格じゃなかったから、みんなとの間に入るのもあたしの役目だった。

だから仲は良かったけど、それだけだった。中一の夏休み、あたしはむしろ小学校の時の友達と遊んでいた記憶がある。

そりゃそうだ。六年間一緒にいた同級生と、三、四カ月しか過ごしていない中学の子では、小学校のクラスメイトの方が親しかった。

二学期になって中学に戻り、何となくの気分でグループから距離を置くようになった。理由なんてない。群れるのがカッコ悪く思えたとか、それぐらいのことだ。

そんなあたしに声をかけてきたのが美宇だった。隣の椅子に座って、あたしが読んでいたティーン向けのファッション誌を見つめ、それカワイイね、と言ったのだ。その時見ていたのが、当時流行っていたロリータファッションのページだった。

美宇が本当にカワイイと思っていたのかどうか、それはわからない。告白すると、あたしはカワイイと思ってなかった。

ただ、それが最先端のファッションだという思い込みがあり、だからそのページを熱心に見ていたのだ。

でも、そんなことはとても言えなかった。オシャレがわからないと思われたくなかったし、ロリータがオシャレだと思える自分に酔いたかったのかもしれない。

あたしと美宇が仲良くなったのは、それがきっかけだった。それから毎日話すようになった。

別にファッションセンスがあったわけじゃないけど、知識がない者同士で話していると、お互いに触発されて、だんだん本気でロリータがカッコいいと思うようになった。

ちょっと宗教と似ているのかもしれない。他に余計な情報がなかったから、思い込みが純化されていった。

みんなとは違う、特別な人間になりたかった。そのためのアイテムとして、ロリータファッションはちょうどよかった。

大人になったら着ることはできないと何となくわかっていた。今しかできないファッション。選ばれた者だけが享受できる特権。

クラスの誰も着ていないだろう。理解できるのはあたしたちだけ。

冬休みに入り、あたしと美宇は原宿《はらじゅく》の竹下《たけした》通りに行った。そこがロリータの聖地だと知っていた。

雑誌で見ているだけでは我慢できなくなって、実際に着てみようと決めていた。どうせ買うなら、本場で買った方がいいに決まってる。

あの頃、裏原宿という言い方はあっただろうか。それは覚えていない。でも、場所としては既にあった。

裏通りに踏み込み、怯《おび》えとスリルを感じながら、何時間も迷ったあげく、それぞれ選んだアイテムを買った。甘ロリ、白ロリ、ゴスロリ、ロリータ服の奥は深かった。あの時の昂揚感《こうようかん》は、今も体のどこかに残っている。

そのままファーストフード店に入って、トイレで着替えた。どうしても着たかった。ロリータファッションで原宿の町を歩きたかった。

周りからどう見られるか、どう思われるか、そんなこと関係なかった。もっと言えば、それがオシャレかどうかもよくわかってなかった。

ただ、ロリータの服を着てあの町を歩く自分に酔いたかった。そういうことなのだろう。

でも、一人じゃできない。それもよくわかっていた。勇気がなかった。二人ならできたし、二人でなければできなかった。

原宿から渋谷まで歩いた。もうお金はなくなっていて、どこに寄ることもできなかったけど、それでよかった。

二人でロリータの服を着て、原宿から渋谷辺りを歩く。それだけが望みだった。すれ違う人達が振り返ったりすると、それだけでメチャメチャ気分が上がった。特別な自分に、みんなが注目している。その気分を味わいたかったのだ。

あの時、あたしたちは貴族のようだった。誰にもあたしたちのセンスはわからない。あたしたちが一番前にいる。

それだけで十分に満足だった。特別な選ばれた女の子だと胸を張ることができた。世の中に対して、誇らしく感じながら、いつまでも歩き続けた。

冬休みの間中、そうやって過ごした。今も昔も、中学一年生は余分なお金を持っていないから、新しい服は買えなかったけど、二人で会ってはトイレで着替えて外を歩いた。寒いとか、そんなこと関係なかった。

いつもナナが引っ張ってくれたと美宇は言ったけど、そうじゃなかった。少なくともあの時、あたしは美宇を必要としていた。一人ではできなかった。

美宇がいたから、あんな気分のいい時間を過ごすことができたのだ。

あたしたちのロリータブームは中二になる前に終わった。着たことがある人ならわかると思うけど、何しろロリータの服は機能的じゃない。かさばるから、収納にも困った。そんな服を買ったなんて、親には言えなかったし、隠しているしかなかったけど、部屋には隠す場所さえなかった。

暗黙の了解のうちに、あたしたちはロリータ服で出掛けるのを止めた。この服は生きにくい。そういうことだった。

それは間違いない話で、普通に考えても着ていく場所はないし、どこへ行っても浮いてしまう。その割りに単価が高くて、着回しもできない。

いわゆるファストファッションの方がよっぽど楽だとわかって、あたしたちは元に戻った。同時にあたしの麻疹も終わり、グループのみんなとまた遊ぶようになった。

今振り返ると、あの数カ月は何だったんだろうと思う。そんなに自分が周りと違う、特別な存在だと思いたかったのか。

ある種の反抗期だったのか、それとも単純に目立ちたかっただけなのか。よくわからない。

正直に言えば、三十二歳になった今、あたしはロリータファッションに一ミリも興味がない。街を歩いていて、たまにああいう服を着ている女の子とすれ違うことがあるけど、大変だろうなと思うだけで、カワイイとはまったく思わない。

でも、あの時のことは後悔していない。あの時は、ロリータでなければならなかった。すれ違う大人たちが嫌そうに顔を背けても、全然気にならなかった。親も学校も友達も理解してくれないだろうけど、それが何？　どうしたっていうの？

あの時、あたしと美宇は無敵だった。あたしたちはお互いを完全に理解していた。それで十分だった。

ああ、そうか。十二歳で出会って、今日まで二十年、つかず離れず付き合っていたのは、あんなことがあったからなんだ。

ケンカしたこともある。つまらないことで口論になり、絶交したこともあった。それでも結局元に戻った。

美宇の中に、あたしに対するわだかまりがあったように、あたしの側にも苛立《いらだ》ちがあった。何でもあたしに先にやらせる。絶対前に出ない。トラブルを自分で解決しようとしない。

でも、そんなあたしたちはお互いを必要としていた。それがこの二十年だった。

十三歳の春、あたしはロリータの服を捨てた。着ない服を持っていても意味ないし、ホントにかさばるから邪魔だった。

美宇もそうしたと思ってたけど、ずっと持っていた。取っておいた。忘れないよ。そういうことなのだろう。

「帰ろう帰ろう」恵子が大きく伸びをした。「疲れた。眠いんですけど」

そうだね、と友加がうなずいた。ふざけんなよ、とあたしは沙織と肩を組んだ。

「行くよ、三次会。さっさと立て」

どうした突然、と友加が首を傾げた。あんたたち既婚者は関係ないと思ってるだろうけど、とあたしは言った。

「三次会だって男は来る。チャンスが転がってるかもしれない。放っておく手はない」

「じゃあ、二人で行きなよ」

そう言った恵子の腕を摑んで、ヘルプしてよと頼んだ。

「自分たちが良ければそれでいいわけ？　そんなエゴイストを友達に持った覚えはない。女同士、助け合って生きていこうじゃないの」

行こうよ、と沙織が歩きだした。働かせるよね、と友加がつぶやいた。顔は笑っていた。

8

バルを出て、階段を上がった。降りてきた足音が止まり、どないしたんや、という声がした。

「ペルくん、どうしたの」

沙織が立ち止まった。踊り場にいたのは、背広を着てスポーツバッグを抱えた高宮だった。高宮？　何であんたがここにいるの？

親戚のペルくん、と沙織が恵子と友加に紹介した。ペルくんは止めろや、と顔をしかめた高宮が、だってあの時、と言いかけた沙織の口を塞いだ。親しげな様子だった。

「リーダー、何してんの」

高宮があたしの方を向いた。そっちこそ、と手にしていたバッグに目をやった。日帰り出張、と高宮が答えた。

「名古屋《なごや》のコンビニチェーンが、相談しましょうって急に言い出したんや。土曜やってのに」

「どうしてここに？」

「さおりんに呼ばれた。友達の結婚式、あったんやろ？　二次会で女の子紹介するいうから……」

新幹線が遅れて間に合わんかった、とぼやいた。誰を紹介するつもりだったのか、とあたしは沙織に目を向けた。

「別に誰ってことじゃない。暇ならおいでよって、それだけ伝えたの。ちょうどよかった、ナナに紹介するね。あたしの従兄弟の高宮さん、三十四歳、独身」

又従兄弟や、と高宮が口を尖らせた。紹介されなくても知ってる、とあたしは首を振った。

「何なの、沙織。どういう……」

「プライベートで話したこと、ないでしょ」沙織があたしの肩をぽんと叩いた。「一度でいいから、ゆっくり話してごらん。ペルくんはいい奴だよ。ナナがちゃんと見てないだけ」

何言ってんの？　信じらんない。高宮だよ？　カンベンしてよ、こんな男。

何でもいいから話してごらん、と沙織が耳元で囁いた。

「ペルくんはね、ちゃんと話を聞いてくれる。あたしはいつもそうしてる。何度も助けてもらった」

マジで言ってるのだろうか。高宮が沙織を助けた？　こんな人が？

「三次会、あるんでっか」高宮が話していた友加に、落語家みたいなリアクションで額を叩いた。「それやったら行きますわ。せっかく来たんやし」

沙織があたしから離れていった。いったいどういうつもりなのだろう。もしかして、何かとんでもないことを企《たくら》んでる?

「ヤバい、時間過ぎてる」恵子が走りだした。「行くよ!」

友加があたしの腕を引っ張った。三次会の店は、通りを渡った反対側だ。

「待ってくれや」高宮がスポーツバッグを抱えた。「何やねん、いきなり」

あたしたちは笑いながら駆け出した。もしかしたら、まだまだ無敵なのかもしれない。十代のあの頃のように。

「走れ走れ!」

友加が叫んだ。信号は青だ。あたしたちは横断歩道を駆け抜けた。

本書は、二〇一七年に小社より刊行された同題の作品を文庫化したものです。

実業之日本社文庫　最新刊

鳥羽 亮
剣客旗本春秋譚 虎狼斬り
北町奉行所の定廻り同心と岡っ引きが、大川端で斬殺された。その後も、殺しが続く。辻斬り一味の目的とは。市之介らは事件を追う。奴らの正体を暴き出せ！
と216

西村京太郎
札沼線の愛と死 新十津川町を行く
殺人現場の雪の上には、血で十字のマークが。さらに十津川警部に謎の招待状!? 捜査で北海道新十津川町へ飛ぶが、現地は魔法使いの噂が!?（解説・山前譲）
に122

西村 健
バスを待つ男
無趣味の元刑事がみつけた道楽は、都バスの小さな旅。東京各地を巡りながら謎と事件を追う。解決するのは家で待つ麗しき妻！（解説・杉江松恋）
に71

南 英男
強欲 強請屋稼業
ヘッドハンティング会社の女社長が殺された。一匹狼探偵・見城豪が調査を始めると、背景に石油会社の買収を企む謎の団体が。執念の追跡を悪の銃弾が襲う！
み715

前川 裕
文豪芥川教授の殺人講座
無双大学文学部教授でミステリー作家でもある芥川竜介。大学内外で起きる事件を迷推理？ 現役大学教授作家が贈る異色文学講座&犯罪ミステリー！
ま31

実業之日本社文庫　好評既刊

五十嵐貴久
年下の男の子
37歳、独身OLのわたし。23歳、契約社員の彼。14歳差のふたりの恋はどうなるの？　ハートウォーミング・ラブストーリーの傑作！（解説・大浪由華子）
い3 1

五十嵐貴久
ウエディング・ベル
38歳のわたしと24歳の彼。年齢差14歳を乗り越えて結婚を決意したものの周囲は？　祝福の日はいつ？　結婚感度UPのストーリー。（解説・林 毅）
い3 2

五十嵐貴久
可愛いベイビー
38歳課長のわたし、24歳リストラの彼。年齢、年収、キャリアの差……このカップルってアリ？　ナシ？　大人気「年下」シリーズ待望の完結編！（解説・林 毅）
い3 3

五十嵐貴久
学園天国
新婚教師♀と高校生♂はヒミツの夫婦!?　平和な学園生活に忍び寄る闇にドタバタコンビが立ち向かう。懐かしくて新しい！　痛快コメディ。（解説・青木千恵）
い3 4

赤川次郎
綱わたりの花嫁
結婚式から花嫁が誘拐された。しかし、攫われたのは花嫁のふりをしていたアルバイトだった!?　シリーズ第30弾、長編ユーモアミステリー（解説・青木千恵）
あ1 17

赤川次郎
幽霊はテニスがお好き
女子大生のさと子は、夏合宿のため訪れた宿で嫌な気配を感じる。その原因とは……。赤川ミステリーの魅力が詰まった全六編を収録。（解説・香山二三郎）
あ1 18

実業之日本社文庫　好評既刊

池井戸 潤
空飛ぶタイヤ
正義は我にありだ――名門巨大企業に立ち向かう弱小会社社長の熱き闘い。『下町ロケット』の原点といえる感動巨編！（解説・村上貴史）
い11 1

池井戸 潤
不祥事
痛快すぎる女子銀行員・花咲舞が様々なトラブルを解決に導き、腐った銀行を叩き直す！ テレビドラマ「花咲舞が黙ってない」原作。（解説・加藤正俊）
い11 2

伊坂幸太郎
砂漠
この一冊で世界が変わる、かもしれない。一瞬で過ぎる学生時代の瑞々しさと切なさを描いた一生モノの傑作長編！ 小社文庫限定の書き下ろしあとがき収録。
い12 1

大山誠一郎
アリバイ崩し承ります
美谷時計店には「アリバイ崩し承ります」という貼り紙がある。店主の美谷時乃は、7つの事件や謎を解決できるのか!?（解説・乾くるみ）
お8 1

今野 敏
マル暴甘糟《あまかす》
警察小説史上、最弱の刑事登場!? 夜中に起きた傷害事件は暴力団の抗争か半グレの怨恨か。弱腰刑事の活躍に笑って泣ける新シリーズ誕生！（解説・関根 亨）
こ2 11

今野 敏
マル暴総監
史上〝最弱〟の刑事・甘糟が大ピンチ!? 殺人事件の捜査線上に浮かんだ男はまさかの……痛快〈マル暴〉シリーズ待望の第二弾！（解説・関口苑生）
こ2 13

実業之日本社文庫　好評既刊

知念実希人　仮面病棟

拳銃で撃たれた女を連れて、ピエロ男が病院に籠城。怒濤のドンデン返しの連続。一気読み必至の医療サスペンス、文庫書き下ろし！（解説・法月綸太郎）

ち11

知念実希人　時限病棟

目覚めると、ベッドで点滴を受けていた。なぜこんな場所にいるのか？　ピエロからのミッション、ふたつの死の謎…。『仮面病棟』を凌ぐ衝撃、書き下ろし！

ち12

知念実希人　リアルフェイス

天才美容外科医・柊貴之。金さえ積めばどんな要望にも応える彼の元に、奇妙な依頼が舞い込む。さらに整形美女連続殺人事件の謎が…。予測不能サスペンス。

ち13

西澤保彦　帰ってきた腕貫探偵

腕貫探偵の前に、先日亡くなったという女性作家の霊が。だがその作家は50年前に亡くなっているはずで——。人気痛快ミステリ再び！（解説・赤木かん子）

に29

水生大海　ランチ探偵

昼休み＋時間有給、タイムリミットは2時間。オフィス街の事件に大仏ホームのOLコンビが挑む。安楽椅子探偵のニューヒロイン誕生！（解説・大矢博子）

み91

水生大海　ランチ探偵　容疑者のレシピ

社宅の闖入者、密室の盗難、飼い犬の命を狙うのは？　OLコンビに持ち込まれる「怪」事件、ランチタイムに解決できる!?　シリーズ第2弾。（解説・末國善己）

み92

実業之日本社文庫　好評既刊

木宮条太郎
水族館ガール5
アカウミガメが水族館アクアパークのある浜に漂着した。同僚とともに救出作業を行った由香は、ウミガメの産卵が見られる四国の町へ…感動のお仕事ノベル！

も45

木宮条太郎
水族館ガール6
派手なジャンプばかりがイルカライブじゃない――アクアパークのイルカ・ルンのおなかに小さな命が。出産に向けて前代未聞のプロジェクトが始まった！

も46

東野圭吾
白銀ジャック
ゲレンデの下に爆弾が埋まっている――圧倒的な疾走感で読者を翻弄する、痛快サスペンス！　発売直後に100万部突破の、いきなり文庫化作品。

ひ11

東野圭吾
疾風ロンド
生物兵器を雪山に埋めた犯人からの手がかりは、スキー場らしき場所で撮られたテディベアの写真のみ。ラスト1頁まで気が抜けない娯楽快作、文庫書き下ろし！

ひ12

東野圭吾
雪煙チェイス
殺人の容疑をかけられた青年が、アリバイを証明できる唯一の人物――謎の美人スノーボーダーを追う。どんでん返し連続の痛快ノンストップ・ミステリー！

ひ13

東野圭吾
恋のゴンドラ
広太は合コンで知り合った桃美とスノボ旅行へ。ところがゴンドラに同乗してきたのは、同棲中の婚約者だった！　真冬のゲレンデを舞台に起きる愛憎劇！

ひ14

文日実
庫本業 い35
社之

あの子《こ》が結婚《けっこん》するなんて

2020年4月15日　初版第1刷発行

著　者　五十嵐貴久《いがらしたかひさ》

発行者　岩野裕一
発行所　株式会社実業之日本社
〒107-0062　東京都港区南青山5-4-30
CoSTUME NATIONAL Aoyama Complex 2F
電話 [編集]03(6809)0473 [販売]03(6809)0495
ホームページ https://www.j-n.co.jp/
ＤＴＰ　ラッシュ
印刷所　大日本印刷株式会社
製本所　大日本印刷株式会社

フォーマットデザイン　鈴木正道(Suzuki Design)

ISBN978-4-408-55581-2（第二文芸）